大 学 问

始 于 问 而 终 于 明

王向远（1962—　），山东人，

现任广东外语外贸大学东方学研究院教授、博士生导师，

东方学、译学、比较文学学者，日本文学翻译家。

治学以东方（亚洲）区域研究为主，著述涉及文学、史学、美学、译学等领域，初步建构了"宏观比较文学""译文学""东方学"三个学科范型及理论体系。

已发表学术论文 320 余篇，出版专著 20 多种、译著 30 多种，著译总字数 1000 万字。著作结集有：《王向远著作集》（全 10 卷，2007 年），《王向远教授学术论文选集》（全 10 卷，繁体字版，2017 年），《王向远文学史书系》（7 种，2021 年），《王向远比较文学三论》（3 种，2020–2022 年），《王向远译学四书》（4 种，2022 年）等。

王向远

——

著

比较文学

构造论

GUANGXI NORMAL UNIVERSITY PRESS

广西师范大学出版社

·桂林·

比较文学构造论

BIJIAOWENXUE GOUZAO LUN

责任编辑：赵　艳
营销编辑：罗诗卉
责任技编：伍先林
书籍设计：阳玳玮 [广大迅风艺术]

图书在版编目（CIP）数据

比较文学构造论 / 王向远著. --桂林：广西师范
大学出版社，2022.2
（王向远比较文学三论）
ISBN 978-7-5598-4300-5

Ⅰ. ①比… Ⅱ. ①王… Ⅲ. ①中国文学－比较
文学－文学研究 Ⅳ. ①I206

中国版本图书馆 CIP 数据核字（2021）第 195443 号

广西师范大学出版社出版发行

（广西桂林市五里店路 9 号　邮政编码：541004
网址：http://www.bbtpress.com ）
出版人：黄轩庄
全国新华书店经销
广西广大印务有限责任公司印刷
（桂林市临桂区秧塘工业园西城大道北侧广西师范大学出版社
集团有限公司创意产业园内　邮政编码：541199）
开本：880 mm × 1 240 mm　1/32
印张：10　　字数：230 千
2022 年 2 月第 1 版　　2022 年 2 月第 1 次印刷
定价：65.00 元

如发现印装质量问题，影响阅读，请与出版社发行部门联系调换。

新版自序

————

　　《比较文学构造论》是《比较文学学科新论》的修订版。该书作为《比较文学与世界文学学科建设丛书》之一种初版于2002年，封底"内容简介"云："中国比较文学学科理论建设的当务之急，是在接受、借鉴、消化外来理论的基础上，逐渐形成中国特色的比较文学学科理论。只有如此，中国学术才能多一点自己的声音，才能与外国学术平等对话。这就需要将近百年来中国比较文学的丰富研究实践予以系统的整理和总结，需要将个人的比较文学研究经验加以提炼，并使之上升为理论形态。本书在这方面做出了自己的独到探索。"这里首先强调了学科理论建设的中国立场，其次是理论创新与学术个性，故以"新论"名之。

　　现在，《比较文学学科新论》距初版本问世已过去了二十年，所谓"新论"，从时间上说也已经不"新"了，但从内容上看仍不失特色和新意。其间该书先后五次重印、再版，发行量已逾越两万册，还被多所大学用作教材或教参。每次的再版和重印，其实都是一次更生和更新。

广西师范大学出版社一如既往重视和支持比较文学基本理论建设，此次决定将《王向远比较文学三论》列入"大学问"丛书，我的三部相关著作得以以系列小丛书的形式再版。利用此次再版的宝贵机会，我对全书内容做了增删与调整。删除了初版各章节后所附的"例文"，增补第7章"比较语义学的方法"和第8章"宏观比较文学的方法"，都是从方法论的角度对我的相关专著及论文的提炼改写；增补第12章"翻译文学研究"的第二节"译文的评论研究与译文学"，是对"翻译文学研究"的必要补充。这些增补的章节反映了近二十年来作者的新探索新成果，也使得本书的理论体系更趋完整完善，并且具备了学科构造的性质。所谓"学科构造"，是强调学科内容构件的相对完整性、结构框架的系统性、分析论述的逻辑性，总之是强调它作为一种学术生命体的完成性，故而新版改题为《比较文学构造论》。

王向远

2021年3月

目　录

下 篇　研究对象

序

孙景尧 [①]

自20世纪改革开放起，比较文学学科在我国经历了"伟大的复兴"（法国著名比较文学家艾琼伯评论—Rene Etiemble），继而就在八九十年代，先后出版了《比较文学导论》（卢康华、孙景尧）、《比较文学概论》和《比较文学》（陈惇等）、《比较文学原理新编》（乐黛云等）等学科理论著作和教材。20多年来，我国学者一直致力于比较文学学科理论的建设，经历了引进与吸收、消化与融会，在学科理论的中国化方面取得了长足的进展，这主要表现为新世纪大量优秀著作和教材的面世，以及一批优秀中青年学者的崛起。从新教

[①] 孙景尧（1942—2012年），中国比较文学学科理论的最早著作《比较文学导论》（1984年）的作者，当代中国比较文学学科理论的重要奠基人。此篇序言原是孙景尧先生为《王向远著作集》第七卷《比较文学学科论》（宁夏人民出版社2007年）所撰写的"解说"。

材的编写者来说，有长年执教比较文学课的老教授，也有刚毕业从教不久的新教师，还有一些从其他学科转行过来的、或是在自己学科进行比较研究并成绩卓越的新、老博士和教授、学者。这使我想起苏珊·巴士奈特的话："许多人的起点并非是比较文学……但结果往往殊途同归到比较文学。有一点可以肯定，每一个爱读书的人，实际上都已踏上通向被称之为比较文学的大道。"[①]拜读这批新教材的总体印象是，学科意识鲜明，结构体系完整，知识密集，思想活跃，敢说敢评。相对而言，有的更注意学生实际接受和普及教学的需要，如刘献彪、刘介民主编的《比较文学教程》、张铁夫主编的《新编比较文学教程》及孟昭毅编著的《比较文学通论》等；有的则努力在理论上有所推进，如张弘的《比较文学的理论与实践》，着力于比较文学、现代文论与比较文化的沟通，杨乃乔主编的《比较文学概论》融合各家学说，又有理论深化，曹顺庆等的《比较文学论》对学科的基本概念和方法原理作了进一步深入阐释，特别是最后一章的"跨文明研究"，深化了在"跨文化""跨文明"问题上的认识。

在中国比较文学学科理论的构建中，北京师范大学的王向远教授也是其中的一位佼佼者。他多年来致力于东方文学、比较文学和日本文学、中日关系等方面的研究，涉猎广泛，著述颇丰，如今十卷本的《王向远著作集》也要出版了。其中，《比较文学学科新论》（以下简称《新论》）及相同主题的九篇文章收入第七卷，集中显示了他在比较文学学科理论方面的成绩与建树。向远邀我为该卷作一

---

① S.Bassnett, *Comparative Literature: A Critical Introduction,* Blackwell Publisher, P.1（1993）

个"解说"，为写这篇"解说"，我重读了这部看起来不"厚"也不"玄"的《新论》及有关论文，深感渗透于其中鲜明的治学个性、理论勇气和创新意识，愿写出来与读者共享。

向远教授的比较文学学科理论研究的鲜明特点之一，就是他的学科理论不是从概念到概念，从纯理论到纯理论，他的理论是在中国比较文学学科史及他本人丰富的研究实践的基础上总结、概括、提炼出来的。毫无疑问，这是理论创新的正途。与其他理论领域一样，比较文学学科理论的构建和发展，离不开对前人研究成果和比较文学学术史的系统整理，否则将事倍功半，甚至是建造空中楼阁。从西方比较文学学科史上看，对比较文学学术史及学科理论的研究，都是从最为基础的工程——论文索引的编订——开始的。对此，西方比较文学学者们不仅高度重视，而且还身体力行并乐此不疲。早在1897年，贝茨就编写了收录有两千多个条目的《比较文学书目》，并成为法国比较文学学科独立的标志之一。20世纪中叶，美国的雷马克也编注了功力深厚的《比较文学参考书目选注》，对20世纪50到60年代（40年代也略有涉及）西方重要比较文学论著的主要特点和功过得失均做了系统的评述，使之成为比较文学"美国学派"崛起的一项成果。80年代的韦斯坦因和费歇尔等，也编纂完成了同样类型的书目，提出比较文学乃方法论学科之说，并撰文反对福克玛的比较文学即理论研究的主张，开始了延续至今的比较文学发展方向之争。可见，学科书目索引的编订，总是伴随着国际比较文学认知的不断更新及其发展，并成为其显著的标志之一。就我国的比较文学学科复兴和建设而言，也是如此。20世纪80年代，北京大学的张文定、温儒敏和上海外国语大学的张智圆等，就作过"中国比较文学研究资料目录辑录""中国比较文学论著索引"等初步整理，为中国比较文学的学科建设和发展，做出了功不可没的贡献。但90年代后，不知是受学术浮躁、还是科研量化规则的影响，这一工作学界似乎就鲜有人肯来做了，因而这项枯燥无味的"繁难活"，这个难以被量化为科研成果的工程，直到20世纪过去几年后仍然付阙如是。

向远教授有感于此，在前人的基础上将这些工作予以推进，着手编纂20世纪最后二十年——也是20世纪中国比较文学最繁荣的二十年——的中国比较文学的论文索引。据向远教授的统计，20世纪的后二十年，我国学者撰写的、并且是严格意义上的比较文学研究论文就在万篇以上，他认为对这些学术成果予以系统清理，编制出一部全面详尽的索引，实是中国比较文学发展新阶段的当务之急。2002年，向远教授主编的《中国比较文学论文索引（1980—2000）》正式出版，堪称是一部填补空白的中国比较文学"学术年鉴"，将它与有关学者所做的前期索引联起来看，无疑就是一部中国比较文学研究百年"史记"、一部梳理得清清楚楚的20世纪中国比较文学的家底账本。这对我们的教学和研究，对我们比较文学的学科建设与发展来说，可谓功德无量。向远教授主编的《索引》以年度为经，将每一年度中国比较文学研究的主要成果，按"比较文学研究的基本理论与方法""东方比较文学""西方比较文学""翻译文学"及"其他"等类别予以编撰，其分类标准既符合比较文学的基本原理，又切合我国比较文学发展的实际，因此使用起来十分方便，成为从事比较文学教学研究和学子学习的案头必备。在编写索引的基础上，向远教授还倾注很多的精力，写出了《中国比较文学研究二十年》《中国比较文学百年史》等学科史著作。可以说，在当代中国的比较文学界，很少有人像向远教授这样，在学术史资料编纂及学术史研究方面倾注如此多的精力。

扎实的学术史整理和研究，为向远教授的比较文学理论研究夯实了基础。作者认为要在比较文学研究中"体现一个国家、一个民族、一个学者的独特的学术立场、独特的学术方法、独特的思路和独特的学术观点、见解与学术智慧"，就必须"不断地总结和阐发中国传统文学、传统学术中的比较文学思想，需要将近百年来中国比较文学的丰富研究实践加以总结"。①基于这样的认识写出的《比较文学学科新论》，其最为突出的特点就在这里。正是因为有了"中国比较文学的丰富研究实践"的总结，有了作者本人丰富的研究实践的总结，向远的学科理论建构不必拾西洋人牙慧，不必玩弄名词概念，也不必搬运其它学科（如美学、哲学、西方文论、文化理论）的材料，而能够直奔学科本体，径直切入学科理论的要害部位，通篇论述深入浅出、要言不烦、简洁洗练、思路清晰、娓娓道来，新见迭出，如层层剥笋，如快刀斩乱麻，身手利索，情感与逻辑交融，气韵生动，具有很强的感染力和可读性。尽管其中有些理论观点在学术界见仁见智，但他的理论思维的理路与方法无疑是正确的。理论，包括比较文学学科理论的本色就应该如此。在这一点上，正如有评论者所说，《比较文学学科新论》是"一棵绿色的理论之树"。②

《新论》在理论构建上如此强调"中国特色"，显然是与向远教授对中国学术与理论研究的西化倾向的担忧有关。众所周知，由

---

① 王向远:《比较文学学科新论》，南昌：江西教育出版社，2002年，第2页。
② 陈春香:《一棵绿色的理论之树》，原载《山西大学学报》2004年第4期。

于历史和现实的诸种原因，欧美的比较文学研究一直在全球处于主导地位，诚如美国哥伦比亚大学比较文学教授斯皮瓦克所说："比较文学仍是欧美文化主导权势的一部分。"[①]并说美国的"全球英语"（global English）成为"最大赢家"（the biggest winner）[②]。而在中国，第一外语为英语则是既成事实，在中国比较文学界从事中西比较文学研究者也居大多数。相对而言，从事东方文学比较研究则有些"势单力薄"。这种现实的中外比较文学研究失衡，对寻求具有普适性的"诗学通律"多少有些不利。向远作为一位长年从事东方比较文学、中日文学领域研究的学者，在这方面有着清醒的体会与认识。他的《新论》矫正"西方中心论"偏向的意图也十分明显。在"比较诗学"一节中，向远教授力陈"东方比较诗学"的必要性和重要价值，并指出"把东西方各主要民族和国家的诗学都纳入视野的真正完善的'比较诗学'体系的建立，必有赖于东方比较诗学研究的充分展开"。[③]实际上，不光在比较诗学问题上，在所有章节的阐述中，多表现出这一明确的"中国意识"与"东方意识"。

　　向远教授在比较文学学科理论中的建树，不仅体现在《新论》一书中，也体现在公开发表的有关论文、演讲及学术自述性文章中。《王向远著作集》第七卷收录了十篇相关文章，都从不同侧面显示了他在比较文学学科理论方面的思考的轨迹。早在20世纪快要结束的时候，他在《文艺报》发表《21世纪的比较文学研究：回顾与展望》

---

① Gayatri C. Spivak. *Death of a Discipline*. New York: ColumbiaUniversity Press, 2003, P.25

② Gayatri C. Spivak. *Death of a Discipline*. ibid. 2003, P.9

③ 王向远：《比较文学学科新论》，南昌：江西教育出版社，2002年，第192页。

一文，其中所做的"展望"，后来的八九年间都已经成为现实。例如，作者呼吁21世纪要重视中国翻译文学研究及翻译文学史的研究，特别是要从国别翻译文学史做起，当时他本人已经写完了《二十世纪中国的日本翻译文学史》，那也是中国第一部国别翻译文学史，如今，这方面的翻译文学史已经出版了好几种，成为新世纪中国比较文学研究的一大亮点。

在收入本卷的单篇论文中，最引人注目的是几篇论辩性、论战性文章。五六年前，向远教授的《比较文学学科新论》刚出版不久就引起了学界的重视，短时间内有六七篇书评陆续发表，《中国比较文学》杂志也辟专栏对此进行争鸣与讨论。争鸣与讨论中的不同观点的是非曲直在此不论，但值得肯定和赞赏的是向远教授在应答与论战性的文章中所表现出的学者风度。他的文章摆事实讲道理，有时从容不迫，和颜悦色，有时则气势十足，乃至咄咄逼人。但不管是何种情形，都不失为学者风度，都表现出对真理、对学术的探索精神，对比较学科建设的责任感与执着，与时下的某些论争文章中的人身攻击、以势压人、冷嘲热讽，实不可同日而语。更重要的是，在这些文章中，他深化了对某些理论问题的思考与表述，如在《逻辑·史实·理念——答夏景先生对〈比较文学学科新论〉的商榷》一文中，向远对《新论》中有关理论问题，包括教材与专著的关系、"法国学派"的范围与界定、"传播研究""影响研究""超文学研究"等一系列问题，都做了更为严密的说明与论证，是对《新论》很好的、必要的补充。而《拾西人之唾余、唱"哲学"之高调谈何创新》一文，则在论战中表明了向远鲜明的学术价值取向：对"西方中心论"观念、对以"哲学方法论"取代具体的比较文学方法论的不满，这些也是对《新论》学术理念的进一步阐释。

以上是我对《王向远著作集·比较文学学科论》的简单解读和解说。作为一个从事比较文学研究与教学多年的老教师，看到中国比较文学后继有人，十分欣慰。中国已经有了一批像向远教授这样的在比较文学园地辛勤耕耘的中青年学者，这是中国比较文学的前途所在。向远做教授已经有十多年了，但他正值壮年，仍然年轻。2005年出版的《初航集——王向远学术自述与反响》的"后记"最后一句话写道："对航行者来说，航船到达的地方就是重新启航的地方，一切都是结束，一切又都是初始"，真所谓"行者无疆"，期待向远教授在比较文学研究的大海中继续远航。

2007年5月于上海

初版自序

比较文学是一门比较年轻的学科，而比较文学学科理论则相对更加年轻。如果从1931年法国学者梵·第根的《比较文学论》问世算起，也只有七十来年的时间。我国的比较文学学科理论，兴起于20世纪80年代初，迄今只有二十年。虽然兴起较晚，但发展迅猛。自1980年到2000年，国内学术期刊上发表的有关学科理论的论文共六百余篇；自1984年我国第一部比较文学学科理论著作《比较文学导论》（卢康华、孙景尧著）出版以来，截至2000年底，我国共出版比较文学学科理论方面的教材、专著十余部。学科理论的形成和繁荣，意味着比较文学学科意识的自觉，也标志着学科研究日益走向成熟。这些成果的涌现，对我国比较文学的学科理论建设，对学科知识的普及，对指导比较文学的个案研究，都起到了重要作用。笔者本人也从中得到了不少教益和启发。

正如比较文学的研究需要不断推进、不断深化一样，比较文学学科理论也必须随着比较文学研究实践的拓展与深入而有所发展，有所更新。事实上，从总体上看，近二十年我国的比较文学学科理论研究也是在不断探索中前进的。但也存在着一些问题。首先，我国的比较文学学科理论从整体框架到概念术语，大都是从西方引进的。以我国的学术研究的实际情况而言，从西方引进某些理论成果是必要的。但是，引进之后必须消化、必须改造、必须超越。显然，我们在这些方面做得还很不够。其次，二十年来我国的比较文学学科理论著作数量、种类已经不少，但也出现了以"编"为主，甚或"只编不著"的情况。尤其是教育部在几年前将比较文学学科理论课程列入了中文系本科生的专业基础课之后，似乎已经引发了一股比较文学教材的编写热潮。近来出现的有些多人合作的教材只是杂凑成书，在学术上未见进步。比较文学在我国作为一门较新的学科，竟也出现了类似于有些传统学科中的"三百种教材如出一辙"的苗头，这恐怕不是比较文学学术繁荣的迹象。

现在中国比较文学学科理论建设的当务之急，是如何在接受、借鉴、消化外来理论的基础上，逐渐探索出一套中国特色的比较文学学科理论体系。比较文学学科理论属于人文科学研究。而人文科学研究与自然科学研究的最大的不同之一，就是自然科学是世界性的、没有国界的研究，而人文科学研究必须体现民族特色，必须体现一个国家、一个民族、一个学者的独特的学术立场、独特的研究方法、独特的思路和独特的观点、见解与学术智慧。我们要在比较文学学科理论建设中做到这一点，就需要不断地总结和阐发中国传统文学、传统学术中的比较文学思想，需要将近百年来中国比较文学的丰富的研究实践加以系统的整理和总结。在此基础上，还尤其需要将研究者个人的研究实践加以提炼，并使之上升为理论形态。在这个过程中，应该逐渐克服对外来学术的盲目迷信崇拜心态，应该敢于对外来的概念、范畴、命题、体系等提出质疑。只有如此，中国的比较文学学科理论才可能有自己的声音，才能与外来学术平等的对话。

本书是我个人学习、研究比较文学学科理论的一点收获，也是我近年来比较文学研究实践的一个总结。任何科学研究都必须以已有的研究成果为基础或出发点，本书当然也是这样。不过，从主观上说，我是带着自觉的"创新'意识来写作本书的，所以斗胆将本书命名为《比较文学学科新论》。虽标称"新论"，但客观上何"新"之有？"新"在何处？"新论"是否谬论？这都是需要方家读者加以指点和批评的。

是为序。

王向远
2001年11月12日

上　篇

学科定义

第 1 章

定义及其阐释

给任何一个学科下定义，都不是一件容易的事情。特别是比较文学这样的学科，人们对它的研究范围、研究对象及研究方法的认识和理解并不统一，下定义更难。比较文学学科成立大约一百多年来，不同的学者、不同的学派都为比较文学下了不同的定义。对此，我国现有的比较文学学科理论著作中或多或少都有介绍和交待。在此笔者不准备过多重复，只打算举出几种有代表性的定义，为的是给自己下的定义做参照。

一、学科史上的各种定义

首先是法国学者的定义。法国比较文学学者马利·伽列（一译卡雷）在1951年提出的定义。他在为他的学生基亚的《比较文学》一书的序言中写道：

比较文学是文学史的一个分支，它研究在拜伦与普希金，歌德与卡莱尔、瓦尔特，司各特与维尼之间，在属于一种以上不同背景的不同作品、不同构思以至不同作家的生平创作之间所曾存在的跨国度的精神交往与实际联系。[①]

伽列的这个定义，是所谓"法国学派"的有代表性的、最明确的权威定义。它强调比较文学所研究的应该是国际间的作家作品的"实际联系"。这种一切以事实为基础的实证主义信念，正是比较文学"法国学派"的根本特点。基亚在《比较文学》一书中提出的"比较文学是国际文学关系史"，与其老师的看法完全一致。此前法国的另一个重要的比较文学理论家梵·第根在《比较文学论》中也曾经明确指出："真正的比较文学的特质正如一切历史科学的性质一样，是把尽可能多的来源不同的事实采纳在一起，以便充分地把每一个事实加以解释。"看来"法国学派"的理论家们在强调"事实"和"实证"这一点上，是一脉相承的。

20世纪50年代后，美国学者韦勒克、亨利·雷马克和奥尔德里奇等人，纷纷向"法国学派"挑战，并提出了自己的比较文学定义。其中最有代表性的是亨利·雷马克在《比较文学的定义和功用》一文中对比较文学的界定：

比较文学是超越一国范围之外的文学研究，并且研究文学和其他知识领域及信仰领域——例如艺术（如绘画、雕刻、

---

① ［法］J-M·伽列：《〈比较文学〉初版序言》，载北京师范大学中文系比较文学研究组选编《比较文学研究资料》，北京：北京师范大学出版社，1986年，第43页。《比较文学研究资料》

建筑、音乐）、哲学、历史、社会科学（如政治、经济、社会学）、自然科学、宗教等——之间的关系。质言之，比较文学是一国文学与另一国文学或多国文学的比较，是文学与人类其他表现领域的比较。[①]

雷马克的这个定义是"美国学派"的比较文学最洗练、最有概括性的定义。它与法国学派的定义不同，不认为比较文学研究必须建立在事实关系的基础上，从而又大大地扩张了比较文学的研究范围与研究对象——不仅是国与国文学之间的研究，也是文学与人类一切知识领域、学科领域的比较研究，即所谓"跨学科"研究。

上述的法国学派与美国学派的比较文学定义，对世界范围的比较文学学术研究都产生了深远影响。有的国家的比较文学倾向于法国学派的观点，如日本；有的则是两派的折中调和，并更倾向于美国学派的观点，如中国。

我国现有的比较文学学科理论的著作、教材与论文，对比较文学所下的定义虽然并非完全一致，但基本上是综合国外各家观点，并在很大程度上倾向于美国学派的观点。如季羡林先生认为："顾名思义，比较文学就是把不同国家的文学拿来加以比较。这也可以说是狭义的比较文学。广义上的比较文学是把文学同其他学科来比较。包括人文科学与社会科学，甚至自然科学在内。"卢康华、孙景尧合作撰写的我国第一部比较文学学科理论著作《比较文学导论》，这样来定义比较文学：

---

① ［美］亨利·雷马克：《比较文学的定义和功用》，载《比较文学研究资料》第1页。

比较文学是跨越国界和语言界限的文学研究，是研究两种或两种以上民族文学彼此影响和相互关系的一门文艺学学科。它主要通过对文学现象相同与殊异的比较分析来探讨其相互作用的过程以及文学与其他艺术形式和社会意识形态的关系，寻求并认识文学的共同规律，目的在于认识民族文学自己的独创特点（特殊规律），更好地发展本民族文学乃至世界文学；它是一门有独立的研究对象、范畴、目的、方法和历史的文艺学学科。①

虽然这段文字作为定义来看，在表达上略显拖沓，但作为一个定义却也比较完整。它不仅指出了比较文学的研究对象与范围，也指出了它的学科属性和研究目的。这个定义综合了法国学派和美国学派的观点，但在强调比较文学要研究"文学与其他艺术形式和社会意识形态的关系"这一点上，与美国学派较为接近。

陈惇等在其撰写的高校教材《比较文学概论》中所下的定义是：

比较文学是一种开放性的文学研究，它具有宏观的视野和国际的角度，以跨民族、跨语言、跨文化、跨学科界限的各种文学关系为研究对象，在理论和方法上，具有比较的意识和兼

---

① 卢康华、孙景尧：《比较文学导论》，哈尔滨：黑龙江人民出版社，1984年，第76页。

容并包的特色。[①]

这个定义的特色也是"兼容并包的特色",其中引人注目的是"跨民族、跨语言、跨文化、跨学科"的四个"跨"的排比句式的精练表述。此前钱钟书曾谈到比较文学作为一个专门学科,是指"跨越国界和语言界限的文学比较"[②]。这里则由钱钟书提出的"二跨"发展为"四跨"。这种"四跨"的表述方式容纳了法国学派、美国学派的观点,对后来我国陆续出现的许多同类教材与著作都有所影响。

二、本书的定义

笔者认为,比较文学的定义与其他学科的科学的定义一样,必须包含三个基本要素。第一,学科性质与目的、宗旨;第二,学科的独特的研究对象与研究范围;第三,学科研究独特的方法。鉴于此,笔者在吸收前贤诸种定义的基础上,也尝试着给比较文学下一个新的定义:

> 比较文学是一种以寻求人类文学共通规律和民族特色为宗旨的文学研究。它是以世界文学的眼光,运用比较的方法,对各种文学关系进行的跨文化的研究。

---

① 陈惇、刘象愚:《比较文学概论》(修订版),北京:北京师范大学出版社,2000年,第21页。

② 张隆溪:《钱钟书谈比较文学与"文学比较"》,载《比较文学研究资料》,第89页。

这个定义表明了笔者对比较文学这个学科的基本认识。它与此前的各种定义具有密切的联系，但在内涵、外延上，在表述上，也有些明显的或微妙的区别。

首先，"寻求人类文学共通规律和民族特色"，作为比较文学的根本目的和宗旨，是任何其他形式的文学研究所不能取代的。一般的国别文学研究，虽然归根到底也有助于"人类文学共通规律"的揭示，但是，它的自觉的、直接的目的却不在于寻求"人类文学的共通规律"，或者说，一般的国别文学研究也难以达到这个目的。同时，一般的国别文学研究，虽然也有助于揭示该国文学的某些民族特色，但如果没有与世界其他民族文学的自觉的比较，所谓"特色"也就无从谈起。"人类文学的共通规律"和文学的"民族特色"，是一个问题的两个方面，是文学的一般性与特殊性的关系。如果把文学比作一首乐曲，那么"民族特色"就是乐曲中的不同乐章，"共通规律"就是由不同乐章构成的完整和谐统一的音乐。两者互为表里，互为依存。因此，我们强调比较文学的研究目的和宗旨是"寻求人类文学的共通规律和民族特色"，就是强调两者的不可分割性。这可以有助于从两个方面克服比较文学研究史上出现的两种学术偏向，一种是"民族主义"，另一种是"世界主义"。"民族主义"偏向于求异，强调各种文学体系的特殊性；"世界主义"偏向于求同，强调各种不同文学体系的共同性。例如，在早期法国学派的比较文学研究中，强调本国文学向外国的传播、对外国文学所产生的影响的同时，相对忽视了对接受民族的消化、改造、超越与独创力的阐述与说明，流露出了"法国中心主义"倾向；在日本和韩国的所谓"国文学研究"中，有人极力强调本民族文学的独特性，力图淡化、乃至否认中国文学对它的影响。这就是比较文学研究中的"民族主义"偏向。另一方面，在搜求大量例证，强调"人同此心、心同此理"的人类文学共通性的时候，却相对忽视了不同民族思维上的某些深刻差异，这就是比较文学研究中的"世界主义"倾向。比较文学研究要成为真正科学的研究，就必须时刻注意克服这两种偏向，既要注意发现和总结人类文学的共通规律，也要在比较中凸现文学中的民族特色。当然，这是一个漫长的、不断深化的过程。

　　第二，上述定义强调比较文学是"以世界文学的眼光"所进行的文学研究。"世界文学"是比较文学研究必须具有的视野，世界文学既是指世界各民族文学的总和，也是指世界各民族文学事实上的广泛的联系性。比较文学和任何其他学术研究一样，必须立足于具体的问题，立足于所研究的具体对象，但与此同时，又必须有"世界文学的眼光"。一个民族文学与另一个民族文学的比较通常属于比较文学，但倘若这种比较不具备"世界文学的眼光"，那么它也会流于一般意义上的比较，而不是完全意义上的"比较文学"。同样的，在研究国别文学的时候，如果具备了"世界文学的眼光"，如果自觉地将国别文学置于世界文学的大背景下，那么即使没有特意地拿该国文学与外国文学作比较，它也是符合比较文学的根本宗旨的。许多学者强调的"比较文学不是文学比较"，似乎主要应从这个角度加以理解。换言之，假如没有"世界文学的眼光"，有了"比较"也并不等于"比较文学"；假如有了"世界文学的眼光"，即使没有直接的"比较"，也可以把它看成是"比较文学"。

　　第三，任何一个相对独立的学科的成立，除了要有独立的研究范围与研究对象外，还要有相对独特的研究方法。在我们的定义中，提出了"运用比较的方法"，即认为比较文学的基本的研究方法是"比较"。这似乎是一个不言而喻的事情——"比较文学"当然要"比较"。但是，在比较文学学科理论中，无论是在"法国学派"还是在"美国学派"中，都有人对"比较"及"比较文学"这一字眼儿提出不满和批评。他们认为，"比较"是一切科学研究都必须使用的一般的方法，而不是文学研究才要使用的方法。因此，用"比较"加"文学"，即"比较文学"来命名这个学科是不恰当的，是不能反映出这个学科的本质特征的，而且会使人误解为凡是文学的比较研究就是比较文学。因此，他们认为现在使用"比较文学"这一名称虽是约定俗成的，但却是不得已的、不恰当的。实际上，用什么字眼儿为一个学科命名，并不是一个太关键的问题，关键问题在于要为这个学科下一个科学的定义。"比较文学"这一名称到现在仍然无可替代，就在于这个名称还算恰当地表明了这个学科的方法论上的特征，即"比较"。诚然，任何科学研究都要使用比较的方法，但比较文学中的"比较"不同于其他学科中的"比较"，它不是一般意义上的"比较"。一般意义上的"比较"可以把甲事物与乙事物拿来做比较，但比较文学做这种"比较"不是无条件的。在比较的范围上，"比较文学"的"比较"是跨越两个以上不同民族及不同文化系统的文学的比较，而不是在同一文化系统内不同作家作品的比较，更不是一个作家与另一个作家、一个作品与另一个作品的封闭式的、孤立的比较。比较文学的"比较"必须具有跨文化的广阔视野；在比较方法的操作上，"比较文学"的"比较"不是简单的对比，不是表面化的类比，不是单纯的比较同与异，而是寻求世界各国文学之间各种复杂的内在关系。因此，比较文学中的"比较"不只是一般意义上的寻求异同的"比较",而是在不同文学体系中的研究对象之间建立联系性，并将它们加以比照、对照、参照和借鉴。在这个意义上，"比较"可以作为"比较文学"所特有的、相对独特的研究方法。作为"比较文学"'来说，"比较"是基本的方法，在"比较"的方法中还可以适当划分出某些具体的方法，如传播研究的方法、影响分析的方法、平行贯通的方法、超文学研究的方法等。

第四，上述定义中有"对各种文学关系所进行的跨文化的研究"这一表述。其中，所谓"各种文学关系"指的就是人类文学现象之间的各种复杂的联系，包括文学交流与传播中的事实关系，文学影响中的精神联系，文体上的同构关系，题材、情节、主题、人物形象、文学理论与文学观念、文学风格等方面的相似、相通和相异关系。这里需要特别说明的是所谓"跨文化的研究"这个关键词。众所周知，人们对"文化"这个词的界定非常不一致。一般而论，所谓"文化"是对人类物质文明与精神文明的抽象概括的总和。我们在此所说的"文化"，不是指单纯的地理上所划分的地域文化，如乡村文化、城市文化之类，也不是指某一社会群体的文化，如宫廷文化、贵族文化、商人文化、平民文化之类，而是指民族文化。在世界文化中，不同民族都有着不同的文化。一种独特的、在世界文化中占一席之地的民族文化体系的形成，必然以它独特的历史传统为依托。换言之，文化是历时的、传统的、积淀的、由物质而上升为精神的、相对稳定而又持久延续的东西。在各种各样的文化类型的划分中，"民族文化"是相对稳定、相对独立、自成体系、自成传统的文化单元。但在某些情况下，并不是每个民族的文化都是自成系统的文化，由于人口数量、民族融合、地域分布等多方面条件的制约，有的民族文化与其他民族的文化属于一个文化系统。例如，我国西南地区若干少数民族，即基本上属于同一文化系统；美国也是一个多种族的国家，但不同的种族的文化都属于"美国文化"的范畴。看来，"文化"的范畴大于"民族"。跨越了民族，未必就是跨越了文化。同时，"文化"也大于"语言"的范畴，所以，"跨语言"也并不意味着"跨文化"。不同的语言可以属于同一种文化。例如，在印度，有上千种不同的语言，光法定语言就有十六种。但是，印度的十六种语言并不代表十六种独立的文化，而是都属于统一的印度文化。因此虽说印度文学的研究是跨了语言的文学研究，但也不能把印度文学研究视为比较文学研究。至于通常说的"跨国界"，与"跨文化"也不是一回事。有时跨了国界，也未必跨了文化，况且，清晰的、法定的"国界"是近代以来才逐渐形成的，而且随着国际政治的变化，国家的分合也处在不断变化中。例如，现在的朝鲜与韩国是两个国家，但他们属于同一种文化。看来，目前通行的所谓"跨民族、跨语言、跨国界"这样的表述，很容易造成语义上的重叠和含混。所以，我们在这里以"跨文化"这个词一言以蔽之，把"跨文化"的研究看成是比较文学研究的必要条件。当然，由于不同的研究者对"文化"一词的理解不同，研究所取的角度、所要解决的问题不同，也就决定了对于"跨文化"的理解也可以有所不同。

另一方面，对"跨文化"的这种表述，实际上也就相应地解决了比较文学学科的定位问题。毫无疑问，比较文学属于文学研究，但通常的文学研究是局限在某个特定文化系统内的文学研究。如中国文学研究、英国文学研究、法国文学研究、俄罗斯文学研究等。但比较文学研究却能够打破这些由民族、语言或国界等因素构成的文化界限，而成为一种"跨文化"的文学研究。因此，比较文学在研究的空间、时间范围上，大于某一文化系统内的文学研究。一般的文学研究（又称文艺学），分为文学史、文学理论与文学批评三个组成部分。在具体的比较文学研究中，有时也可以做这样的划分。但比较文学研究常常需要突破这种划分。比较文学要立足文学史，运用文学批评，会通于文学理论。也就是说，比较文学研究需要从文学史中取材，需要在具体作家作品的比较研究中运用文学批评的方法，而在研究中得出的结论，又必然与文学理论相会通。所以，比较文学的学科位置在于一个"跨"字，即"跨越"。首先是跨越了文化界限，其次跨越一般的文学研究的领域划分，而超乎其外，置乎其上，贯通其中，将不同文化体系的文学研究打通、整合、提升。这样一来，比较文学学科的定位就非常明确了。

有必要顺便指出，有人把"跨文化"研究只作为比较文学"中国学派"的"基本理论特征"，是经不住推敲的。如上所说，比较文学研究——无论是中国的还是外国的——本质上就是"跨文化"的文学研究。这是比较文学理论上的常识，也是任何形式的比较文学研究的基本的、共同的前提与特征。每一个民族和每一个国家都有自己独特的文化，"法国学派"的比较文学研究早就跨越了法国文化与英国文化、德国文化、意大利文化、俄罗斯文化……后来的"美国学派"不但跨了民族文化和国别文化，而且还跨了"洲际文化"——欧洲文化与美洲文化。也许有人会反驳说：我说的"跨文化"指的不是这些，而是所谓"跨越东西方异质文化"。可是，"东西方异质文化"这个提法本身就是似是而非的。任何不同的民族文化都有其质的规定性，相比之下都可以说是"异质"的，东方和西方之间的文化当然也是"异质"的。而且，西方诸文化之间的差异、东方诸文化之间的差异，有时比东方与西方文化的差异还要大。例如，仅以文学而论，东方的中国文学与日本文学之间的差异，甚至大于中国文学与西方文学之间的差异。因此，不能简单化地认为东方文学之间的质的差异、西方文学之间质的差异就小于东西方之间的差异，或认为只有东西方文化才是"异质"的。另一方面，在比较文学研究中，"跨越东西方异质文化"的，也不光是中国。日本、韩国、印度、阿拉伯伊斯兰各国，还有非洲、拉美各国，他们的比较文学研究都势必需要"跨越东西方异质文化"。仅以日本来说，它们的比较文学研究比中国搞得早，近百年来没有中断，其研究成果蔚为大观。如果也要提出一个比较文学的"日本学派"，那么它的特征之一恐怕也是"跨越东西异质文化"。看来，把所谓"跨文化"研究作为中国学派的"基本理论特征"，这个提法本身就缺乏"跨文化"的广阔的世界视野。

第五，在上述的定义中，没有把"跨学科"研究作为比较文学的学科内容，这是经过慎重思考的。将"跨学科"研究，即文学与社会科学、人文科学，乃至自然科学等几乎所有学科进行比较研究，是"美国学派"的主张，并为我国比较文学界绝大多数研究者所普遍接受。将"跨学科研究"作为比较文学的学科内容，固然突破了法国学派的保守和狭隘，但同时却也使比较文学的学科边界变得模糊不清了。笔者认为，"跨学科研究"大于单学科的研究，文学与其他学科的"跨学科研究"自然也大于"文学研究"。比较文学是一种文学研究，但文学与其他学科的"跨学科研究"往往就不再是"文学研究"。这里可能有两种情况。一种情况是，文学与某一学科的跨学科研究一旦有了足够的研究实践，并在此基础上形成了独特的研究方法与研究途径，那就可能形成一种新的交叉学科。如文学与心理学的跨学科研究；就形成了"文艺心理学"；文学与社会学的跨学科研究，就形成了"文学社会学"；文学与美学的跨学科研究，就形成了"文艺美学"；文学与民俗学的跨学科研究，就形成了"文艺民俗学"，等等。诸如此类的文学与其他学科的跨学科研究所形成的新的交叉学科，是"比较文学"这一学科概念所无法概括的。实际上，恐怕也没有人会把"文艺心理学""文学社会学""文艺美学"之类的学科说成是"比较文学"，或企图使之从属于比较文学。另一种情况是，文学与其他学科的跨学科研究，还没有足够的研究实践和研究成果的积累，暂时还没有形成一门新的学科，如文学与经济学、与法律学等学科的跨学科研究，暂时还没有形成"文学经济学""文艺法学"之类的学科。这样的研究属于一般的学科交叉的研究，往往是从文学中寻找经济学、法学的资料，侧重点不是研究文学的"文学性"，而是在于研究经济学或法学。因此不能把它们看成是"文学研究"，自然也不能把它们看成是"比较文学"。假如我们把这类研究看成是比较文学，那么"比较文学"就势必要被淹没在"比较文化"中，从而使得"比较文学"这个学科的相对独立性不复存在。综上，我们没有什么理由将"跨学科研究"视为"比较文学"，而且，将"跨学科"研究视为"比较文学'也给比较文学学科实践带来了负面影响。一方面会使得比较文学的边界失控，而一旦比较文学成为无所不包的学科，那么比较文学就取消了学科存在的必要性与合理性。另一方面，在研究实践中，作为文学研究的比较文学研究往往容易走向非文学的研究，使比较文学不研究文学，最终使比较文学成为非比较文学，从而造成比较文学的学科危机。由于上述的种种原因，我们不同意将"跨学科"的研究作为比较文学的学科内容。

第 2 章

学科理论的构成

比较文学的学科理论构成与上述的学科定义密切相关。学科理论是建立在学科定义的基础上的，学科理论的展开是学科定义的具体化。比较文学学科理论的基本构造应该包括两个方面的内容：一、学科方法论；二、学科对象论。

一、方法论

首先，比较文学作为一种文学研究，当然可以运用文学研究的一些共同的基本的方法，如传统的历史—社会学研究方法、传记研究方法、文本分析方法、鉴赏批评方法，乃至现代从西方传来的结构主义方法、接受美学的方法、形式主义方法、神话—原型批评方法，等等。但是，比较文学作为一个相对独立的学科，必须有自己相对独立的研究方法，那就是比较的方法。如上所说，"比较"不是通常的比较。在比较文学的方法论中，"比较"有着特殊的内涵。"比较"就是在不同文学体系中的研究对象之间建立联系性，建立"互文性"，以资将不同的研究对象加以比照、对照、参照和借鉴。

在详细阐述本书的比较文学方法论之前，有必要回顾一下现有的比较文学学科理论著作、教材中关于比较文学方法论的界定与划分。在现有的比较文学学科理论中，关于比较文学方法的界定和划分显得有些混乱。以中文版的有关著作为例，有的将比较的研究方法划分为"影响研究"与"平行研究"两大类（如卢康华、孙景尧著《比较文学导论》）；有的不单讲研究方法，而是将研究方法与研究对象混在一起（如乐黛云著《比较文学原理》、乐黛云主编《中西比较文学教程》）；有的将比较文学的"基本类型和研究方法"做同一观，提出了"影响研究""平行研究""阐发研究""接受研究"四种"类型"和"方法"（如陈惇、刘象愚主编《比较文学概论》、张铁夫主编《新编比较文学教程》等）；有的则将文学研究、乃至一切人文科学、社会科学研究都通用的方法，作为比较文学的学科方法（如刘介民著《比较文学方法论》；有的依照美国人的观点，把"跨学科研究"与"文学范围内的比较研究"并列成不同的两章，或者把"跨学科的文学研究"列为专章，与"比较文学的基本类型与方法""文学范围内的比较研究"等章节相并列（如陈惇等主编《比较文学》，陈惇、刘象愚著《比较文学概论》），使人搞不清楚所谓"跨学科研究"指的是研究的"方法"？还是研究"对象"？抑或是"方法"与"对象"兼有？

总括起来，这里存在三个主要的问题。

第一，将"研究方法"与"研究对象""研究类型"不加仔细的区分，使两者混为一谈，就往往使研究方法自身的"方法"特征不突出，"方法论"色彩不浓，就会削弱对比较文学研究的方法上的指导意义。在比较文学中，研究对象及其所包含的研究课题是无限的，研究类型也可以根据不同的标准划分出许多许多，然而比较文学的研究"方法"不能是无限的。诚然，比较文学的研究方法，与比较文学的研究对象（或研究类型）是紧密联系在一起的，往往某种研究对象中的某些研究课题特别适用某种研究方法。但是，"对象"与"方法"毕竟是两个不同的范畴，"方法"从对象的研究中抽象出来，又反作用于对象。"方法论"既有抽象的哲学性质，又有工具论的性能。从比较文学的研究实践中总结和抽象出来的若干基本方法，应该能够普遍适用于比较文学的一切研究对象及研究课题。假如我们把一种研究类型（或对象）与一种"方法"混为一谈，那就会使人误以为该研究对象、研究类型只适合特定的、属于它自身的某种研究方法。例如，把"影响研究"作为一种类型、同时也作为一种"方法"混为一谈，那就很可能暗示出作为"影响研究"的某种对象只能使用"影响研究"的方法。而实际上，用作"影响研究"的那个对象，也可以——而且往往是必须——使用其他的方法，如平行研究的方法等，这样才能全面客观科学地呈现对象、揭示对象的本来面貌。看来，比较文学的"方法"应该普遍适用于比较文学的一切研究对象。正如某一把斧头（方法）可以用来劈所有的木柴（对象），是同一个道理。所以，笔者不赞同在比较文学学科理论中，将"方法"与"对象""类型"合为一谈的做法。比较文学学科理论的最重要的任务之一，就是总结比较文学研究的历史经验，并在此基础上抽象出相对超越的、能够适合不同研究对象、研究课题或研究类型的基本的方法。否则，比较文学学科理论就难以对比较文学的研究实践起到应有的指导作用，也不能说尽到了学科理论应尽的职责。

第二，如果将文学研究、乃至学术研究的普通方法，作为比较文学的特殊方法，将比较文学的方法泛化和一般化，也就等于取消了比较文学的特殊的学科方法。其中最突出的是所谓"阐发法"的提出。"阐发法"最早是由台湾学者古添洪、陈鹏翔在20世纪70年代中期提出的。他们认为：利用西方有系统的文学批评来阐发中国文学及中国文学理论，叫做"阐发法"，并把"阐发法"作为比较文学"中国学派"的特征。近年来，大陆学界也有人热衷提倡"阐发法"。有的比较文学学科理论的教科书，也匆忙将"阐发法"或"阐发研究"列为专节加以阐发。诚然，用西方的理论阐发中国文学，是20世纪中国文学研究的主流。例如近代王国维用叔本华哲学阐发《红楼梦》，现当代批评家习用马列主义理论（请注意马克思和列宁也是西方人）阐发中国文学，最近二十年有不少人用各种各样的时髦的西方理论阐发中国文学……可以说，一百多年来的中国文学研究，基本上使用的是外来的理论和方法。纯用中国传统理论来研究中国文学的，难以例举。总之，要是从"阐发"这个角度看问题，那么20世纪的中国的这些文学研究所运用的基本方法就是"阐发法"。然而，我们因此就能说20世纪的中国文学研究都是"比较文学研究"吗？如果"比较文学研究"就等同于"文学研究"，那我们还提"比较文学"干什么？所以说，"阐发法"只是20世纪中国文学研究、乃至中国文化研究的一般方法，而不是比较文学这个学科所特有的特殊方法。

第三，近年来，西方形形色色的新理论对我国的比较文学造成了很大冲击。有些人试图把每一种西方新理论都引入比较文学学科理论中，都作为比较文学的"方法"来运用，遂使得比较文学学科方法的划分失去基准，划分过于细碎，割裂了方法的相对完整性进而失去了独立的可操作性。例如，有的著作在"影响研究"之外，又划分出了"接受研究"这一方法。这实际上是多余的。当人们意识到传统的"法国学派"对"接受"方面的研究不够，特别是对大众接受（受众）不够重视的时候，就引进德国的"接受美学"与"阐释学"，提出了"接受研究"的概念并把它作为比较文学研究的方法类型之一，这是不无益处的。但是，笔者认为，无论是文学的传播研究，还是文学的影响研究，都不可能没有对"接受"问题的研究。因为有传播必有接受，有影响必有接受，这是一个问题的两个方面。将两者分开，在理论上是片面的，在实践上也会造成不便。近二十年来，我国学术界对西方的新思潮、新观念、新方法大量引进，体现在比较文学领域，即是对当代西方的形形色色、五花八门的新理论趋之若鹜，热情崇尚有余而冷静分析不足。有的比较文学学科理论著作甚至用了三分之一的篇幅，来论述比较文学与那些新理论，如后现代理论、阐释学、接受理论、符号学、女权主义理论的关系。这样就进一步将比较文学的学科方法与那些五花八门的新的文化理论搅混在一起，并导致比较文学的方法论淹没在一般的文学批评、一般的文艺理论和文化理论当中。

以上说过，"比较"是比较文学的基本的方法。但在"比较"的方法上，还可以适当划分出某些具体的方法。为此，本书提出了比较文学学科的六种具体的研究方法。一是传播研究的方法，二是影响分析的方法，三是平行贯通的方法，四是超文学研究的方法、五是比较语义学的方法、六是宏观比较文学的方法。

第一种方法，即所谓"传播研究的方法"，是比较文学中的实证研究方法。它综合了法国学派的历史学的研究方法和现代的"传播学"方法，对文学史上的历史事实加以收集、整理，通过文献考证和史料分析，寻找出作家作品之间的国际的、跨文化的事实联系，寻找出国际文学相互交流中从传播到接受的途径与路线，并能预测未来世界文学传播与交流的某些趋势。

第二种方法，即所谓"影响分析的方法"，即对文学中"影响"这一现象的分析研究。其特点是将比较文学与文学批评密切结合起来。"影响"与"传播"不同，"影响"不是一种物理事实，而是一种精神现象。"影响分析"方法就是通过对作家作品之间的"影响"关系存在的假设和具体的文学批评与文本分析，来论证作家作品之间的精神联系，其目的是研究作家作品跨文化的相互影响的规律，研究作家接受外来影响与超越影响、接受外来影响与艺术独创之间的辩证关系。因此，"影响分析研究"可以分为"影响研究"和"超影响研究"两个方面。

第三种方法，即所谓"平行贯通的方法"。这种方法适用于没有"传播"的事实、也没有"影响"之存在的文学现象之间的比较研究。所谓"平行"，指的是没有事实关系的不同文学现象之间的类同、互衬和对比的研究；所谓"贯通"，指的是将这些不同的文学现象打通、贯穿起来，在它们之间建立逻辑上、理论上的关系。

第四种方法，是"超文学的研究"，即在比较文学研究中，超越文学的学科限制，打破文学与其他学科的界限。"超文学研究'作为比较文学的研究方法与通常所谓的"跨学科研究"不同。它不是笼统地描述文学与其他学科的一段关系，而是要在一定的范围内，从具体的问题出发，将某些与文学密切相关的国际性、世界性的社会事件、历史现象、文化思潮，如政治、经济、军事（战争）、宗教、哲学思想等，作为研究文学的角度、切入点或参照系，来研究某一文学与外来文化之间的各种关系。

第五种方法是比较语义学的方法。比较语义学是以词语、概念为对象的比较研究，其研究的单位是词语，属于比较文学中的微观的、"点"的研究。比较语义学就是在跨语言、跨文化的范围与视野中，对同一个词语概念在不同民族、不同国度、不同时代的文学交流中的生成与演变进行纵向的梳理与横向的比较，以便对它的起源、形成、运用、演变的历史过程做追根溯源的考古学的研究，描述其内涵的确立过程，寻求其外延的延伸疆界，分析某一词语的概念化的过程、其内涵与外延发展变化的具体的历史文化语境，从丰富的语料归纳、分析与比较中，呈现出、构建出相关词语概念跨文化生成演变的规律。

第六种方法是宏观比较文学的方法。"宏观比较文学"指的是以民族（国家）文学为最小单位、以世界文学为广阔平台的比较研究，它以平行比较的方法总结概括各民族文学的特性、用传播研究与影响研究的方法揭示多民族文学之间的相互联系而构成的文学区域性，探讨由世界各国的广泛联系而产生的全球化、一体化的文学现象及发展趋势。宏观比较文学所关注的一般不是微观比较文学那样的具体的个案问题，除非某些个案研究可以导出具有普遍意义的理论观点或学术结论。究其实质，"宏观比较文学"就是"世界文学宏观比较论"。

以上是本书划定的比较文学的六种基本的研究方法。这六种研究方法是相对独立的，也就是说，他们都是相对完整的、可独立使用的方法。但是，在比较文学研究中，这六种方法的划分只是相对的，不是绝对的。它们既有区别，也有联系。在具体的研究中，可以主要使用某一种方法，但更多的场合是综合使用这六种不同的研究方法。例如，笔者在《新感觉派及其在中国的变异》一文中，使用了传播研究的方法，指出了日本新感觉派在中国的传播和接受情况；使用了影响分析的方法，从分析具体作品入手，论述了中国的"新感觉派"对日本新感觉派影响的误解、混同、偏离；又使用平行研究的方法，把中日新感觉派作为两种平行的文学现象，指出了它们在某些本质方面的深刻的差异。同时，还运用超文学研究的方法，从社会学、历史学和哲学的角度，指出造成中日新感觉派的深刻差异的背景与根源。在比较文学研究中，应该能够得心应手地使用这几种不同的研究方法，在使用中不露刀削斧凿、刻意为之的痕迹，将方法融入对象的研究中。

二、对象论

任何一门学科都有自己的特有的研究对象（或称研究领域、研究范围）。比较文学要成为一门独立的学科，也必须确立自己独特的研究对象。如果找不到自己的独特的研究对象，比较文学学科那就可有可无。在现有的比较文学学科理论著作中，对比较文学研究对象的划定并不一致。有的将研究领域单列一章加以论述，有的并不单独提出对象问题，而是将方法与对象合为一谈。有的按照各类文体来划分研究对象，如神话、民间文学、诗歌、中短篇小说、长篇小说、戏剧文学等。由于研究对象问题是比较文学学科理论中的最重要的问题之一，将这个问题单列成章，以强化学科的对象意识，是十分必要的。

对比较文学学科对象的划分，应该遵守两个基本原则。第一，比较文学的学科对象应该是独特的，不可以无条件地与其他学科的研究对象重合。有些问题，许多不同的学科都可以来共同研究，我们就称这些问题为"一般对象"。例如，神话、民间故事、诗歌、小说、戏剧文学、散文等，这些是文学研究的一般对象，而不是比较文学要研究的特殊对象。倘若比较文学只以这些为对象，我们就不能充分看出比较文学学科成立的必要性。只有当有些对象必须由比较文学来研究的时候，比较文学学科才是充分必要的。事实上，文学研究中的确存在这些对象，只是需要我们的学科理论加以总结、整理，使之明确化。第二，在划分和确定比较文学对象的时候，必须处理好"对象"与"课题"两者之间的关系。一方面，对象本身应该包含着问题意识，在一定程度上使对象课题化。本来对象是客观的，而一旦渗透进研究者的问题意识，对象就有了主观性，就成了主观与客观的统一体。对象既是对象，同时也蕴含着不同的课题。否则，对象脱离了课题，就可能变得大而无当。例如，把所谓"文类学"作为比较文学研究的对象，确定文类学"是专门研究文学的种类、类型、体裁、风格及其演变的学问"。这样的界定几乎涉及了从内容到形式、从文学批评、文学理论到文学史的文学研究的所有方面，所以这样的对象划分固然是"大"的，然而却是"无当"的。另一方面，课题从对象中出，对象大于课题；对象是相对固定的，也是有限的，而课题则是不固定的，无限的。我们主张对象的课题化，并不意味着用课题意识来取代对象意识，否则就会导致对象的划分过分细碎。

　　基于上述两个基本原则，本书将比较文学学科的研究对象划分为六种，共两种类型。列专章、分六节加以论述。

　　第一，比较文体学。它的研究对象就是文体，即文学的体裁样式，但它又不是一般的文体学。而是作为比较文学的"文体学"，即"比较文体学"。比较文体学就是站在世界文学、国际文学史的高度，对世界各民族文学的不同文体的产生、形成、演变、存亡及其内在关联加以横向的和纵向的研究，并对世界文学史上各种文体的特征、功能及其民族历史文化、民族审美心理等各方面的成因进行对比分析。比较文体学的研究课题主要有两个方面：一、各民族文学中的文体划分及其依据与标准的比较研究；二、文体的国际移植与传播的研究及当代文体的世界性与国际化的研究。

　　第二，比较创作学。这种研究对象与上述的"比较文体学"有着明确的分工。比较文体学研究的是文学的体裁样式，即形式的方面。而比较创作学则是研究除形式之外的文学创作的各种内在构成因素，其中包括题材、主题、情节、人物等诸方面。换言之，比较创作学就是对不同民族文学创作中的题材、主题、情节、人物形象、意象等创作要素的跨文化的比较研究。

　　第三，比较诗学。如果说比较文体学、比较创作学以具体的作家作品为对象，那么比较诗学则须超越具体的作家作品。首先，比较诗学是对理论家、评论家、作家的文学思想、文学观念、文学批评的跨文化的比较研究，即通常所说的"文学理论"的比较研究；其次，比较诗学研究是对各国文学总体的美学风貌和共同美学规律的从微观到宏观的比较研究。

以上三个方面的研究对象已经涉及到了文学现象从外在形式到内在内容，从创作到理论、从微观到宏观的方方面面。但是，这还不是比较文学研究对象的全部，以上三个方面的研究对象，是用比较的方法研究的"一般对象"。也就是说，这些对象在通常情况下是文学研究的一般对象，而只有在研究中运用跨文化比较的方法，才能成为比较文学的研究对象。因此它们还不是比较文学研究的"特殊对象"。所谓"特殊对象"指的是：只要研究了这个对象，就必定是比较文学研究，而无需特别有意地运用比较的方法。因为研究这个对象的性质决定了有关它的研究必定是"跨文化"的研究，也必定是比较文学的研究。

这类研究对象有三个，即翻译文学研究、涉外文学研究、区域文学史和世界文学史研究。

第一，翻译文学研究。"翻译文学"作为一种文学类型，具有天然的跨文化的品格。一方面，它是从另外一个民族或国家，从另外一种语言文本中翻译过来的文学，从源语、原本来看，它属于外国文学；另一方面，它是本民族翻译家，通过创造性的艺术劳动，用本民族语言翻译过来、供本民族的读者阅读和欣赏的文学文本，因此它应该属于本民族、本国文学的一个特殊的组成部分，而不再等同于外国文学。由于翻译文学具有了这样的跨文化的品格，它自然就属于比较文学研究的特殊对象；换言之，"译文"或"译本"是比较文学研究所要处理的独特的、独有的文本。如果说，本土（中国）文学研究所要处理的对象文本是包括诗词曲赋小说散文在内的中国文学文本，外国文学研究所要面对和处理的是相关语种的外国文学原作，那么，比较文学所特有的文本就是翻译文学，就是"译文"。研究"译文"，就是研究从原文向译文的翻译转换，既要揭示译文的生成过程，又要对译文做出对错美丑的评论与评价。

第二，涉外文学。涉外文学作为一种文学类型，指的是以异国异域为舞台，或以外国人为主要描写对象，或以外国问题为题材、为主题的作品。同翻译文学一样，涉外文学也具有天然的"跨文化"的性质，也自然地属于比较文学研究的特殊对象。

第三，区域文学史和世界文学史研究，两者可通称为比较文学史研究。所谓区域文学，也可以称为地区文学，是指由若干民族或国家形成的在文学上具有某种联系性和共同性的集合体。根据研究目的的不同，可以对区域文学进行或大或小的划分，例如东亚文学、东南亚文学、北欧文学，或亚洲文学、欧洲文学、拉丁美洲文学，或东方文学、西方文学等。世界文学史研究则是将世界文学作为一个有机整体，以揭示世界文学的广泛联系性，探讨人类文学总体发展规律为目的的文学史研究。这两类研究都不能在单一文化的范围内进行，都属于跨文化的研究，因此它本身就是比较文学的研究。

中　篇

研究方法

第3章

———◆◇———

传播研究法

传播研究方法是比较文学最早使用，也是最基本的方法，并且与法国学派关于"比较文学研究是国际文学关系史的研究"的定义密不可分，是一种建立在史实、史料基础上的实证研究的方法。

一、"法国学派"的方法是"传播研究"而不是"影响研究"

在对传播研究方法进行阐述之前，有必要首先澄清与传播研究方法有关的"法国学派"及"影响研究"问题。

长期以来，国内外比较文学界将"法国学派"与"影响研究"看成是一回事，认为"法国学派"是"影响研究"，"影响研究"是"法国学派"；又在这个看法的基础上进一步把文学传播与文学影响等同起来，把"传播研究"与"影响研究"等同起来。但是，如果我们将法国学派代表人物的观点和主张，及法国学派的研究特色做一必要的检讨和辨析，就不难看出，"法国学派"实际上并不赞成

"影响研究"。

第一位阐述和总结法国比较文学百余年研究经验的理论家是梵·第根，他在《比较文学论》中认为，比较文学的研究对象是"本质地研究多国（仅在欧洲范围内而言——引者注）文学作品的相互关系"。他所说的这种"关系"是什么关系呢？他进一步解释说："整个比较文学研究的目的，是在于刻划出'经过路线'，刻划出有什么文学的东西被移到语言学的界限之外这件事实"。梵·第根把这种"经过路线"分为放送者、接受者和媒介者三项进行研究。从放送者的角度来看，考察一个作家在国外的影响与声誉，梵·第根称之为"誉舆学"；从接受者的角度，研究文学作品的主题、题材、人物、情节、风格等的来源，即源流学（今译"渊源学"）；研究文学传播的途径、手段，包括翻译、改编、演出、评介等，即媒介学。由此看来，梵·第根所阐述的实际上是文学的"传播"关系。那时梵·第根没有直接使用"传播"一词，但他所谓的"经过路线"，其意思和"传播"完全相同。当然他也使用了"影响"一词，但他所说的"影响"与"经过路线"实际上是同义词，并没有对"影响"加以严密的界定。这在相当大的程度上造成了人们对"经过路线"与"影响"两个概念的混淆。

此后，法国学派的另一个著名的理论家J-M·伽列在为他的学生马·法·基亚的《比较文学》初版所写的序言中，则开始对"影响"研究与法国学派所推崇的国际文学关系史研究，做了明确的区别。他认为，比起有事实为据的国际文学关系史研究来，"影响研究"是不可靠的。他写道：

人们又或许过分专注于影响研究（Les études d'influence）了。这种研究做起来是十分困难的，而且经常是靠不住的。在这种研究中，人们往往试图将一些不可称量的因素加以称量。相比之下，更为可靠的则是由作品的成就、某位作家的境遇、某位大人物的命运、不同民族之间的相互理解以及旅行和见闻等等所构成的历史。[1]

和伽列一样，基亚也对"影响研究"持怀疑态度。他在流传甚广的《比较文学》一书中写道："有关影响问题的研究往往是令人失望的。……当人们想把问题提高到一个国家对另一个国家的影响时，那无疑很快就去落到抽象的语言游戏中去了。"[2]因此基亚更明确地将比较文学的范围做了界定，即"比较文学是国际间的文学关系史"，比较文学家也应该是文学关系史家，他把"文学世界主义的媒介因素"——即国际文学关系的媒介工具（翻译、旅行）和使用这些工具的人（译者、旅行家）作为比较文学研究的首要对象。基亚举例说：研究法国作家伏尔泰与英国的关系，"主要的还得说明这位流亡者（指伏尔泰——引者注）是怎样熟悉这个国家的，是怎样学习这个国家的语言的，又是怎样交朋友的。他回法国后又让人们了解了英国哪些方面的情况，为什么让人了解这些情况而不是另外一些"，他认为"这些工作的优点是可以避开'影响'这个暗礁。"[3]

---

① ［法］J-M・伽列:《〈比较文学〉初版序言》，载《比较文学研究资料》，第43页。

② ［法］马・法・基亚著,《比较文学》，颜保译，北京：北京大学出版社，1983年，第106页、16页。

③ ［法］马・法・基亚著，颜保译《比较文学》，第16页。

上述法国学派几个代表人物的观点足以表明，法国学派的比较文学研究实际上并非人们所认为的"影响研究"学派。毋宁说，法国学派对"影响研究"是持怀疑的、或者是不赞成态度的。因此，我们不能再继续将法国学派与"影响研究"混为一谈。如果要对法国学派的研究倾向和特点加以概括的话，我认为将它们称为"传播研究"更合适些。梵·第根等人所推介的国际文学之间的"经过路线"的研究，伽列、基亚等人所主张的"国际文学关系史"的研究及其方法，严格地说，都是传播研究方法。

长期以来，人们意识到了"法国学派"比较文学研究的"局限性"，例如，看出"法国学派"仅仅把研究的范围限定在欧洲，看出"法国学派"对"接受者"的研究重视不够，看出"法国学派"反对分析和推理的方法、主张以"确实的事实"来证明"影响"之存在的不可行性。但是，现在我们确认法国学派不是"影响研究"，而是"传播研究"的学派，那就很容易看出，人们对"法国学派"的批评，是站在"影响研究"的立场上，用"影响研究"的学术标准来批评"法国学派"的。而倘若从"传播研究"的立场来看，"法国学派"的学术主张就显出了更多的合理性。法国学派仅仅把研究范围限定在欧洲，除了他们的欧洲中心论、法国中心论的意识在起作用外，主要的还是因为"法国学派"知道，只有欧洲内部的文学传播才有大量可以实证的确凿的事实可以收集，可以画出清晰的文学传播的"经过路线"。而跨出欧洲的范围，确凿的"传播研究"的事实就少得多，"传播研究"就显得很困难，就势必要使研究跨入他们所怀疑的"影响研究"的范围。"法国学派"反对推理与分析的方法，这对于"传播研究"而言，也是合理的。因为"传播研究"必须实证，推理和分析也必须建立在实证的基础上。但"影响研究"用实证的方法就未必可靠，很大程度上要在有限的事实的基础上，依赖于分析、推理的方法。

笔者在这里说明"法国学派"不是"影响研究"学派，说明"法国学派"的实质是"传播研究"，对于区分比较文学中"影响分析"与"传播研究"的两种不同方法及其分野，是非常必要的。

二、从"影响"与"传播"之不同看传播研究法

在国际文学交流史的研究中，人们往往将"影响"的研究和"传播"的研究混为一谈。诚然，"影响"与"传播"有共通之处，从一定意义上说，"影响"也是"传播"的，或者说"影响"也有"传播"的性质。但是，为了科学地区分比较文学研究的不同的领域与不同的方法，我们必须搞清文学中的"影响"与"传播"这两种现象的本质不同。在比较文学中，"影响"不是一种物理的事实，甚至不是一种本体概念，而是一种关系的概念，"影响"是作为一种精神的、心理的现象而存在的。影响（influence）一词，在西文中起源于古代占星学，本指星体与人类的感应关系。这种关系有时是难以觉察的，具有神秘的形式，后泛指一事物与另一事物之间的微妙的影响关系。中文的"影响"两个词素，恰切地表明了这种关系是"影"（影子）和"响"（响声），"影响"的存在恰如"影子"和"响声"一般难以把握。

文学的"传播"与文学的"影响"则有多方面的不同。首先，从途径与手段的角度看，"文学传播"作为一种文学信息的流动过程，

必须借助有形的媒介手段，如翻译、新闻报刊、团体组织、人员交流等。虽然"影响"的实现也依靠"传播"，但影响的传播不一定需要有声有色的媒介手段。也就是说，一个作家受到另一个作家的影响，一部作品受到另一部作品的影响，通常情况下并不像"传播"那样有一个明晰可寻的"经过路线"，难以找出一个有形的过程、环节和途径。接受影响可以不通过任何媒介因素，而直接与影响自己的对象发生联系，从而形成了"影响"的实现方式和途径的复杂化、暧昧化，形成了直接影响和间接影响、瞬间影响和持续影响、有意识的影响和无意识的影响等等不同的情况。

从发生学的角度看，"传播"从一开始就是一种自觉的、有意识的作为，是有意识地向外"放送"的行为，或有意识地由外向内输入的行为。如20世纪80年代日本政府鼓励有关机构组织和作家积极向国外传播自己的作品，以便表明世界上普遍存在的日本人只是个"经济动物"的看法是不对的。可以说，20世纪80年代日本文学在国外的普遍流行，与日本人的主动向外推广有密切关系。

从文学的接受效果来看，一个国家的作品被传播到另一个国家之后，尽管也被改造和利用，但仍然基本上、大体地保持着它原来的本体状态。例如中国小说集《剪灯新话》在16世纪传入日本之后，曾广泛流布，并被一些文人作家翻译、改编和摹仿——日本人称为"翻案"，即保留其基本的故事情节和人物形象，只是把人名、地名和部分细节换成日本的。现代日本学者对这些"翻案"小说的"出典"进行了研究，指出了它们是哪一部中国小说的"翻案"。严格地说来，这种"出典"的研究实际上是文学"传播"的研究，而不是文学"影响"的研究，是对被"传播"的作品的状态和结果的研究。

因为，仅仅是翻译、改编和摹仿，还只处于对外来文学的"输入"和"利用"的阶段，还不能达到将外来的文学消化、吸收、超越并在此基础上创新的程度。

由此我们可以看出"传播"和"影响"的联系与内在区别："传播"是"影响"的一种基础，"传播研究"可以成为"影响研究"的前提、基础和出发点。但从比较文学研究方法论的角度来看，"影响研究"和"传播研究"的立足点就有不同。"影响研究"是一种探讨作家创造的内在奥秘、揭示作家的创作心理、分析作品的成因的一种研究。它本质上是作家作品的本体研究，属于文学的内部研究（不是外缘的、外部的研究），是立足于审美判断，特别是创作心理分析、美学构成分析上的研究。与"影响"密切相关的范畴是："影响"与"接受"、"影响"与"超越"、"影响"与"独创"，它的基本的研究方法主要不是实证，而是审美判断和创作心理分析，它主要研究"影响"与"接受"、"影响"与"超越"、"影响"与"独创"之间的复杂关系。而"传播研究"与"影响研究"不同。它是建立在外在事实和历史事实基础上的文学关系研究，像"法国学派"所做的那样，本质上是文学交流史的研究。它关注的是国际文学关系史上的基本事实，特别是一国文学传播到另一国的途径、方式、媒介、效果和反应，其基本的研究方法是历史学的、社会学的、统计学的、实证的方法，它是文学社会学的研究，属于文学的外部关系研究的范畴。在"传播研究"中，除非特别需要，它一般不涉及对具体作家作品的分析判断，而只关注其传播与交流情况。与传播研究相关的重要概念是"渊源""媒介""输入""反馈"等等。

我们可以结合具体的研究实例，来说明"传播研究"和"影响研究"的两种方法的立足点的不同。例如，中国的"龙"和印度的"龙"（音译"那伽"）两种文学形象的比较研究。瞿世休、台静农很早就提出："龙"不是中国的土产，而是从印度"输入的洋货"。季羡林也肯定了这一观点，说："这东西（龙）不是本国产的，而是印度输入的。"①但是，后来阎云翔在硕士论文《论印度的那伽故事对中国龙王龙女故事的影响》②中，经过深入的研究，得出了不同的结论。他认为："不能说龙王龙女故事是外来的洋货，也不能简单地说龙王龙女故事是从印度输入的。影响抑或输入，一词之差，具有本质区别。……龙王龙女故事绝非那伽故事的复制品，更不是舶来货，而是接受外来影响的中国创作。"我们可以在上述两种不同的结论中，看出他们所包含的两种不同的立场、不同的研究方法。"输入"说的立场和方法属"传播研究"，"影响"说的立场和方法则是"影响研究"。所以，阎云翔深刻体会到："影响与输入，一词之差，具有本质区别。"这个研究实例有力地说明："传播—输入"与"影响—接受"在国际文学关系中，是两种不同的关系形态。如果对这两种形态不加区分，就很容易将"影响—接受"的关系与"传播—输入"的关系混同起来，那就会妨碍研究者得出科学、正确的结论。

区分"传播研究"与"影响研究"这两种不同形态的比较文学方法非常重要和必要。其重要性和必要性在于它能够有助于比较文学研究方法划分的科学化。现在流行的"影响研究"和"平行研究"

---

① 季羡林：《印度文学在中国》，载《比较文学与民间文学》，北京：北京大学出版社，1991年，第106页。

② 阎云翔：《论印度的那伽故事对中国龙王龙女故事的影响》，载郁龙余编《中印文学关系源流》，长沙：湖南文艺出版社，1987年，第413页。

两分法，在理论上存在盲点。通常认为，"影响研究"和"平行研究"的不同，在于研究对象之间是否有事实关系。"影响研究"是有事实关系的研究，"平行研究"则是没有事实关系的研究。然而，问题正出在"事实"这个词本身。如上所说，"影响"作为"事实"是一种极为特殊的"事实"。凡是"事实"，都应该是"铁证如山"、实实在在、有案可稽的东西。而那些似是而非、暧昧模糊、难以把握的东西，通常不能被看作是确凿的事实，至多不过是一种有待证实的"准事实"罢了。但是，文学中的"影响"恰恰是这样一种难以把握的"准事实"。这就使得一些研究者在研究中遇到了理论上和实践上的困惑——"影响研究"不是建立在事实关系基础上的研究吗？那好吧，现在让我收集事实，并且我对这些事实进行了整理和分析，我证明了不同的国际文学之间的交流，指出了一个国家的某个作家、某一部作品、某种文学思潮流派和理论主张，如何流传到了另一个国家。但是，即便如此，让我用这些材料和事实进一步证实某某作家、某某作品，是否受了另外某个作家作品的影响的时候，就觉得光有这些事实还不够，还不能说明问题。例如，在中俄文学关系研究中，说俄罗斯文学传播到了中国，鲁迅曾经赞赏过俄罗斯作家果戈理，还写了与果戈理的小说《狂人日记》同名的小说，事实就是如此。这些事实能够说明俄罗斯文学在中国的传播和中国作家对俄罗斯文学、对果戈理的接受，但能不能证明鲁迅的《狂人日记》就受到了果戈理的影响？如果说有影响，那么进一步具体说是如何的影响，多大程度的影响？那就难以回答了。因为这是另外一个层面的问题了。即由"传播"问题，到了"影响"问题，这是两种相互关联但又是不同层次的问题。

在这种情况下，必然就会有人提出这样的疑问：所谓"影响研究"原来并不能证实"影响"，那么"影响研究"还有什么价值呢？由于没有分清"传播研究"和"影响研究"的性质的不同，他们对通常所谓的"影响研究"抱着过多、过全面的要求。一方面期望"影响研究"能够理清文学交流的事实，另一方面也要求"影响研究"能够深入探得作家创作和作品构成的内部机制。当通常所谓的"影响研究"已经一定程度地达到了理清文学交流事实这一目标的时候，人们便不再满足于此，就批评"影响研究"只是画出了影响的"经过路线"，只是"文学的外贸关系"的研究，认为这种研究方法不能切入文学的本体和本质；另一方面，当他们试图用实证科学的研究方法来研究"影响"问题的时候，就发现实证方法的不适用，因为实证方法无法证实"影响"的存在。所以就认为"影响研究"不可行、"实证研究"不可行，并由此全面否定"影响研究"，提出对影响研究进行"颠覆瓦解"。这就是主流的"美国学派"自20世纪50年代以来的一贯看法，90年代以来中国比较文学界也有人进一步回应这种否定影响研究的主张。

这种偏颇的主张的根本症结，是将"影响"与"传播"混淆起来，而没有将"影响研究"与"传播研究"区分开来，没有将"传播研究"所使用的实证的研究方法与"影响研究"所使用的分析方法区分开来。以实证研究的效果来要求和衡量"影响研究"，以实证研究方法的局限性来全面否定影响研究的价值，以实证研究不能确证"影响"是否存在，来否定"实证"研究方法在比较文学研究中的作用；以"传播研究"不能揭示作家创作的内在成因为由，而轻视了国际文学关系史（文学传播）研究的价值。

这些都表明，将"传播研究"方法从通常所说的"影响研究"方法中剥离出来，是十分必要的。

笔者认为，由"法国学派"所开创的比较文学的"传播研究"方法，虽有其历史的局限性（如自觉不自觉的欧洲中心论、法国中心论等），但它所奠定的方法论基础，今天并没有过时。特别是在中国，"传播研究"不但没有过时，而且非常现实和非常需要。

三、传播研究法的运用、意义与价值

"传播研究"作为比较文学研究的基本方法之一，它有着自己独特的适用对象、运用价值和操作方法。

"传播研究"法的适用对象是国际文学交流史或国际文学关系史。

从纵向的、历时的角度看，比较文学的传播研究的主要研究范围是国际文学关系史。所谓"国际文学关系史"是一个大的研究范围，而不是具体的研究对象。例如，各国不同的研究者往往是站在自身国家的独特的立场上，研究本国文学与外国文学的传播关系。如法国学者热衷于研究法国文学在欧洲国家的传播，或研究其他欧洲国家的文学在法国的传播。而中国的比较文学的传播研究也应该立足于中国文学，研究中国与某一国家，或某一地区在某一特定时期或整个历史时期的文学传播关系。在我国，近二十年来，特别是90年代以来，文学传播研究的成果不断涌现，而且大都是以"中国文学在国外"或"外国文学在中国"之类的名称形式出现的。1989年，国际文化出版公司翻译出版了法国学者克劳婷·苏尔梦编的

《中国传统小说在亚洲》，书中收集的世界各国学者撰写的十七篇文章，分别论述了中国传统小说在朝鲜、日本、蒙古、越南、泰国、柬埔寨、印尼、马来西亚等亚洲各国的传播情况。1994年，北京语言学院出版社出版的宋伯年主编的《中国古典文学在国外》一书，描述了中国古典文学在世界范围的传播概况。学林出版社1997年和1998年先后出版的黄鸣奋著《英语世界中国古典文学之传播》和韩国学者闵宽东的《中国古典小说在韩国之传播》，分别论述了中国古典文学在英美等英语国家和中国古典小说在韩国的传播情况。暨南大学出版社1999年出版的饶芃子主编的《中国文学在东南亚》，研究了中国文学在东南亚各国的传播情况。还有研究一部作品的对外传播的，如胡文彬的《〈红楼梦〉在国外》（中华书局1993年》、何香久的《〈金瓶梅〉传播史话———部奇书在全世界的奇遇》（中国文联出版公司1998年）等。以外国某一作家在中国的传播为研究对象的，如杨仁敬的《海明威在中国》（厦门大学出版社1990年），等等。90年代初，广州花城出版社还策划了《中国文学在国外丛书》，出版了《中国文学在日本》《中国文学在朝鲜》《中国文学在俄苏》《中国文学在英国》《中国文学在法国》等传播研究的专著多种。笔者的《东方各国文学在中国——译介与研究史述论》（江西教育出版社2001年）则是我国第一部系统地评述近百年来东方各国文学在我国传播情况的专门著作。这些传播研究著作的特点，与影响研究、平行研究比较来看，很有自己的特色。它们把研究的重心不是放在被传播者身上，而是放在传播过程、传播媒介，特别是接受者的理解、评论和评价上。对传播媒介，如翻译家及翻译、报刊、文学团体和社会团体等，进行了具体的介绍和分析；对接受者的研究，也不限于作家的接受——这是和影响研究相区别的重要特征——而是对所有身份、所有阶层人士的不同的接受情况都进行分析评述。如杨仁敬的《海明威在中国》，用了不少的篇幅谈了当时的蒋介石等人对海明威的接待和欢迎。可见传播研究的任务，主要不在于研究作家作品之间的影响关系，而是研究被传播者的传播过程和流转际遇。传播研究所侧重的，不是文本的、作家本体的影响分析，而是关于传播的历史过程的梳理和资料分析，所凸现的是研究的历史学、文献学的价值。如果说"影响研究"主要是文艺学的研究和文本分析，那么，"传播研究"主要就是文学的文化史学的研究。

从横向的、共时的角度看，比较文学的传播研究具有相当大的现实意义和应用价值。今日的世界是一个信息的世界，今天的社会是一个信息的社会。从"传播学"的角度看，文学也是一种信息，文学的社会化过程就是一个信息传播的过程。比较文学的"文学传播"研究，就是要注意研究什么样的外来文学、外来作品文本，传播过来后容易被转化为受众普遍接受的信息。历史上的文学传播大部分情况下是一个自然的，甚至是偶然的过程。例如为什么是《赵氏孤儿》，而不是其他更优秀的元杂剧在法国及欧洲普遍传播？为什么是在中国淹没不闻的《游仙窟》，而不是其他更优秀的唐传奇在当时的日本如此受重视？这里有一定的历史偶然性。但是，当代的文学传播研究，就不能只是被动地陈述事实，而应主动地分析接受传播的社会文化氛围和环境条件，从而成为文学传播的先导。精明的翻译家和成功的出版商，都有可能受益于比较文学的传播研究。如20世纪80年代在中国畅销的外国文学作品，实际上是由翻译家和传播媒介促成的。如美国的小说《廊桥遗梦》在90年代中期的中国传播甚广，译本发行量惊人，盗版本猖獗，电影频频满座，电视、VCD光盘走俏。小说使用的是19世纪的浪漫主义爱情小说的传统手法，讲述了一个背德的婚外恋故事，手法和故事平淡无奇，然而其中的主人公却受到了一惯恪守传统性道德的中国读者和观众的宽容和同情。有媒体分析说，对《廊桥遗梦》这种宽容地接受，意味着在当代许多中国读者、特别是中青年的读者中，家庭和性爱的道德正在悄悄地发生着倾斜，并预料此类作品，今后仍将会受到读者的关注与欢迎。果然，20世纪90年代末，当国内几家出版社推出了日本作家渡边淳一的一系列以婚外恋为题材的小说时，又同样受到中国读者的欢迎，成为罕见的畅销书，几家出版社不仅为盗版所苦，而且还出现了到底谁真正拥有翻译版权的纠纷。这就是比较文学传播研究的现实问题，而且也恰恰是传播研究，为翻译家和出版商提供了传播情况的预测。以当代世界文学为对象的比较文学的传播研究，在一定意义上说，就是当代文学消费、文学接受的研究。它既是国际文学交流的研究，也是一种国际文学"大市场"的研究；它可以是一种历史的、"事后"的研究，更可以是一种前瞻性的、预测性的研究。因此，这种研究，对于推进、引导中外文学、世界文学的广泛传播和交流，都有重要的现实意义。季羡林先生说得好："我们研究比较文学，不要怕人说是'实用主义'、'功利主义'。干一件事情有时候必须考虑一下实用，考虑一下功利。"[①]文学的传播研究，既有理论价值，也有季先生所说的"实用"和"功利"的价值。我

---

① 季羡林：《当前中国比较文学的七个问题》，载《比较文学与民间文学》，北京：北京大学出版社，1991年，第318页。

们不能同意那些"审美至上主义"者的看法。那种看法认为在比较文学研究中，"文学性"的研究是至高无上的，而"文学性"就是对文本的审美分析和判断。在我们看来，在比较文学研究中，"传播研究"与审美分析为主的各种研究，具有同等的价值；对比较文学研究而言，没有研究对象和研究范围上的高低之分，只有研究质量、水平上的优劣之别。我们把"传播研究"从"影响研究"中剥离出来，其目的就是在学科理论上明确"传播研究"的独特性和它的价值，以便使它与"影响研究"互有分工，而又互相补充，并使比较文学的研究范围和方法的划分更为科学化，在研究实践上更具可操作性。

第4章

影响分析法

"影响研究"是比较文学中的关键概念之一，但同时也是歧解最多、争议最大的概念之一。当我们已经把"影响研究"与"传播研究"这两个长期被混淆在一起的概念加以明确区分之后，现在再来专门谈"影响分析法"，那就轻松多了。

一、对"影响"及"影响研究"的界定、歧解与争论

让我们先来评述一下比较文学理论家们对"影响研究"的不同理解和看法。早期的法国学派将国际文学关系史作为比较文学研究的全部内容，以发现和论证国际文学之间的"事实关系"为研究的宗旨。正如我们已经指出的，法国学派并不赞成"影响研究"。因为他们发现"影响"是一种难以证实的东西，是"一些不可称量的因素"，"做起来是十分困难的，而且经常是靠不住的"[①]，因此在国际

[①] ［法］J-M·伽列:《〈比较文学〉初版序言》，见《比较文学研究资料》，第43页。

文学史的研究中最好是"避开'影响'这个暗礁"①。朗松更明确地指出:"所谓特定含义上的'影响',我们可以下这样的定义,即为:一部作品所具有的由它而产生出另一部作品的那种微妙、神秘的过程";朗松还进一步指出:"真正的影响,是当一国文学中的突变,无以用该国以往的文学传统和各个作家的独创性来加以解释时在该国文学中所呈现出来的那种情状——究其实质,真正的影响,较之于题材选择而言,更是一种精神存在……是得以意会而无可实指的。"②看来,法国学派基本上是不主张做"影响研究"的,这反映出了他们的比较文学观念是狭隘的,带有实证主义思维的偏见,在今天已不足取法。但是,法国学派在"影响研究"问题上也是有贡献的:他们清楚地意识到了文学"影响"的特点,指出"影响"实际上是一种难于把握的东西,"影响"并不是一种可以实证的事实。也就是说,"影响研究"作为一种比较文学研究方法,它与以揭示"事实关系"为宗旨的实证研究,是不同的两种方法。

笔者认为,无论后来的人们对"影响研究"的分歧有多么大,而在"影响"及其特点的认识上,与法国学派的认识几乎是一致的。甚至在许多"美国学派"及美国学者的论述中,也可以发现他们与"法国学派"在"影响研究"问题上看法的一致。如,美国学者纪延认为,"影响"是一种心理现象,在接受影响的作品中找不到可见的

---

① [法]马·法·基亚:《比较文学》,颜保译,第16页。

② [法]朗松:《试论"影响"的概念》,转引自日本大塚幸男著、陈秋峰等译《比较文学原理》,西安:陕西人民出版社,1985年,第32页。

痕迹。①美国比较文学学者约瑟夫·T·肖说过与朗松同样的话："一位作家和他的艺术作品，如果显示出某种外来的效果，而这种效果，又是他的本国文学传统和他本人的发展无法解释的，那么，我们可以说这位作家受到了外国作家的影响"。②"美国学派"的激进的代表人物韦勒克对"影响研究"的看法，乍听上去似乎与"法国学派"格格不入，但是，除去他对"法国学派"关于"影响"问题的有意或无意的曲解之外，实际上与"法国学派"并没有太大的不同。韦勒克说："只研究来源和影响、原因和结果，他甚至不可能完整地研究一部艺术作品，因为没有一部作品可以完全归结为外国影响，或视为只对外国产生影响的一个辐射中心。"他认为，法国学派的"影响研究"拘泥于文学的事实关系，而不能对作家作品做审美的判断与批评。它所研究的实际上是文学的"外贸关系"，而不是"文学"本身的研究，正是"影响研究"导致了比较文学的学科的"危机"。③在这里，韦勒克对"法国学派"拘泥于事实联系的狭隘的比较文学研究的批评是合理的。但是，韦勒克没有把"法国学派"所提倡的"传播研究"与他们所提倡的"影响研究"区分开来。他没有看出，"影响研究"并不研究文学的"外贸关系"；而他一再强调的比较文学研究中的"文学性"问题，倒是和"影响研究"有着相当大的重合。

---

① 转引自韦斯坦因《比较文学与文学理论》，沈阳：辽宁人民出版社，1987年，第47页。

②［美］约瑟夫·T·肖：《文学借鉴与比较文学研究》，载《比较文学研究资料》，第119页。

③［美］勒内·书勒克：《比较文学的危机》，载《比较文学研究资料》。

在当代中国，仍然有人重复半个世纪前美国的韦勒克的话头，对"影响研究"这个原本在"法国学派"那里就已经界定得很清楚的概念进行有意或无意的曲解。原本法国学派的学者和很多美国学者都指出"影响研究"是一种难以确证的神秘的精神现象，而不久前有人却发表文章硬说"影响研究"只研究文学的"贸易关系"，只是寻找影响的"线路图"，而不能进行美学上的判断；他们更以"实证研究"的标准来衡量"影响研究"，发现"一旦进入了中国作家的创作世界，就难以分辨哪些材料是外来影响哪些是独创"，说"影响研究"的实证方法无法对"影响"加以实证，因此"考据方法，表面上科学，实际上很不科学"，"考证影响是非常危险的"，甚至还认为谈中国文学受到了外来"影响"，就会得出"中国都是在模仿中生长"、或者中国文学"不成熟"的结论，从而造成了中国文学与外国文学的之间的"不平等"①。

看来，尽管人们对"影响研究"谈论了上百年了，但"影响研究"作为比较文学学科理论中的基本问题，仍然存在相当的误解和歧解，仍有进一步分析、阐述和澄清的必要。

二、"影响研究"的方法及其运用

"影响"的研究既不是完全依赖于实证的研究，也不是完全没有事实关系的平行研究。这就决定了它有着自己独特的方法与思路。

---

① 见《中国比较文学》季刊1993年第1期、1998年第1期、2000年第2期陈思和等人的相关文章。

任何科学研究，都离不开判断与假设：理论本身，在某种意义上说就是一种假说。当研究者指出某一作家作品受到某一外来的作家作品影响的时候，不一定都得提供确凿的事实来证明，不一定同时要做实证研究。在很大程度上它是一种判断与假设。因此，运用"影响研究"方法的第一步，就是判断与假设。

判断与假设，是指在并不充分的事实条件下，依据直觉、分析与推理，提出影响关系存在的假说，指出某一作家作品受到了某一外来文学的影响。在比较文学研究中，这种假说的提出，并不是无根无据的想象，而是在有限的事实基础上的分析判断。所谓"有限的事实"，常常是在"传播研究"中得到实证的文学传播史上的事实。因此，"影响"假说的提出，也常常以"传播研究"所能确认的事实为出发点。这里可以见出"传播研究"与"影响研究"的衔接与联系。在"影响研究"中，只提出了一个有价值的假说，而暂时未能对这种假说进行深入的分析论证，也同样具有重要的学术意义。有学术价值的假说的提出，往往可以开启比较文学研究中的重要领域，可以活跃思维，开阔思路，给后来的研究者提出有趣的研究课题。因此，研究者要提出有学术价值的影响关系的假说，并不那么容易。它需要有较强的学识，也需要有丰厚的想像力。例如，在《西游记》与印度文学关系研究中，鲁迅认为《西游记》中的孙猴子的形象可能受到了中国神话传说中的"形若猿猴"的淮水神"无支祁"形象的影响，[1]这是一种判断和假说。胡适在为上海亚东图书

---

① 鲁迅：《中国小说史略》、《中国小说的历史变迁》，载《鲁迅全集》第9卷，北京：人民文学出版社，1981年，第85页、317—318页。

馆出版的《西游记》所写的代序《西游记考证》中，认为《西游记》中的孙悟空更有可能是受印度的大史诗《拉麻传》（今通译《罗摩衍那》）的影响。他写道："我总疑心这个神通广大的猴子不是国货，乃是一件从印度进口的。也许连无支祁的神话也是受了印度影响而仿造的。……我……在印度最古的纪事诗《拉麻传》（Ramayana）里寻得一个哈奴曼（Hanuman），大概可以算是齐天大圣的背影了。"很显然，在这里，无论是鲁迅还是胡适，对《西游记》的孙猴子形象所受影响这个问题，只是一种判断和推定，而没有确凿的实证。胡适认为《西游记》受到《罗摩衍那》的影响，理由是这样的：

> ……中国同印度有了一千多年的文化上的密切交通，印度人来中国的不计其数。这样一桩伟大的哈奴曼故事是不会不传进中国来的。所以我假定哈奴曼是猴行者的根本。

这是一种典型的"影响研究"的例子。这很切合胡适提出的关于学术研究的一个著名的训诫，即"大胆假设，小心求证"。我们也可以把这句话看成是比较文学"影响研究"方法的基本要点和特征。其中，"大胆假设"，是"影响研究"得以进行的前提；而"小心求证"，则是为"假设"的成立提供支撑。而且这种"求证"在很多情况下，未必是"传播研究"那样的提出确凿的事实，而是一种分析、推理和力图自圆其说的过程。胡适对孙猴子的形象与《罗摩衍那》关系的研究，虽然只是假设和推论，但其学术上的启发性是相当大的，并且为后来的这个问题的进一步研究开辟了道路。到了20世纪80年代，赵国华在其系列论文中，将影响研究的假说、推论与传播研究的实证、考据研究结合起来，将孙悟空与哈奴曼的两者的比较研究推到新的、令人信服的高度①。

由"判断与假设"开始，"影响研究"进入第二个步骤，也是较深入的研究，即作家和作品的影响分析。这是"影响研究"的核心，也是"影响研究"与"传播研究"作为不同方法的一大区别。因此，通常所谓"影响研究"方法应该更准确地表述为"影响分析法"。

我们一再强调：在比较文学中，"影响"不是一种物理的事实，甚至不是一种本体概念，而是一种关系的概念；"影响"是作为一种精神的、心理的现象而存在的；"影响"和"被影响"如影如声，难以被精确地定量分析。但是，不能定量分析，并不等于不能被确认、不能被证实。要证实"影响"之存在，方法和途径有多种。但最主要的，还是对具体作家作品的分析，其中包括对主题与题材的分析，对典型人物的解剖，对情节结构的解析，对形象与意象的对比，等等。总之，主要是对具体作品的审美的批评，在这个问题上，笔者的看法与美国人韦勒克不同。韦勒克认为影响研究"甚至不可能完整地研究一部艺术品"，而在我们看来，"影响分析法"的中心任务恰恰就是研究作家的创作，分析他的作品。如果说"传播研究"法适用的是作家作品的"外部研究"，那么"影响分析"法适用的则是作家作品的"内部研究"。这种"影响研究"与一般的文学鉴赏、文学批评有密切的联系。但是，"影响研究"通过对作家作品的分析，目的不是施展批评家自身的独特的艺术理解力，而是运用他的敏锐

① 赵国华:《论孙悟空神猴形象的来历》(上、下)，原载《南亚研究》1986年第1—2期。

见识，在文学作品的细致的分析中，分辨该作品在内容与形式各方面的复杂的构成因素，指出外来的东西是否影响了该作家作品，这种影响如何表现在作家的创作中，外来影响对该作家作品的独创起了何种作用，等等。

可以举出一个中日文学比较研究中的例子，来说明在"影响分析法"中，作家作品的分析与研究是多么重要。有一篇文章题为《日本唯美主义文学在中国：从引进到流失——以谷崎润一郎为中心》，该文在文前称："本文所使用的方法是：首先以影响研究为主，大致梳理出中国对日本文学中以谷崎润一郎为代表的唯美主义作家、作品以及文学精神在本世纪前几十年中的介绍。翻译与接受，再以日本或西方的唯美派标准衡量中国现代文学中的'唯美主义'。……本文的'平行研究'是不平行的，因为中国文学方面始终没有'平行地'存在过即使是最低意义上的唯美主义流派和作家。而本文的影响研究，实际是对'不影响'的研究，即二三十年代的中国文学，为何在引进、译介了唯美主义文学之后，却终于将自身所受到的影响逐渐'克服''排除'殆尽。"[1]这篇文章没有对郭沫若、郁达夫等受到日本唯美主义文学影响的创造社作家的作品进行认真的"影响研究"，而只是在"传播研究"的层面，粗略地介绍了当时我国文坛对日本唯美主义文学的翻译和评论情况。接着，又匆忙进入"平行比较"，将闻一多、邵洵美那样的与日本唯美主义文学不相干的诗人的作品，拿来与日本唯美主义进行比较分析，最终得出了日本唯美

---

[1] 陈泓：《日本唯美主义文学在中国：从引进到流失——以谷崎润一郎为中心》，载孟庆枢主编《日本近代文艺思潮与中国现代文学》，长春：时代文艺出版社，1992年。

主义文学对中国作家作品"不影响"的结论。后来，笔者在《中国现代文学中的唯美主义与日本唯美主义》①一文中，通过对谷崎润一郎的作品与郭沫若、郁达夫作品的仔细的研究、比较与分析，证实了谷崎润一郎对郭沫若、郁达夫等创造社作家在创作上的明显的影响关系。两者在作品中所表现出的颓废感伤的格调。以丑为美的恶魔主义的倾向、"肉体主义"的或"肉感主义"的女性观，均完全一致；特别是在变态的性享乐的描写上，郁达夫、郭沫若作品中的许多细节都与谷崎润一郎的作品相似。对作品的这种具体的比较分析，完全可以证明中国现代文学与日本唯美主义文学之间的影响关系的存在，使得所谓"不影响"之说就失去了依据。这个例子表明，对作品的分析、对作品的审美的批评，是"影响分析法"的关键之所在。"影响"常常是渗透到作品中的，"影响分析法"的精髓，就是为了确认影响关系而进行的作品的分析批评。换言之，"影响分析"常表现为一种文学批评，"影响分析"是一种审美的批评活动。

　　"影响分析法"不仅可以运用于作家作品之间的比较研究，也可以运用于文学理论家、批评家之间，或在国际文学思潮及流派之间的比较研究。但基本的研究方法与作家作品之间的影响研究一样，是相通的。例如，笔者在《胡风与厨川白村》②一文中提出这样的一个假说——中国的文艺理论家胡风的文艺理论受到了日本文艺理论家厨川白村的影响。根据是：胡风在1934年写的一篇回忆性文章中谈到，青年时期他在关注社会的同时，"对于文学的气息也更加敏感

---

① 王向远:《中国现代文学中的唯美主义与日本唯美主义》，原载《外国文学研究》，1995年第4期。

② 王向远:《胡风与厨川白村》，原载《文艺理论研究》，1999年第2期。

更加迷恋了。这时候我读了两本没头没脑地把我淹没了的书：托尔斯泰的《复活》和厨川白村的《苦闷的象征》。"到了晚年，他又谈到："二十年代初，我读了鲁迅译的日本厨川白村的《苦闷的象征》。他的创作论和鉴赏论是洗涤了文艺上的一切庸俗社会学的。"但是，要深入地指出胡风与厨川白村文艺思想之间的关系，只以胡风自己的这几句话为依据还远远不够，只笼统地指出他们之间存在影响关系也还不够，还必须对胡风的文艺思想进行细致的分析，看看哪些方面与厨川白村的思想是相通的。于是，笔者从厨川白村的所谓"两种力"（即"个人的生活欲求"和社会的"强制压抑之力"）和胡风的"主观"、"客观"论，从胡风的"精神奴役的创伤"和厨川白村的"精神的伤害"这两组命题出发，详细分析了胡风的现实主义文艺理论对厨川白村的借鉴，论证了两者之间深刻的影响与接受的关系。这个例子说明，"影响分析法"的基本环节就是对作家作品进行具体细致的比较分析，这对于文学理论家、批评家的比较研究也同样有效。

三、"超影响研究"

"影响分析"方法运用的第三个步骤，是在确认"影响"关系的基础上，进一步研究接受影响者如何超越影响的问题，可以简称为"超影响"研究的方法。其目的和宗旨是在确认和指出"影响"关系的基础上，进一步研究"影响"与"独创"的辩证关系。

有必要首先明确"影响"与"独创"的一般关系。某种意义上说，人与人之间的社会关系，也就是一种相互"影响"的关系。对于一个社会、对于一个人来说，影响无处不在，无时不有。不接受别人的影响，几乎是不可能的事。从"影响"的角度看，一个人漫长的学习过程、成长过程，就是接受外部影响的过程；一个人创造力的强弱，也与他是否善于接受外部影响密切相关。但是，另一方面，接受他人影响，并不意味着一味摹仿他人，放弃自己的个性。因为影响的接受者是在"自主"、"主动"的前提下接受影响的，接受什么样的影响，如何接受影响，取决于接受者自身的条件和需要。同样的，对于作家来说，在他艺术活动的各个时期，完全不接受他人的影响（包括外国人影响）几乎是不可能的。毋宁说，由于作家需要特别的学习与借鉴，接受"影响"也就比通常的人更为重要和必要。而作家接受他人影响，同样也并不意味着一味摹仿他人，放弃自己的个性。一个优秀的作家．大都是在充分接受外来影响，又最大限度超越这种影响、追求自己的独创性。对于一个值得我们研究的作家而言，在其艺术的酝酿和创作的过程中，接受外来影响与超越这种影响，常常是一个完整的、连续的过程；对于"影响研究"而言，也应当是一个完整的研究过程。这个研究过程，是深入作家的艺术世界、探幽发微、揭示艺术创造奥妙的、困难但又充满诱惑力的过程。诚然，正如怀疑"影响研究"可行性的有的学者所说："一旦进入了中国作家的创作世界，就难以分辨哪些材料是外来影响哪些是独创"，那是大致不错的；不过，既然影响与被影响的关系常常不是"小葱拌豆腐"式的一清二白，对影响的研究也就决不是简单地、机械地。二元论地"分辨哪些材料是外来影响哪些是独创"，而是要把影响和独创作为一个辩证统一体，在影响中看独创，在独创中看影响。因为很多情况下，影响推动着独创，独创受益于影响。

独创就是对影响的超越的结果。因此，在运用比较文学的"影响分析"方法的时候，应特别注意在指出影响、论证影响的同时，不能忽视接受影响者对影响的超越。换言之，"影响分析"并非一种单纯的"影响"实现过程的单向的分析研究，而是"影响"与"超越影响"的双向互动的分析研究。曾有人表示担心：谈中国文学受到了外来"影响"，就会得出"中国都是在模仿中生长"、或者中国文学"不成熟"的结论，从而造成了中国文学与外国文学的"不平等"云云。现在我们可以说，这种担心是不必要的。

"超影响"研究，作为"影响分析"方法的重要环节，就是在确认作家接受某种外来影响之后，进一步指出该作家对影响的超越，指出"影响"的作用和结果，指出"影响"的阈限，说明某种"影响"有没有成为、又如何成为该作家艺术独创的基础和出发点。例如，我在《从"余裕论"看鲁迅与夏目漱石的文艺观》[①]一文中，通过分析鲁迅与夏目漱石的有关文章和作品，指出：在贯穿鲁迅一生的许多文章和作品中，"余裕"是经常出现的一个核心词之一：所谓"余裕"或"有余裕"，就是要有一种审美的心胸、审美的态度，就是把主体置于一种自由自在的精神的优位；鲁迅从漱石那里借来了这个词，并把它改造成为表述自己文学观的一个重要概念。在鲁迅的著作中，从精神产品的制作到民族精神的改造与培养，从作家的心态与创作，到文学与社会的关系、文学的发生与起源，都贯穿着"余裕论"。拙文在确证了这种影响关系之后，又进一步分析了鲁

① 王向远:《从"余裕论"看鲁迅与夏目漱石的文艺观》，原载《鲁迅研究月刊》，1995年第4期。

迅的"余裕论"对漱石的"余裕论"的超越。认为鲁迅吸收了漱石"余裕论"中的合理成分，又超越了其局限。在漱石那里，"余裕"具有佛教神家唯心论的性质，漱石没有看到"余裕"作为一种精神心理状态，与社会环境与物质条件有什么关系；鲁迅则把"余裕"看成是在社会环境与物质条件有一定保障前提下的一种自由与悠闲的状态，对漱石"余裕论"做了唯物主义的改造与解释。这个研究的实例表明，在作家身上，"影响"与"超影响"是一个问题的两个方面。因此"影响分析"与"超影响"的分析也是一种方法的两个侧面，两者是相辅相成的。

看来，对"超影响"进行分析，其实质，就是辨析"影响"在范围、程度上的限度。不明确这种限度，就会出现将"影响"夸大，过高估计"影响"的作用、忽视接受者主体性能动性等扭曲研究对象本来面目之类的错误与偏颇。例如，关于中国的"新感觉派"与日本的"新感觉派"的影响关系的研究已有几十篇论文加以论述，甚至还出版了研究这个问题的博士论文。但是，无论是比较中日"新感觉派"之"同"还是之"异"的文章，都抱着两个似乎不证自明的大前提：一、中国确实出现过一个新感觉派；二、"中国新感觉派"和日本"新感觉派"一样，属于现代主义流派。笔者在《新感觉派及其在中国的变异——中日新感觉派的再比较与再认识》一文中，通过大量的史料分析与理论辨析，指出中国文坛从日本介绍、引进新感觉派伊始，就伴随着一系列的误解、混同与偏离。这些误解、混同与偏离都从各个方面消解了日本新感觉派原有的特点和性质，从而导致了新感觉派文学在中国的变异，使"中国新感觉派"成为一个名不副实的、与日本新感觉派及世界现代主义文学小同而大异的创作现象。这篇文章所运用的基本方法既是"影响分析",也是"超影响"的分析。鉴于"影响"有多种复杂的表现:有全体影响、有局部影响;有全程性影响,有阶段性影响;有内在的影响,有外在的影响;有显见的影响,有隐含的影响;有深刻的影响,有微弱的影响;有直接的影响,有间接的影响;有自觉的影响,有不自觉的影响;有具体的影响,有抽象的影响;有作家承认的影响,有作家不承认的影响;有正面的影响,有负面的影响;有正面接受的"正影响",有反对排斥的"反影响",等等,不一而足。对"超影响"的分析,就是要在确认"影响"之存在的基础上,揭示出"影响"的这种种的复杂性。

第 5 章

◆◇◆

平行贯通法

"平行研究"作为比较文学研究方法之一，是指在对没有事实关系的跨文化的文学现象进行比较研究时所运用的一种方法。这种方法与美国学派的比较文学定义密切相关，是对虽无事实关系、却有相似相近之处的文学现象的比较研究。而笔者提出的"平行贯通"，则是对以往"平行研究"方法的改造与优化。

一、平行研究方法及其三种功能模式

某种意义上说，世界上没有什么不可比的东西，"风马牛不相及"不是绝对的。认为任何东西都有或多或少的共性，以至佛教哲学认为世界上万事万物没有差别，具有绝对同一性。但另一方面，实际上世界上也没有绝对相同的东西，没有绝对可比的东西，因为任何不同的东西都具有独特的质的规定性，或称个性。

比较文学的平行研究的方法论前提就是：没有什么文学现象不可比，又没有什么文学现象完全可比。平行研究就处在了可比与不可比的微妙的境地。说到"可比"，平行研究摆脱了事实关系的束缚，又不受语言、文化、国界、学科的制约，就的确有点像有的学者所讥讽的，具有"无限可比性"了。平行研究的范围一旦失去必要的限定，一旦达到了"无限可比"的程度，堕入漫无边际的、为比较而比较的滥比，那就失去了它本身的质的规定性，也就取消了自身存在的合理性。另一方面，如果说"不可比"，那事实上更难做到。我们给一种文学现象定性和定位，我们要搞清一个作家、一部作品、一种民族文学的特征，不对它进行上下左右的比较，怎么可能？因此，"平行研究"的核心问题，实际上就是对"可比性"加以适当的界定和限制的问题。关于这个问题，卢康华、孙景尧在《比较文学导论》中，较早提出了明确而又可行的"可比性"的标准。他们写道："进行平行研究首先要确立一定的'标准'，建立关系，或是把要研究的问题提到一定的范围里来。"[1]这是一个相当简练的关于平行研究的可比性标准的说明，只可惜作者没有将这个观点充分展开来加以阐述。这个标准的要点，似乎包括了三个方面。第一，就是要在研究对象之间"建立关系"，以避免拉郎配似的硬比；第二，要有"问题"意识，即：进行某项平行研究，一定是为了解决什么"问题"，以避免为比较而比较；第三，论题要有一定的范围，以避免大而无当的空泛之论。陈惇、刘象愚在《比较文学概论》（新版）中，进一步阐释了所谓"关系"的概念，认为比较文学所要研究的是"跨民族、跨语言、跨文化界限和跨学科界限的各种文学关系"，而"各种文学关系"可分为三个方面，即"事实联系""价

---

[1] 卢康华、孙景尧：《比较文学导论》，第173页。

值关系""交叉关系"。影响研究所要研究的是"事实关系",而平行研究所要研究的是"价值关系"和"交叉关系"。①实际上,所谓"价值关系"与"交叉关系",两者之间本来就"交叉"着,还需要再做进一步的说明。"价值关系"似乎可以理解为作家作品在主题思想、观念意识等形而上层面上的内在的相通、相异关系;"交叉关系"是作品在题材、结构、文体、类型等方面的外在形式上的"同构关系"。

笔者认为,平行研究方法有三种基本的功能,并可由此形成三种基本的方法模式。

平行研究方法的第一种功能,是使文学现象"连类比物""相类相从",从而为总结民族文学、世界文学中的基本规律而提供、整理大量相似、相同或相通的文学事实。这就是我国古代所谓的"连类比物""相类相从"式的类同研究。

一般地说,寻找和发现类同和同类,既是人们的一般心理需求,也是科学研究的最初的起点。《易》中说:"同声相应,同气相求",《诗经》有云:"嘤其鸣矣,求其友声",说的就是每一个人都有寻找同类者的心理动机。我们熟悉的日本作家芥川龙之介的短篇小说《鼻子》,描写一个和尚因长了一个特大型长鼻子煞是苦恼,在现实人群中找不到同类,就翻遍古书,企图从古人中找到一个与他长着同样鼻子的人。这里揭示的实际是人类共同的心理奥秘。在日常生活中,"无独有偶"是人们常用的感叹,"吾道不孤"可以使人聊以自慰,而"不伦不类""不三不四"即是因为无有其类而常常

---

① 陈惇、刘象愚:《比较文学概论》,第15页。

令人侧目。我们在文学作品的阅读和欣赏中，经常是以已有的阅读经验、阅读积累为背景的。我们在阅读中读到"何其相似乃尔"的文学现象时，我们常常就会有一种"发现"的喜悦，并试图探讨其中的原因。为已知的一种文学现象寻找未知的同类，也是"连类比物""相类相从"式的类同比较形成的文化心理依据。现有的"连类比物""相类相从"式的类同的平行比较，已经揭示了古今中外文学中许多普遍现象，如天神降大洪水惩罚人类，人兽结婚，父子相残、兄弟阋墙，丈夫考验妻子的贞节，为美女而战，魔鬼与天神打赌，聪明反被聪明误，等等，不一而足。然而，一旦要使这种类同的文学现象进入研究状态，事情就不那么简单了。这里有一个关键问题：由于作为人类精神现象来说，所谓"同"不是绝对的。平行研究要搞明白，到底在多大程度上，在何种意义上是相同的；这种雷同是表面性的，还是实质性的；是"不言而喻"的东西，还是尚未被充分认知的东西；这种类同的比较能否有助于研究者探讨出某种规律性的东西。也就是说，类同的研究不能停留在"何其相似乃尔"的浅层面上。类同研究一定要符合它的基本的功能，即：必须在大量的类同现象中，抽象出某种有益处、有新意的结论。其研究特点是，作者并不预先设定结论，然后用材料来证明，其基本的研究方法是归纳与分析。

平行研究方法的第二种功能，是使被比较的对象"相映成趣""相得益彰"，并由此形成了"相映成趣""相得益彰"的互衬式、比照式的平行比较模式。

任何事物都处在一定的时空关系和逻辑关系中，平行比较有助于被比较的两种或多种事物的特性、价值得到映衬和凸显。俗话说：

"红花还需绿叶扶"。用这句俗语来概括比较文学中的比照式的平行研究是很形象、很恰切的。就好比是把红绿两种颜色，艺术地搭配起来，相互映衬，愈见其美。比照式平行研究的对象，不必是类同的东西，也不是相反的、对立的东西。他们的关系彼此有别，又相互依存、相互关联。它们是红与绿的非对立的关系，是"花"与"叶"共生的关系，而不是"花"与"花"，"叶"与"叶"的等同关系，或是"花""叶"与石头之间的完全不同的关系。在比较文学研究中，这种比照式的平行研究，主要不是为了求同，也不是为了辨异，而是要在比照之下使两者相映成趣，相得益彰，达到珠联璧合的效果。如朱光潜的《中西诗在情趣上的比较》一文，就是一篇相映成趣、相得益彰的比照式平行研究的成功论文。朱光潜通过大量的中西诗歌的平行对照，指出："西诗以直率胜，中诗以委婉胜；西诗以深刻胜，中诗以微妙胜；西诗以铺陈胜，中诗以简隽胜。"中西诗所表现出的这些不同的情趣，在比照中相映成趣。在这里，"直率"与"委婉"、"深刻"与"微妙"、"铺陈"与"简隽"不是等同的关系，也不是对立的关系，而是相辅相成、相对而言、相得益彰的关系。再如，拙文《中国的鸳鸯蝴蝶派与日本的砚友社》①所研究的两个流派，基本上没有事实关系。对两者的平行比较的最终目的，不是找出它们的相同之处，而是要说明：相似的文学传统，相似的文化氛围和社会环境，相同的读者群落，造成了这两个同形同质的文学流派；长期以来，日本的文学史著作都给了砚友社以相当的篇

----

① 王向远：《中国的鸳鸯蝴蝶派与日本的砚友社》，原载《北京师范大学学报》，1995第5期。

幅和充分的评价，而中国的文学史却对鸳鸯蝴蝶派采取了过火否定、甚至故意抹杀的态度。两个流派的比较，可以使长期受到贬抑的鸳鸯蝴蝶派的价值与地位得到彰显。看来，"相映成趣""相得益彰"的互衬式的平行研究，还有一个特别的作用，即可以使那些在民族文学的视野之内，看起来似乎不是那么显眼、不是那么重要的作家作品和文学现象，在比较中显出它的重要性和独特的价值。互衬式的平行比较，一般写作之前，研究者已经形成了一定的观点甚至结论，并带着强烈的审美判断进入写作过程，通过互衬式的比较，强化、强调和凸显自己的结论。也就是说，将在民族文学、国别文学研究中得出的观点和结论予以放大，从而使被比较的双方互为借镜，以资对照，收到"相映成趣""相得益彰"的效果。

平行研究方法的第三个功能，是使研究对象处在"相生相克""相反相成"的对比式、反比式的关系中。有些文学现象虽然没有事实上的关系，但它们却有着"相生相克""相反相成"对比式、反比式的关系，也只有通过平行比较来揭示这种关系，并因此形成了"相生相克""相反相成"的反比式平行研究的模式。如笔者的《中国的"战国策派"和"日本浪漫派"》①一文，采用的就是"相生相克""相反相成"的反比式平行研究的思路。中日现代文学中的这两种流派，没有事实关系，但是要对它们进行比较研究，就是为了要说明：和典型的法西斯主义文学流派"日本浪漫派"比较起来，中国的战国策派"无论从哪方面说，都不是法西斯主义文学流派。

---

① 王向远:《中国的"战国策派"和"日本浪漫派"》，原载《中国现代文学研究丛刊》，1997第2期。

法西斯主义文学所具有的几个基本的特征——种族主义、国家主义、国粹主义和极端民族主义，全面否定近代文化的'反进步主义'，把皇权和专制独裁加以神化并顶礼膜拜的极权主义，尤其是支持并鼓吹对外侵略扩张的军国主义和霸权主义——中国的'战国策派'无一具备。"结论是：不能把战国策派说成是法西斯主义的。反比式的比较研究，仿佛在一个画面上将黑白两种相反的颜色放在一起加以对比，突出它们的对立，使黑者愈见其黑，白者更显其白。笔者的《日本的侵华文学与中国的抗日文学》①一文，所研究的日本侵华文学与中国的抗日文学，两者不但不是"同类"或"类同"，而是针锋相对，截然对立，但又互为依存——因为没有日本的侵华，就没有中国的抗日；没有侵华文学的鼓吹侵略的无耻，就不能凸显抗日文学反侵略的壮烈与光荣。将两者加以对比，有助于揭示那段特定的历史时期中日两国文学的基本特征。在文学的平行反比的研究中，这方面的研究还有很多有待开拓的荒地。如现代世界的反法西斯主义文学与法西斯主义文学的对比研究，冷战期间西方的"反共文学"与东方反美、反帝文学的对比研究，世界文学中的乌托邦文学与反乌托邦文学的对比研究，上帝（天神）形象与恶魔（魔鬼）形象的对比研究，文学中的有神论思想（神秘主义思想）与无神论思想的对比研究，享乐主义文学与禁欲主义文学的对比研究，"世纪初"文学与"世纪末"文学的对比研究，文学中的女权主义与男权主义意识的对比研究，少儿文学与老年文学的对比研究，通俗文学与高雅

---

① 王向远：《日本的侵华文学与中国的抗日文学》，原载《北京社会科学》，1997第3期。

文学、世俗文学与宗教文学现象的对比研究……等等。这样的对比研究的题目，使被比较的双方自然地处在了"相生相克""相反相成"的对立统一关系中，问题点十分突出，可比性非常强，比较后的结论也往往会有新意和启发性。这种反比式的平行研究，需要研究者用明确的思想来选择研究对象和研究课题，对于为什么要做这种比较研究有一种高度的自觉性、目的性和针对性，并渗透着研究者的明确的价值判断。

二、类同研究中的多项式平行贯通方法

在上述的三种平行研究方法的功能模式中，被使用最多的还是第一种模式，即类同比较、类比的模式。但这个模式在运用中出现的问题也最多。二十多年来我国的平行研究中出现了大量牵强附会的、人称"X与Y式"的简单比附的文章，令老一辈治学严谨的学者感到担忧。早在十多年前，季羡林就指出："X与Y这种模式，在目前中国的比较文学研究中，颇为流行。原因显而易见，这种模式非常容易下手。""试问中国的屈原、杜甫、李白等同欧洲的荷马、但丁、莎士比亚、歌德等有什么共同的基础呢？……勉强去比，只能是海阔天空，不着边际，说一些类似白糖在冰淇淋中的作用的话。这样能不产生'危机'吗？"[①]钱钟书先生对"平行研究"似乎也不以为然。杨绛在《记钱钟书与〈围城〉》一书中曾以诙谐的口吻记

---

① 季羡林:《对于X与Y这种比较文学模式的几点意见》,《比较文学与民间文学》, 第372页。

述道："现在他（指钱钟书——引者注）看到人家大讲'比较文学'，就记起小学里造句：'狗比猫大'，'牛比羊大'；有个同学比来比去，只是'狗比狗大，狗比狗小'，挨了老师一顿骂。"从中可以看出钱先生对"平行比较"的担忧和委婉的批评。

在平行研究的类同研究模式的理论阐述方面，翻译家方平先生的见解很值得注意。1987年外国文学出版社出版了方平的《三个从家庭出走的妇女——比较文学论文集》，这是我国第一部专门的平行研究的论文集，收《王熙凤和福斯泰夫》《三个从家庭出走的妇女》《曹雪芹和莎士比亚》等文章二十篇。作者从80年代初就从事中西文学的平行研究，在平行研究领域中积累了丰富的实践经验。该书中的《可喜的新眼光——代后记》是一篇出色的比较文学学科理论的文章，可惜一直未引起应有的重视。方平谈到了平行研究的目的、方法和宗旨。虽然因为有些长，但还是必须引述如下：

> 假如有这么一篇文章，《〈红楼梦〉和〈呼啸山庄〉》，很好的题目，是中外两部伟大的古典文学名著的比较，两者之间也确然存在着某种程度的可比性，例如这一对东方怨偶是叛逆型的，那一对西方情侣同样是叛逆型的。但如果论证到此为止，而并没有进一步的发隐显微，那也许会令人失望，因为你所做的，无非把两个国家在各自的文学史研究范围内可以做出的论断串联在一起罢了。A：B＝A＋B，这其实是拿罗列代替比较了。
>
> ……你进行的比较，总得有自己的发现，自己的创见。换句话说，"比较文学"的比较，希望能产生化学反应，就像化学

方程式：$2Na + Cl_2 \rightarrow 2NaCl$（纳+氯→盐）。也许比较文学（平行）研究也可以试着排成一个简单的方程式：$A : B \rightarrow C$。

……C代表了比较文学研究所取得的不同层次的深度。它是一种进行创造性的分析、演绎、归纳后所取得的成果。它为不同文化背景的民族文学描绘出一条运动着的规律，或者对某一种文艺现象进行新的探讨，提出新的论断，或者是对于被比较的作品、作家的重新认识，甚至只是一个有启发性的问题的提出。C才是"平行研究"所追求的目标，唯有C才证明了"平行研究"自身的存在价值。[1]

方平先生因化学方程式的形式，总结了平行研究的两种模式，即 $A : B = A + B$ 和 $A : B \rightarrow C$，并认为 $A : B \rightarrow C$ 才是平行研究的宗旨，其表述是十分精彩的。不过，这里的问题似应继续深入探讨。$A : B \rightarrow C$ 这个公式中的 $A : B$，仍是A与B两项，而不是ABCD……多项。正如方平先生所说，平行研究的目的是为了获得某种规律、现象的新的认识。问题是，在"连类比物""相类相从"式的类同研究中，如果只有A、B两种因素、而不是多种因素的比较，不能充分归纳尽可能多的事实，能否就可以总结和提炼出规律性的东西呢？我们先从方平先生自己的平行研究的具体实践来看。

方平先生有代表性的平行研究的文章，大都属于类同研究，同时又是A与B的两项式研究。其中，《王熙凤和福斯泰夫》通过两个

---

[1] 方平：《三个从家庭出走的妇女——比较文学论文集》，北京：外国文学出版社，1987年，第363页。

第5章 平行贯通法 069

文学形象的平行比较，对文学创作中"美"与"善"的关系有了新的领会，那就是，从伦理的角度并不"善"的人物形象，却具有审美的价值。他说："有时候，'美'可以从不同于'善'的角度，去看到同一事物的另一个方面；当'美'进入了她的艺术世界，'美'就显示出了她自己的个性和相对的独立性。""只有像莎士比亚和曹雪芹那样的伟大的天才作家，才能给以他们笔下的反面人物那种不可抗拒的艺术魅力。"[①]无疑，这种结论是不错的，但是，问题在于，即使不做"王熙凤和福斯泰夫"的平行比较，这个结论是否可以做出呢？在方平的另一篇重要文章《曹雪芹和莎士比亚》中，作者指出通过对这两个作家的平行比较，"提出了衡量一个民族所引以为自豪的伟大的古典（俗）文学作家的两个标准：普及和深度——既是家喻户晓、深入人心，又能吸引世代学者从事终生研究，成为一门没有止境的学问"[②]这个结论似乎也是正确的。但问题同样是，不做这样的比较，这个结论也可以做出！

看来，平行研究的类同研究在实践上的局限，与"平行研究"理论解说的不完备、不周延有着密切的关联。所以我们还是应该返回到"平行研究"的理论自身，对"平行研究"的反思应该从"平行研究"这个术语、这个表述方式本身开始。"平行研究"（Parallelism or Parallel Study）这个术语是从外国照搬过来的。"平行"给人以意义上的两点直觉与暗示。第一，构成"平行"关系的是两条线，或两个点，或两个面；第二，这两条线，或两个点，或两个

[①] 方平：《三个从家庭出走的妇女——比较文学论文集》，第33页、40页。

[②] 方平：《三个从家庭出走的妇女——比较文学论文集》，第373页。

面，就好像是两条永远都不会相交的铁轨，就好像隔着银河的牛郎与织女，永不相交，永不会合。这就很容易诱导研究者选择"两线"式，或"两点"式、"两面"式的两项并立的选题。于是，诸如《杜甫与歌德》《迦梨陀娑与莎士比亚》《汤显祖与莎士比亚》《川端康成与沈从文》之类的选题层出不穷，只要找到相同点就选题。而事实上，要在两位不同作家那里找到相同点，常常是轻而易举的事。如上所说，"平行研究"类同研究的目的和宗旨，是通过平行比较，得出规律性的、有理论价值的新观点、新视角或新结论。要做到这一点，就需要对同类事实和相关事项，做尽可能多的收集、整理、分析、比较、归纳。可是，目前流行的"两项"式的平行比较，由于止于两项对照，就不能容纳"尽可能多"的同类的和相关的事项，也就谈不上在多个事项中进行整理、分析、比较和归纳，有价值的结论也就无从得出。近二十年来中国比较文学中出现的大量流于简单比附的"A：B＝A＋B"式，即季羡林先生所严厉批评的"X与Y"式的平行比较的文章，其症结就在这里。它是一个作家与另一个作家，一个作品与另一个作品，或一种作家作品与另一种作家作品的两项比较，是最简单的一种平行比较。这类平行比较"很容易下手"，但又很不容易做好。它遭到严厉批评和否定是理所当然的。

方平先生提出的"A：B→C"比第一种方法"A：B＝A＋B"有了质的飞跃，但也有局限。那就是仍然没有摆脱A与B的两项式比较。它可以得出一些有益的结论，但结论又往往由于材料的两极性，而缺乏由众多事实材料而提炼为规律性见解的基础。其C的部分，也难免是用有限的事例，来证明众所周知的、或没有多少创新的平凡的见解。

因而笔者主张，在类同研究中，变两项式平行研究为多项式平行研究。化用方平先生的"化学方程式"，则可表示为：

$$X1 ： X2 ： X3 ： X4 ： X5\cdots\cdots \longrightarrow Y$$

在这里，X1、X2、X3、X4、X5……表示不同民族、不同语言、不同文化背景中的同类材料。它们可以是作家作品，可以是概念、术语和命题，也可以是彼此关联的不同的学科中的相关问题；Y则表示研究者的新的见解。这是最高级的平行比较的模式，也是钱钟书先生在《管锥编》等著作中成功运用的方法。在这里，"平行研究"就不再是"平而不交"的研究，平行的两条线"＝"形变为纵横交错的"井"字形这就是纵横交叉的"贯通"，"平行研究"也就变成了"平行—贯通"的研究。

在"平行—贯通"研究方面，我国比较文学在研究实践上有着堪称典范的钱钟书先生的著作。他的《管锥编》等著作既不是"影响研究"，也不是通常的"平行研究"。有人仅仅把比较文学理解为"影响研究"和"平行研究"两端，所以坚决反对把《谈艺录》《管锥编》看成是"比较文学"著作。事实上，钱先生的研究是跨文化的"贯通研究"，这也就是钱先生自己反复强调的"打通"。这不但是"比较文学"，而且是比较文学的最高境界。我们应该对钱先生的研究方法进行深入的总结和提炼，以充实我们的学科理论，矫正西方式的术语在研究实践中造成的误导。钱先生的贯通研究，有着强烈的问题意识，即从解决和说明某个问题出发，决不为比较而比较。例如，钱先生的《通感》一文，研究的是中外诗歌中将人的视觉、听觉、触觉、嗅觉、味觉等互相打通的"通感"现象。他列举了我国和西方许多国家的诗歌，表明"通感"是人类诗歌共同的现象。再如钱钟书在题为《诗可以怨》的演讲中，把"诗可以怨""当作中国文评里的一个重要概念而提出来"列举了中国古代有关著作中的相关论述，同时以西方的大量相关论述作为比照，表明"诗可以怨"是对古今中外作家创作共通心理的一个概括。张隆溪的《诗无达诂》一文大得钱钟书的神髓，将中国古典文论、古希腊的文论、现代西方的阐释学溶为一炉，揭示出在文学的理解和接受中，"诗无达诂"是普遍性现象，也是中外文论中一个普遍的理论命题。这三篇典范性的平行研究的论文，全都以"问题"——诗可以怨、通感、诗无达诂——作为文章的标题。"问题"就像一块吸铁石，将相关的古今中外的材料吸附过来。这里不是X与Y或A：B式的两项或两极对比，不是单文孤证，而是多项、多极的旁征博引的比较研究；这里包括多学科、多对象，跨文化、跨民族、跨时空、越国界，纵横交错、触类旁通、"连类举似""充类至尽""集思综断"，最后殊途同归。各种界限被研究者的思想贯通起来了，所有不同的材料都服务于研究者某一特定的思考和发现。同时，研究者使用了严格的文献学方法，句句有来历，事事有出典，这就避免了随意发挥、敷衍，滥发空论的弊病。可见，"贯通研究"不同于"平行研究"，它和"影响研究"一样，需要科学的实证，需要丰富的文献来支撑，甚至比通常的"影响研究"需要更多的学识，更多的文献材料。这也是比较文学的最高层次。

第 6 章

◆◇

超文学研究法

所谓"超文学研究"方法，是指在文学研究中，超越文学自身的范畴，以文学与相关知识领域的交叉处为切入点，来研究某种文学与外来文化之间的关系。它与比较文学的其他方法的区别，在于其他形式的比较文学研究是在文学范围内进行，而"超文学"研究是文学与"外来文化"的关系研究；通常所谓"跨学科研究"是不问是否"跨文化"的，而"超文学"研究方法论的前提是：不能只是跨学科，还必须跨文化。

一、"超文学研究"的性质及与"跨学科"研究的区别

首先需要说明的是，"超文学研究"与已有的大量比较文学学科理论著作中所说的"跨学科研究"，并不是一回事。

什么是"跨学科研究"呢？我国现有各种比较文学学科理论著作对"跨学科研究"的解说，大都全盘接受了美国学派所倡导的

"跨学科研究"的主张，认为"跨学科研究"是比较文学研究的组成部分。通常的解释是："跨学科研究包括文学和其他艺术门类之间的关系研究，文学与社会科学、人文科学之间的关系的研究以及文学与自然科学之间的关系的研究"。不过，我们在认可"跨学科研究"是比较文学的一个组成部分之前，首先必须解答这样的问题：第一，"跨学科研究"是所有科学研究中共通的研究方法，抑或只是文学研究中的研究方法？第二，"跨学科研究"是文学研究的普遍方法，还是文学研究中的特殊方法（只有比较文学研究才使用的方法）？

对于第一个问题，众所周知，"跨学科研究"是当今各门学科中通用的研究方法，并不是文学研究的专属方法。科学的本意就是"分科之学"，分科就是一种分析，然而光分析还不行，还要"综合"，而"跨学科"就是一种综合。自然科学中的数、理、化、生物、医学等学科的研究，往往必须"跨学科"，以至产生了"物理化学""生物医学"等新的跨学科的交叉学科。在人文社会科学的跨学科研究中，也有"教育心理学""教育经济学""历史哲学""宗教心理学"这样的跨学科的交叉学科。在许多情况下，需要人文科学、社会科学、哲学、自然科学的跨学科研究，才能解决一个问题。如我国最近完成的"夏商周断代研究"的课题，就是历史学、考古学、文字学、数学、物理学、化学、文艺学等跨学科的专家学者联合攻关的结果。

对于第二个问题，回答也是肯定的："跨学科研究"是文学研究的普遍方法，而不是只有比较文学研究才使用的方法。"文学是人学"，一切由人所创造的学问，都与文学有密切的关联，这是不言而喻的。而研究文学势必要"跨进"这些学科。例如，我国读者最熟悉的恩格斯对巴尔扎克创作的评论就是"跨学科"的。恩格斯从经济学、统计学看问题，这就使文学与经济学发生了关系；从阶级分析的角度谈到了巴尔扎克对传统贵族阶级和新兴资产阶级的态度，这就使文学与社会学发生了关系；又谈到了巴尔扎克对法国风俗史的描绘，这就使文学与历史学发生了关系。可见，文学评论与文学研究，势必会不断地涉及到纯语言、纯文学形式之外的各种学科——人文科学、社会科学、自然科学。然而，虽然恩格斯评论巴尔扎克的时候跨了学科，我们也决不能把恩格斯对巴尔扎克的评论视为"比较文学"。再如，我国研究《红楼梦》的"红学"，王国维的研究角度是叔本华的悲观哲学，俞平伯等"索隐派"用的是历史考据学的角度与方法，毛泽东等人用的是马克思主义的阶级分析方法，现在更有很多人从宗教学的角度研究《红楼梦》与佛教道教的关系，从精神分析学的角度研究《红楼楼》之"梦"及人物的变态心理，从性学角度研究男女两性关系，从医学角度研究林黛玉等人的病情和药方，从政治学角度研究红楼梦与宫廷政治，从经济学角度研究《红楼梦》中的经济问题，从语言学的角度使用电子计算机统计《红楼梦》中的用字用词规律。……《红楼梦》的研究成果，绝大部分是"跨学科"的。然而，我们可以因为红学研究都跨了学科，就把"红学"划归到比较文学学科中来吗？当然不能！凡有一些文学研究经验的人都有这样的体会：一旦提笔写文章，就会自觉或不自觉地"跨学科"，"一不小心"就"跨了学科"。对文学研究来说，最容易"跨"的，是社会学、心理学、艺术学、哲学、宗教学、民俗学、历史学等。有很多文学研究的文章，仔细分析起来，就跨了许多的学科。前些年文学研究和评论界提倡的"多角度、多层次、全方位"地观照作品，其实质就是提倡用"跨学科"的广阔视野来研究文学现象，而不能一味胶着于某一学科的视角。可见，如果我们单从"跨学科"来看问题，则大部分文学评论、文学研究的论著和文章，特别是有一定深度的论著和文章，都是"跨学科"的。然而，我们能把这些文章都视为"比较文学"的成果吗？都视为比较文学研究吗？当然不能！文学研究，除了纯形式的文本研究（像当代英美有些"新批评"理论家所做的那样。尽管纯粹的形式的、纯文本的研究极难做到"纯粹"）之外，即使是纯粹的字句分析那也都是跨学科的——从文学"跨"到了语言学，更不必说字句和形式之外的研究了。可见，"跨学科"是文学评论和文学研究中的共同途径和方法。文学与其他学科的这种"跨学科"研究，甚至形成了若干新的交叉学科，如"文艺心理学""文艺社会学""文艺美学""文学史料学"等。但是，恐怕很少有人赞成把"文艺心理学""文艺社会学"或"文艺美学"等看成是"比较文学"。尽管它们是文学的"跨学科"的研究。

因此，我们在学科理论上必须明确：跨学科的文学研究必须同时又是跨文化的研究，那才是比较文学，才是我们所说的"超文学"的研究；单单"跨学科"不是比较文学。例如，在宗教与文学的跨学科研究中，研究印度佛教与中国文学、基督教与中国文学、伊斯兰教与中国文学的关系，是比较文学的研究。因为佛教、基督教、伊斯兰教对于中国来说，是外来的宗教，这样的跨学科研究同时也是跨文化的研究，属于比较文学研究；而关于中国本土宗教道教与中国文学的关系的研究，还有某一国家的政治与该国家的文学的关系研究，某一国家的内部战争与文学的关系研究等，都不是我们所说的比较文学的"超文学研究"。因为这种研究没有跨文化，这只是一般的跨学科研究，而不属于真正的比较文学研究。在这里，"跨文化"应该是比较文学学科成立的必要的前提。换言之，有些"跨学科"的文学研究属于比较文学——当这种研究是"跨文化"的时候；而另一些"跨学科"的文学研究则不一定是比较文学——当这种研究没有"跨文化"的时候。总之，比较文学的"超文学"的研究，是将某些国际性、世界性的社会事件、历史现象、文化思潮，如政治、经济、军事（战争）、宗教哲学思想等，作为研究文学的角度、切入点或参照系，来研究某一民族、某一国家的文学与外来文化的关系。这里应该特别强调是与文学相关的有关社会文化现象的"国际性"。

可见，我们不使用"跨学科"或"科际整合"这样的概念，而是使用"超文学"这一新的概念，是表示不能苟同美国学派在这个问题上的看法，尽管这种看法已经为不少人所接受。使用"超文学"这一概念，有助于对漫无边际的"跨学科"而导致的比较文学学科无所不包的膨胀和边界失控加以约束。它可以提醒人们："跨学科研究"是所有科学研究中的共通的研究方法，也是文学研究的普遍方法，因此，我们不能把"跨学科"研究视同"比较文学"。

二、"超文学研究"的方法及适用范围

现有的比较文学学科理论的教材和专著，绝大多数都在"跨学科研究"的标题下，列专章或专节分别论述文学与其他艺术，文学与哲学、与历史学、与心理学、与宗教、与自然科学等学科之间的

关系。诚然，搞清这些学科之间的关系对于跨学科研究是必要的。但是，这些只是文学与其他学科的关系研究，是一般的跨学科研究的原理层面上的东西，还不是我们所指的"超文学"的比较文学研究。比较文学的"超文学研究"方法，不是总体地描述文学与其他学科的一般关系，而是要在一定的范围内，从具体的问题出发，研究有关国际性、全球性或世界性的政治事件和政治运动、经济形势、军事与战争、哲学与宗教思想等，与某一国家、某一地区、某一时代的文学，甚或全球文学的关系。"超文学"的研究，就是在这个基础上、在这个前提下建立自己的方法，确定自己的适用范围的。

同"跨学科"的研究相比，比较文学的"超文学研究"方法的范围是有限定的，有条件的。与文学相对的被比较的另一方，必须是"国际性的社会文化思潮"或"国际性的事件"。这是比较文学"超文学研究"得以成立的前提和基础。什么是"国际性的社会文化思潮"或"国际性的事件"呢？"国际性的社会文化思潮"或"国际性的事件"不同于所谓"学科"。"学科"本身是抽象的。人为划分的东西，"学科"是科学研究的范围与对象的固定，而不是科学研究的对象与课题本身。而"国际性的社会文化思潮"或"国际性的事件"可以被划到某一学科内，但它存在于一定的时空中，是具体的而不是抽象的东西。例如，对文学影响甚大的弗洛伊德主义，可以划归"心理学"或"哲学"学科，但弗洛伊德主义作为"国际性的社会文化思潮"，又不等于"心理学学科"；"第二次世界大战"是我们所说的与文学关系密切的"国际性事件"之一，可以把"第二次世界大战"划到"军事"学科，但它显然不等于"军事"学科。比较文学的"超文学"研究，所涉及到的正是这种具体的"国际性的社会文化思潮"或"国际性的事件"。它们不是被圈定的学科，而是在一定的时空内有传播力、有影响力的国际性的思潮与事件。这些思潮和事件大体包括政治思潮、政治事件、经济形势、跨国战争、宗教信仰、哲学美学思潮等。在这样的界定中，自然科学作为一个学科与文学学科的关系，不在"超文学研究"方法的适用范围之内。而与自然科学有关的、具有传播力的国际性思潮，如唯科学主义思潮等，则属于"超文学研究"的范围。

例如，在政治与文学的关系的研究中，我们可以研究20世纪30年代的所谓"红色30年代"的共产主义政治思想对欧美文学、对亚洲文学乃至整个世界文学的影响。那时，以共产主义为理想的左翼政治思潮，极大地改变了那个时代文学的面貌，而且，左翼政治思潮从欧洲、俄苏发源，迅速地波及了包括日本、朝鲜、中国、印度、土耳其等在内的亚洲国家，并影响到文学，形成了文学史上所说的颇具声势的"无产阶级文学"。同样的，60—70年代中国的"文化大革命"运动，不仅对国际政治本身产生了影响，而且对于不少国家的文学也产生了影响。在美国，在英法等欧洲国家，在日本，甚至在黑人非洲的一些国家，都出现了呼应中国的"文化大革命"的"文学作品"，出现了规模不等的青年人的"造反文学"，出现了歌颂毛泽东的诗歌；相反的，在美国等西方国家，也出现了反对中国"文化大革命"的文学作品。另外，虽然有些政治事件并没有国际性的影响，但对比较文学而言也有价值。如，20世纪后半期的社会主义国家，都出现了对党和国家领导人歌功颂德的文学，在政治意识形态上具有深刻的相似性，很值得进行超文学的比较研究；50—80年代的所谓"冷战"时期，在某些敌对国家出现了具有强烈冷战色彩的文学，如中国、朝鲜、越南、古巴等国家的"反美"文学，70年代中国大量出现的"反对苏联修正主义"的文学，对于政治与文学的"超文学"的比较文学研究，都相当具有研究价值。但是，上述提到的这些课题，目前的研究均非常薄弱。在我国，艾晓明博士的博士论文《中国左翼文学思潮探源》①是研究30年代中国左翼文学与国际共产主义政治及国际左翼文学的不可多得的力作。而上述其他方面的研究，则基本是空白。

在国际经济形势与文学的"超文学研究"中，也存在着许多诱人的研究课题。例如，历史上的经济活动、商业活动对文学的影响，商人在文学的国际传播中的作用，如古代的"丝绸之路"是闻名的连接东西方重要的国际商业、经济通道，"丝绸之路"的经济活动对中国西北少数民族、对中东地区乃至古罗马帝国文学有何影响？是人们感兴趣的问题。而描述"丝绸之路"的各国文学作品，也非常值得加以收集整理和系统研究。在古代文学中，反映经济活动的作品有不少，如阿拉伯的故事集《一千零一夜》，大部分故事以商人为主角，以商业活动为题材。我国阿拉伯文学专家郅溥浩先生在其专著《神话与现实——〈一千零一夜〉论》②中，有一专节，从国际商贸的角度，对《辛伯达航海旅行的故事》做了独到的分析，并把它与中国的"三言二拍"中的有关作品做了比较，是经济与文学的"超文学"研究的成功例子。在日本17世纪的作家井原西鹤的作品中，有一类小说称为"町人物"，即经济小说。笔者曾在《井原西鹤

---

① 艾晓明：《中国左翼文学思潮探源》，长沙：湖南文艺出版社，1991年。

② 郅溥浩：《神话与现实——〈千零一夜〉论》，北京：社会科学文献出版社，1997年。

市井文学初论》[①]中，以当时的东西方经济状况为大背景，对井原西鹤的经济小说作了分析。到了现代社会，经济与文学的"联姻"现象越来越突出。例如法国19世纪大作家巴尔扎克，被英国作家毛姆称为"认识日常生活中经济重要性的第一个小说家"（毛姆《巴尔扎克及其〈高老头〉》）；恩格斯也认为巴尔扎克在其作品中所提供的经济材料，比那些职业的经济学家、统计学家还要多。在现代世界中，经济的全球化对各国文学的影响，越来越成为全球性的文化现象。如1929年的那场世界经济危机就在中国文学中留下了印记。茅盾、叶圣陶、叶紫等在30年代初写作的反映农村凋敝、商人破产的作品，都以当时的世界经济危机作为大背景。90年代亚洲金融危机对亚洲各国、对我国的港台地区的文学，产生了一定影响。70年代以来，在日本文学中产生了"经济小说"、企业商战文学这种类型，并影响到了我国的香港、台湾地区的文学。看来，商品经济与文学活动、文学作品的商品化等问题，已经成为比较文学"超文学"研究中的重要课题。

文学与战争、与军事的关系，历来密不可分。古代世界文学中的史诗，是以描写部族之间、民族之间的血腥战争为其基本特征的。可以说，没有战争，就没有史诗，而这些战争往往是"跨民族"的、没有国界的战争。到了现代，除了国家内部的内战之外，所有大规模的战争都是国家与国家之间、民族与民族之间，或国际集团与国际集团之间的战争，因此，战争本身往往就是"跨国界"的人类行为，战争对文学的影响也往往是跨越国界的影响。从战争、军事的

---

① 王向远：《井原西鹤市井文学初论》，原载《北京师范大学学报》，1998年增刊。

角度来研究文学现象，很多情况下就是揭示战争与文学关系的"超文学"的研究。特别是对20世纪上半期的两次规模空前的世界大战，对作家的文学创作所产生的刺激也是空前的。可以说，两次世界大战导致了20世纪"战争文学"的繁荣。要深入研究以世界大战为背景、为题材、为主题的"战争文学"，就必须立足于战争与文学的关系，在"战争"与"文学"之间，在不同的交战国之间，找到独特的契合点、交叉点和问题点。一方面，研究战争及战争史的学者，应该重视并充分利用"战争文学"这一不可替代的材料，重视战争文学所特有的对战争的具体、形象、细致的描写，以补充战争史文献的缺欠和不足；另一方面，研究文学的学者，面对战争文学作品，不能只逗留在作家作品的审美分析、人物性格的分析、作品形式与技巧的分析等纯文学层面，而必须研究作家表现战争的立场与观点，例如作家的民族主义、爱国主义思想，人道主义思想，抑或是作家的法西斯主义思想，作家的好战态度或反战态度；必须研究战争与作品中的人物形象、战争与作品中的人性、战争与审美、战争与文学的价值判断等问题。但是，在目前的文学研究中乃至比较文学研究中，关于战争文学的"超文学"的研究，还很少见，还没有被展开。笔者的《"笔部队"与侵华战争——对日本侵华文学的研究与批判》①一书，是战争与文学的"超文学"比较文学研究的一个尝试；倪乐雄的专题论文集《战争与文化传统——对历史的另

---

① 王向远：《"笔部队"与侵华战争——对日本侵华文学的研究与批判》，北京：北京师范大学出版社，2002年。

一种观察》①中的有关论文，如《武亦载道——兼谈儒文化与战争文学》《〈诗经〉与〈伊利亚特〉战争审美背景与特征之比较》等，从中外文化比较的开阔视野，成功地展开了中外战争文学的比较研究。但是，迄今为止的大多数研究战争文学的论文和著作，还都局限于"战争题材"本身，局限在国别文学内部。这种研究也有战争与文学的"跨学科"意识，但是，却往往没有把视野进一步扩大为跨国界的、跨文化的广度，因而它还是一般的"跨学科"的研究，但还不是真正的"超文学"的比较文学研究。另一方面，将反法西斯主义文学作为一种世界性的文学现象进行总体的比较研究，就很切合战争与文学的"超文学"研究的路径；同样，对日本、德国、意大利的法西斯主义文学的研究，也必须具有跨国界的世界文学的总体眼光。对中国的抗日文学的研究，仅仅站在中国文学和中国文化内部还不够，还必须有自觉的中日文化的比较意识，必须将中国的抗日文学与日本侵华文学置于一个特定的范围，进行必要的对比，研究才可能深入。

宗教是最具有国际传播性的一种文化现象。文学与国际性宗教的"超文学"的研究，其目的在于揭示宗教与文学之间的相互影响和彼此共生的关系。这种研究有两个基本的立足点。其一，是在宗教中看文学。所谓"在宗教中看文学"，就是立足于宗教，去寻找和发现宗教如何借助文学，如何通过文学来宣道布教。其研究的对象主要是宗教性的文学作品，亦简称"宗教文学"。如起源于印度、流

---

① 倪乐雄：《战争与文化传统——对历史的另一种观察》，上海：上海书店出版社，2000年。

传于亚洲广大地区的佛教文学，包括本生故事、佛传故事等；起源于犹太民族，而流传于全世界的圣经故事、圣经诗歌等。其二，是在文学中看宗教。所谓"在文学中看宗教"，就是立足于文学，看作家如何受到宗教的影响，作家如何借助宗教意象、宗教观念、宗教思维方式来构思作品、描写人物，表达情感和思想。这两种不同立足点的研究，目的都在于揭示外来的宗教文化如何影响和作用于本国文学。在以往的比较文学研究中，文学与外来宗教的比较研究受到了重视，涌现出了大批的成果。在我国，关于印度传来的佛教对中国文学的影响的研究，已经相当广泛和深入了。在20世纪20年代后，就陆续有梁启超、鲁迅、胡适、陈寅恪、许地山、季羡林、赵国华、孙昌武、谭桂林等重要的研究家。他们的研究成果表明，佛教及佛教文学对于激发中国作家的想象力，对于志怪小说、神魔小说的形成，对于汉语声韵的发现及诗歌韵律的完善与定型，起了重要的作用；而佛经的翻译，对于大量印度民间故事传入中国，对于引进和丰富中国语言中的词汇、语法，对于文言文体的通俗化，也起到了重要作用。关于基督教与中国文学、特别是与20世纪中国文学的关系研究，近年来也取得了相当的进展，光这个课题的博士论文，就出版了五六种。伊斯兰教与中国文学的关系，特别是与我国的回族和维吾尔族等西北部少数民族文学，也有深刻的联系。近来面世的马丽蓉著《20世纪中国文学与伊斯兰文化》[1]在这个问题的研究上具有开拓性。

哲学与文学的关系也特别的紧密。外来哲学思想对某一本土文

---

① 马丽蓉：《20世纪中国文学与伊斯兰文化》，合肥：安徽教育出版社，2000年。

学的影响和渗透，可以改变本土作家的世界观，可以影响作家对世界、人生及文艺的认识角度与方法，从而使作家的创作呈现出更为复杂的面貌。在比较文学的"超文学研究"中，外来哲学思想与某一本土文学的关系，有大量的课题需要研究。如，在东亚文化区域中，中国的哲学思想曾影响到了日本、朝鲜和越南等国。中国的老庄哲学的自然、无力的观念和儒家哲学中的忠孝观念等，对日本历代文学都产生了一定的影响。中国晚明时期的"实学派"的哲学思想影响到了朝鲜，使朝鲜产生了"实学派"文学。对阿拉伯文学造成很大影响的"苏菲主义"神秘哲学，受到了印度的吠檀多派哲学和欧洲的新柏拉图主义哲学的影响。20世纪以来，西方哲学思潮对东方文学的影响特别明显。如尼采的"权力意志"及"超人哲学"，弗洛伊德主义、马克思主义、存在主义哲学等，都在东方文学中，或引发了相关的文学思潮，或出现了相关的文学流派，或出现了表现相关哲学思想的作品，或促进了文学批评观念与方法的变革。应该说，20世纪东方各国的先锋派的文学，无一不同西方的哲学思潮有关，换言之，外来哲学思潮是东方现代文学发展嬗变的重要的外部推动力之一。

看来，作为比较文学的基本方法之一，"超文学研究"在谨慎规定自身的同时，也可以在许多丰富的、有价值的研究领域中得到广泛的应用。

第 7 章

比较语义学的方法

比较语义学方法，是词语为基本单位的、微观的比较文学研究方法，是"语义学""历史语义学"（或称"历史文化语义学）在比较文学中的延伸与运用，并且形成了自己的理论与实践模式。

一、比较文学与比较语义学

比较文学及中外文学关系史的研究，可以划分为"点、线、面"三种类型。"点"就是具体个案问题的研究，如日本学者丸山清子的《源氏物语与白氏文集》、杨仁敬先生的《海明威在中国》之类，重在材料发掘与微观分析，追求的是"深度模式"；"线"就是许多个案在纵向时序链条上的关联性研究，如钱林森教授主持的十五卷本《中外文学交流史》、王晓平先生的《近代中日文学交流史稿》等书，重在历史性的系统梳理，追求的是"长度模式"；"面"就是空间性的、横向的关系研究，如童庆炳先生主编的《中西比较诗学体系》、钱念孙先生的《文学横向发展论》等书，重在理论性的概括与总体把握，追求的是"高度模式"。三种类型互为依存，相辅相成。其中，"点"的研究是全部研究的基础与出发点，"点"的研究不足，"线"也无法连成，中外文学关系史就写不出来，同时，相关的理论概括就缺乏材料的支撑，"面"就不成其"面"而流于支离空疏。只有"点"的研究积累到一定程度，才可能有系统的"线"性著作出现，才可能有总体性综合性的"面"的理论著作问世。而随着"点"的研究的不断增多，又会不断补充其"线"、充实其"面"，促进中外文学关系史类著作与相关理论概括类著作的更新与提高。可见，"点"的研究是最为基础、最为重要。

"点"的研究很重要，"点"的研究方法的更新也很重要。但迄今为止，关于"点"的研究方法的探索与概括最为不足。例如以两个以上作品文本的审美分析为特征的"影响研究"，固然属于"点"的研究，但这种方法如果缺乏明确的学术动机与问题意识，弄不好就会流于大胆的假设，而最终无法求证，对"中外文学关系研究"而言，有时不免失之于"虚"；美国学派提出的"平行研究"法，主要在没有事实关系的两个以上的对象之间进行比较，也属于"点"的研究，但这种"平行比较"的方法流于简单化，而缺乏学术价值，它得出的结论有许多是难被"文学关系史"所采信的。我国学者在"平行研究"基础上修正而成的"平行贯通研究"法，不满足于X与Y两个"点"的比较，而追求连点成线，所以它不再属于"点"的研究方法的范畴。更不必说法国学派的以文献实证为特色的"传播研究"方法，则属于"文学史"的研究方法的范畴，更适合于系统的文学发展史的研究。可见，在我国、乃至世界比较文学学术史上，关于"点"的研究方法的探讨，最为薄弱，问题也最大。

众所周知，在中国传统学术中，有一门研究古汉语词义解释的一般规律和方法的学科，叫作训诂学，它与文字学、音韵学共同构成传统"小学"的三大内容。训诂学的宗旨是对古代文献的词义做出尽可能正确的解释，以帮助今人理解古字古词古文，因此训诂学也可以称作"古汉语词义学"，这与现代的"语义学"有相当的类似。先秦时代的"名家"及"名学"，还有发展到汉代末期至魏晋时期的"名理之学"，都围绕名实（概念与实在）关系加以考辨，也与现代"语义学"相近。欧洲各国则有源远流长的"阐释学"，但阐释学主要是对文本意义的阐释，而不是对词语意义的解释。19世纪初叶，发端于德国的"语义学"，则是当时的语言学繁荣发达的产物，它将阐释的重点转到词语及其含义上。1838年，德国学者莱西希较早主张把词义的研究建成一门独立的学科，他称这门学科为"语义学"。1893年，法国语言学家布雷阿尔首先使用了"语义学"这个术语，并于1897年出版了《语义学探索》一书，从此，语义学逐渐从词汇学中分离出来，成为语言学的一个新的分支学科，并逐渐影响到英美世界。同时，语义学逐渐方法论化，并向相关学科迁移，并出现了三个主要的分支与流派。一是"语言学语义学"，作为语言学的一部分，主要是运用词汇统计学的方法，研究词义之间的关系及其演变；二是"历史语义学"，不是对普通词语，而是对特定名词概念（关键词）的语义生成及嬗变进行历史的诠释，也称"概念（或观念）史研究"，三是"哲学语义学"或称"语义哲学"，主张只有语言才是哲学分析、逻辑分析的最主要的甚至是唯一的对象，注重对语词和语句做所谓"话语分析"。

近几年来，已有人注意到了国外的"语义学""历史语义学"的研究并加以提倡，武汉大学还专门召开过关于"历史文化语义学"的国际学术研讨会，并编辑出版了题为《语义的文化变迁》的会议论文集（武汉大学出版社2007年）。其中，历史文化语义学的主要提倡者和实践者、武汉大学的冯天瑜教授在收入该书卷首的《"历史文化语义学"刍议》一文中，认为陈寅恪提出的"凡解释一字，即是作一部文化史"的名论，昭示了"历史文化语义学"的精义，历史文化语义学就是要"从历史的纵深度与文化的广延度考析词语及其包蕴的概念生成与演化的规律"。从我国近年来相关研究的实践上看，在文学研究领域出现的一系列所谓"关键词"的研究，包括《中国当代文学关键词》《西方文论关键词》《文化研究关键词》等书的立意布局，显然都是受到了语义学方法、特别是历史语义学方法的影响。这种方法的运用使相关研究在各个"点"上更为凸现和深化，又具有历史意识的贯穿，故能每每新人耳目。但是，我国现有的许多"关键词"研究，仅仅是对"语义学"方法的运用，还不是我所说的"比较语义学"。因为不管是中国的训诂学，还是欧洲的语义学，还是当代中国的"关键词"研究，大都是在同一种语言、同一种文化体系内进行的。只有当"语义学"研究扩大到跨语言、跨文化的范围，那么"语义学"才能成为"比较语义学"。

我认为，可以将"语义学"的方法加以扩展与改造，使之发展为"比较文学语义学"，简称"比较语义学"，并将它作为比较文学、特别是东方文学关系史的研究的方法，是十分必要和可行的。同时需要指出的是，比较语义学，更为准确的称谓或许应是"比较词义学"。因为它是对构成语句的最小、最基本单位的"词"的研究，特别是对那些最终形成了概念乃至范畴的"词"的研究，而主要不是那些由一系列词汇构成的语句。不过，鉴于"比较语义学"的称谓已有约定俗成的倾向，所以如此沿用下去也未尝不可。

那么，作为比较文学研究方法的"比较语义学"是什么呢？就是在跨语言、跨文化的范围与视野中，对同一个词语概念在不同民族、不同国度、不同时代的文学交流中的生成与演变，进行纵向的梳理与横向的比较，以便对它的起源、形成、运用、演变的历史过程做追根溯源的考古学意义上的研究，描述其内涵的确立过程，寻求其外延的延伸疆界，分析某一词语概念化的过程及其内涵与外延发展变化的具体的历史文化语境，从丰富的语料归纳、分析与比较中，呈现出、构建出相关词语概念跨文化生成演变的规律。

在西方学者已有的研究实践中，有对某些名词概念进行跨语言、跨文化的语义研究，自然属于以上我所界定的"比较语义学"的范畴。但对西方的"语义学"来说，跨语言、跨文化的比较研究虽然也有，却不是必要的条件。换言之，在一种语言内部从事语义学研究也是完全可行的，并且是语义学研究的主流。而且，欧美世界的语义学研究，即使跨出了某种民族语言的范畴，也是在西方语言系统内部进行的。并且，他们似乎并没有形成"比较语义学"的学科方法论的自觉，而作为比较文学方法论的"比较语义学"，更是无人提及。

二、比较语义学的运用与"移语""译语""美辞"的研究

对中国学者来说，从事"比较语义学"具有天然的优势、丰富

的资源。中国与西方各国特别是与亚洲邻国，都有着源远流长的文化与文学交流关系，细察之下，就可以发现这些交流常常是以某些名词、术语、概念为契合点的。特别是在东亚汉字文化圈中，在东方比较文学的框架内，对流转于中国、韩国、日本、越南各国的汉字名词、概念、术语、范畴等，进行上下左右的比较研究，于中国学者而言是得天独厚的。当我们的中外文学关系史研究由通史、断代史的"线"的研究转向更具体深入的"点"的研究时，最闪亮的"点"之一，可能就是在中外文学交流中形成的若干概念或范畴。

中国学者虽然还没有人在理论上明确提出"比较语义学"方法论概念，但实践走在理论前面，在"语义学"及"历史文化语义学"的方法论指导下，近几年来我国学者在历史文化、政治、哲学等领域的研究实践中推出了一些成果，很好地体现了"比较语义学"方法的特点与优势。例如，陈建华先生的《"革命"的现代性——中国革命话语考论》（上海古籍出版社2000年）一书，从中国古代的"革命"、到西方的"革命"、到日本的"革命"，从文化文学的"革命"，再到政治的"革命"，从作为翻译语的"革命"，到作为本土语言的"革命"，都做了周密的上下左右的关联研究，从而围绕"革命"这个词，生成了一个严密可靠的知识系统。同样，冯天瑜先生的《新语探源——中西日文化互动与近代汉字术语生成》（中华书局2004年）一书，对清末民初在外来影响下一系列汉字术语的生成过程与传播的历史文化背景，都做了细致的比较、分析与研究。冯天瑜的另一部著作《"封建"考论》（武汉大学出版社2006年）一书，对中国古代的"封建"概念，日本传统的"封建"概念，作为西欧译词的"封建"概念，做了横跨东西方的比较研究，对"封建"这个概念的来龙去脉、歧义与演变，做了前所未有的梳理与呈现。沈国威先生在《近代中日词汇交流研究》（中华书局2010年）中，对近代中日词汇的关联做了细致的分析研究。董炳月的《"同文"的现代转换——日语借词中的思想与文学》（昆仑出版社2012年）对现代汉语中的若干日语借词——"国民""个人""革命"——的来龙去脉及其在现代中国文学与文献中的使用，分专章做了梳理分析。方维规先生在《概念的历史分量——近代中国思想的概念史研究》（北京大学出版社2018年）中，对"文明/文化""民族""政党""经济"等概念的研究，都是成功的"历史语义学"的研究。孙江、陈力卫、刘建辉主编的《亚洲概念史研究》第一辑、第二辑（三联书店2013、2014年）中的各篇论文，对东亚汉字圈的相关概念及其关联做了集束性的研究。此外，还有学者的论文对"人民""政党""国会""哲学""心理""科学""艺术"等在中、日、西之间辗转迁移的关键词做了"比较语义学"的研究。这样的研究，不懂中文、日文的西方学者做起来很困难，中国学者则显得得心应手。相比而言，不无遗憾的是，目前在我国的比较文学的学科领域内，尚没有出现成功运用"比较语义学"方法的代表性成果。不过，以上提到的相关学科已有的成果，却很值得比较文学界加以充分注意，并应该从中汲取方法论上的启示。

在比较文学研究特别是东方比较文学研究中，"比较语义学"的方法涉及到两种不同的研究对象。

第一种，某一名词、概念或范畴，以同形（写法相同）、通义（意思大致相同）、近音（读法相近）的形态，在不同国度的辗转流变。例如，在宗教哲学领域，汉译佛教词语、儒家哲学伦理学的基本概念之于中、印、日、韩、越等国。在文学领域，中国的"诗"与"歌"字的概念之于朝鲜、日本各国。例如中国古代的"自然"概念传到日本，近代日本人用"自然"来翻译欧洲的"自然主义"，然后"自然主义"这一译语再由日本传到中国，诸如此类。这种情况在东亚汉字文化圈，有大量的研究资源。以相同文字（例如汉字）书写的某一个概念，在不同国度与不同语言中的移动或转移，我们可以称为"移语"，这方面的研究也可以叫做"移语研究"。

第二种，就是将一种语言翻译为另一种语言所形成的词语概念，叫做"翻译语"，可简称"译语"。例如，"文学"这一概念，在中国，有作为本土概念的"文学"概念，也有从日本引进的作为西语之译语的"文学"概念。（在这方面，日本学者铃木贞美的《文学的概念》一书，从日本文学发展史的层面上做了深入详实的研究。）再如，中国古代文论有"味"的概念，日本文论中有"味"的概念，印度梵语诗学中也有"味"的概念，而梵语的"味"则是中文的译语。对译语的"比较语义学"研究，与翻译学研究中的译词研究有一定关联，但作为"比较语义学"的研究，所研究的词语，必须是在文学交流史上形成的具有概念与范畴意义的词语，而非一般词语。

当然，在具体的比较文学研究中，根据研究目的的需要，"移语"研究与"译语"研究可以分头进行，也可以交叉进行。但是，比较文学中的严格的"比较语义学"的方法，主要运用于同一词语、概念或范畴的跨文化的传播、影响与接受、变异等的研究，而不是完全没有传播、没有影响关系的词语、概念之间的平行比较。例如中国的"道"与西方的"逻各斯"、中国的"风骨"与西方的"崇高"之类的概念范畴，因互相之间没有传播与流动，则不属于"比较语义学"的适用范围。归根结底，"比较语义学"是国际文学交流史中以词语、概念或范畴的传播与影响为中心的个案研究与专题研究的方法。对相关词语、概念或范畴的平行的对比，也应该在事实关系的基础上进行。若不如此界定，则"比较语义学"作为研究方法就会弥漫化、普泛化，并最终失去它的具体可操作性。另一方面，"比较语义学"的方法运用到比较文学中，又不同于通常的文学交流史的传播研究中的实证主义，它要求语言学与文学的跨学科的交叉，要求对语义做动态的历史分析与静态的逻辑分析，对语义形成流变起重要作用的哲学、宗教、历史等的深度背景，也要予以揭示。因此，"比较语义学"既是一种具体可操作的研究方法，也是一种有着广阔学术视野与深厚思想底蕴的学术观念。

比较文学的语义学研究，所研究的语义当然是"文学"的，不是自然科学、或哲学、宗教学上的语义。既然是文学上的语义，实际上就是要揭示词语中所积淀、所蕴含的文学的、审美的信息。对于这类词，以前我们称之为"文学范畴""文论概念""文论范畴""审美范畴"等，在比较语义学的层面上，可以更为简约、更为恰切地称之为"美辞"。

"美辞"是古汉语中的一个词，曹植《辨道论》有云："温颜以诱之，美辞以道之"。"美辞"是美丽辞藻的意思，它本身很美、很形象、很感性，也有概念的概括性。即便望文生义，对它的理解也只能是"美之辞"。但不知为何，"美辞"这个词一直很少使用，甚至在广收古汉语词汇的《辞源》中也未见收录。但是"美辞"在日语中却并非生僻词，多指经过修饰的优美的语言辞藻，而且还有一种学问叫做"美辞学"。近代文学理论奠基人坪内逍遥著有《美辞论稿》（1894年），接着，文学理论家岛村抱月有《新美辞学》（1903年）一书，都是以语言的审美分析为特点的美学著作。狭义的"美辞学"与汉语中的"修辞学"意义相近，但是"美辞学"的重点在"美"而不是"修"（修饰）。实际上，"美辞学"往往会自然地超出语言修辞的层面，提升为审美词语的研究，亦即成为专门研究审美词语的美学一个分支。

但是长期以来，类似的研究，在美学界只以"审美范畴"或"美学观念"称之。其实，从"美辞"到"审美范畴"或"美学观念"，是需要一个发展过程的。从词义的宽窄来看，"美辞"要比"概念"和"范畴"都要宽一些。"概念"指的是理论文本中所使用的概括性词语，是具有一般性、抽象性、总括性的词，是在长期使用过程中由特殊词语而成为一般词语的，"范畴"则是进入学科中的概念，而"学科"必定是在长期的研究中逐渐形成的。"美辞"与美学上的概念、范畴，即便是同一个字词，但它们却处在不同的历史阶段，都有一个从"美辞"到概念、范畴的发展演变过程。究其实质，"美辞"就是对美的事物加以描述与评价的审美性质的宾词。当有一些"美辞"具有审美判断的功能，并经长期反复使用，它就成为人们所公知、所公认的概念，亦即我们通常所说的"审美概念"。

除了一些原创性的概念范畴，如中国哲学中的"道""气""仁""诚""理""性""体用"，还有文论中的"赋比兴""言意""文质""意象""形神"等之外，大多数我们现在所公认的审美范畴或美学观念，最初其实只是属于"美辞"。"美辞"主要是诗文作品中，乃至小说中使用的作为审美评价的词，主要是形容词，也有一些名词。例如中国古代文论中的"意境"就是这样的词，也只有到了王国维那里，才最终加以研究论证，使其成为一个重要的文论范畴、审美范畴或审美观念，而在此之前，它主要是作为一个审美评价的"美辞"而存在的。实际上，"风骨""气韵""格调""神韵""清淡"等词，最初也只是审美评价用词，亦即"美辞"，经历代文论家加以理论阐释后才成为概念，待文论研究学科化之后，这些概念才成为文学理论学术研究的范畴。而日本的情况也是如此。例如本书十章、十一章所论述的"哀""物哀"，最初在平安王朝贵族文学特别是在《源氏物语》中仅仅是表示审美感叹的词，直到18世纪江户"国学"家本居宣长（1730—1801年）在《紫文要领》等著作中加以阐释，人们才把它看成日本文论与美学的重要概念；同样的，所谓"意气"（粹），起初仅仅是江户时代市井文学中常用的审美性的评价用词，在那时形形色色的市井小说戏剧中，人们用这个词表达审美的判断，涉及到人的相貌、性格、衣着、气质，还有物品的格调、色调、音声的听觉感受等各方面的评价，直到20世纪30年代才有哲学家、美学家九鬼周造在《"意气"的构造》一书中，从大量的文学作品中发现、提炼了这个词，从而将它概念化，如今已成为众所公认的具有日本美学特色的审美概念。在中国文学中对概念范畴的发现与阐释实际上也是如此。如近年出版的题为《"远"范畴的审美空间》（郭守运著，武汉大学出版社2014年）一书，把"远"作为中国古代审美"范畴"加以专门透彻的分析研究，是颇有创意的，但是从"美辞学"的角度看，"远"以及"玄远"、"高远"之类的词，尚没有成为中国古代文论学科普遍公认的"范畴"，但它却是一个古代诗文、古代文论中不可忽视的"美辞"，或许经过这部著作的论述阐释，以后会变成一个"范畴"。实际上，这样的美辞在中国古代文论中尚有许多，吴蓬先生编著的《东方审美词汇集萃》（上海文艺出版社2014年增订本），收录了中国古代"审美词汇"（全部是单字）有：苍、沉、冲、粗、淳、醇，澹、淡、跌、端、敦，繁、方、丰、风、飞，刚、高、工、孤、古、骨、犷、瑰、醐、豪、宏、厚、华、环、荒、恢、浑，简、劲、精、隽、娟、峻、空、枯、宽、旷、冷、淋、流，茂、名，凝、平、朴、奇、气、清、峭、遒、洒、深、神、声、瘦、疏、肃、率，天、恬、挺、婉、温，细、闲、萧、潇、雄、秀、虚，严、逸、意、雍、幽、腴、郁、圆、蕴、韵、自、质、纵、拙、庄，多达九十多个，还列出了由这些单字构成的词语（成语）和短句上万条。吴先生没有把它们称为"概念"或"范畴"，而是以"审美词语"称之，是十分严谨恰当的。

实际上，这些"审美词语"，约言之就是"美辞"。它本来是十分感性的，是审美范畴的原形，须经过长期言说、阐释和运用，才成为审美的概念范畴。而随着对这些"美辞"的阐发与研究，人们对"美"的历史经验的认识与总结也就越来越丰富、全面和到位。因此，"美辞"的研究或"美辞学"，与通常的审美概念、审美范畴的研究，是相互关联又不可相互替代的，"美辞学"的研究也具有不可替代的作用与价值。倘若以既定的"审美范畴"或"美学观念"为中心，就会形成一种滞定的研究模式，就难免会把一些"美辞"排斥在外，从而造成了美学史研究中的固化现象。因此，我主张，在今后的研究中，要打破这种作茧自缚，要把"美辞"作为美学研究的一个新的领域，新的生长点，或一个新的分支，从而发现更多、更丰富、更复杂的审美学词语和美学现象。这一点，对东方文论与美学研究而言尤为重要。在东方美学与文论研究中，我们若以那些业已固化的西方美学观念为准据，或者以那些"众所公认"的中国古代文论美学的概念范畴为准据，那么，此外的"美辞"就会被摒除在外。即便有人不承认一些词为概念或范畴，但他至少也要承认它们是"美辞"，即承认它们是审美的宾词，亦即判断一段文字、一段描写、一个形象、一部作品，是否是美的、又美在何处的判断词。可见，"美辞"这个词，比起"文论概念"或"文论范畴"这样的术语来，更具有包容性和柔软性。

另一方面，换一个角度，还需要认识到，"美辞"的主体毕竟是"辞"，它是用来评判语言艺术即文学的；换言之，有关语言文学或文学语言的审判评判的词语才是"美辞"。在这一点上它不同于其它艺术样式，例如书画是以视觉的"线条"和"色彩"为审美对象的，音乐是以听觉的声音旋律为审美对象的，而只有文学及讨论文学问题的"文论"，才是以文字词语（亦即"辞"）为审美对象的。从这个意义上说，"文论范畴"及"古代文论范畴"才是"美辞"，而且就是"美辞"。在这一意义上，也须使用"美辞"这个词。

第 8 章

宏观比较文学的方法

宏观比较文学"指的是以民族（国家）文学为最小单位、以世界文学为广阔平台的比较研究"。[①]纵观世界比较文学学术史，最早的比较文学形态，即具有比较文学性质的议论、评论，大都属于"宏观比较"的范畴，其特点是印象式的判断，鸟瞰式的总览、同时必然与价值判断联系在一起。

一、比较文学史上的"宏观比较文学"

在古代世界，希腊、印度、中国等文明古国，由于其文明优越感，缺乏异文化存在感和比较意识，跨文化的比较文学观念迟迟未能形成。而比较文学意识最强的，则属人类文明发展史上第二阶段兴起的国家，如横跨欧亚非的阿拉伯帝国、东亚的日本和朝鲜。在这些国家中，有的本来就是多民族融合的帝国（如阿拉伯帝国），有

---

① 王向远：《宏观比较文学讲演录》，桂林：广西师范大学出版社，2008年，第20页。

的是在文明中心国（如中国）的影响下成长起来的（如日本、朝鲜），容易产生异文化观念及跨文化比较的意识。

先以公元8—11世纪的阿拉伯帝国为例。那时阿拉伯帝国广泛接收和吸纳东西方各民族文化，熔铸成新的阿拉伯—伊斯兰文化。在各民族交往日益频繁的大背景下，学者、文学家们自然产生了文学与文化的比较意识。早期的阿拔斯王朝时代，各民族文化产生了深度融合和激烈冲突，并出现了所谓"反阿拉伯人的民族主义"思潮，即"舒毕主义"思潮。学者们就阿拉伯文化与其它民族文化孰优孰劣的问题展开了激烈争鸣，其中也自然涉及到了语言文学的比较。据伊本·阿布德·朗比在《珍奇的串珠》一书记载：8世纪著名学者、作家伊本·穆格发曾多次对波斯、罗马、中国、阿拉伯各民族的文化特点做了比较评论。他认为阿拉伯人聪明睿智，擅长语言表达，"写什么，像什么，作什么，成什么。一支生花妙笔，肆意褒贬"。[1]当时阿拉伯帝国统治下的各民族及周边各国，也自觉地将自己的诗歌（文学）与阿拉伯民族相比较，据8世纪文学史家伊本·萨拉姆在《诗人的品级》一书记载：阿拉伯人描写战役、歌颂民族英雄的诗歌很多，相比之下，另外一些民族觉得自己民族在这方面的诗歌太少，于是就"藉口齿伶俐的传述者来杜撰诗歌。"[2]也有人在比较中对阿拉伯人及其诗学水平不以为然，上述的阿布德·朗比在《珍奇的串珠》一书认为：阿拉伯人"虽在诗歌方面稍有成就，然而诗歌发达的民族，并不只是阿拉伯人，其它民族的诗歌，也是发达

---

[1] 转引自艾哈迈德·爱敏：《阿拉伯—伊斯兰文化史》第二册，朱凯、史希同译，北京：商务印书馆，1990年，第45页。

[2] 曹顺庆主编：《东方文论选》，成都：四川人民出版社，1996年，第465页。

的，如罗马也产生过瑰奇美妙的、音调铿锵的诗歌。"①面对这些对阿拉伯人的贬抑，9世纪著名学者、作家查希兹在《修辞与释义》（一译《解释与说明》）一书中给予驳斥，在该书第八卷中，他将阿拉伯民族和希腊、印度、波斯等别的民族作了比较，认为："阿拉伯人，无论讲什么，都无暇深思，不事推敲，直感所及，便如受了感召似的，一念之下，意思便涌上心头，言辞便脱口而出。阿拉伯人是文盲，不知书写，是自然人，不受拘束。不以强记他人的学问，模仿前辈的言辞为能事。他们的言辞多半发自内心，出于肺腑，同自己的思路，紧密相通；不矫揉，不造作，不生吞活剥。他们的言辞鲜明爽朗，丰富多采。"②还比较说："波斯人说话是经过深思熟虑、反复推敲的，而阿拉伯人讲话则是凭直感，脱口而出，好似灵感、天启一般。"他还在比较后断言："世上没有一种语言比智能过人、能言善辩的阿拉伯游牧人的语言更加有益、更加华丽、更加动听、更加使人心旷神怡，更加符合健康理智的逻辑、更加有利于锻炼口才。"③在《动物集》一书中，查希兹又说："地球上没有一种语言，其动听、优雅能比得上聪明的游牧人的言谈话语；没有一种语言，比阿拉伯学者的雄辩更理智、更畅达，更富于启迪和教益。地球上没有一种享受，能比聆听他们滔滔不绝的言词更令人心旷神怡。"④公元10世纪的阿拉伯学者、文学家艾布·曼苏尔·赛阿里比在《稀世珍宝》

---

① 转引自艾哈迈德·爱敏：《阿拉伯—伊斯兰文化史》第一册，纳忠译，北京：商务印书馆，1982年，第33页。

② 转引自艾哈迈德·爱敏：《阿拉伯—伊斯兰文化史》第二册，第33页。

③ 转引自艾哈迈德·爱敏：《阿拉伯—伊斯兰文化史》第二册，第45页。

④ 曹顺庆主编：《东方文论选》，第475页。

中，记载并评论了阿拉伯文学史上的著名诗人，并对他们做了比较。他按照诗人所在的地区、国家如沙姆（先叙利亚、黎巴嫩地区）、埃及、摩洛哥、伊拉克等，来划分诗人的类别，并基于这样的地域划分进行比较评论。例如他写道："沙姆阿拉伯诗人以及它邻近地区的诗人比蒙昧时代以及伊斯兰时代的伊拉克诗人及邻近伊拉克地区的诗人更富诗意，其原因是这些民族在古代与现代比其它民族更卓越。这是由于他们接近贾希兹，远离外国人。而伊拉克人与波斯人、奈伯特人接近，并与他们混合。而沙姆地区的诗人更兼具伶俐的口齿及文明人文雅甜蜜的巧辞。这些诗人受哈姆达尼族及瓦尔格乌族国王的供养。而这些民族酷爱文学，以光荣的历史及慷慨大方而闻名，并兼具文治武功。他们中有杰出的文学家，不仅写诗而且加以批评，对最优秀的学者给予报酬。这些优秀的文学家独具才华、文笔洗炼。他们循着一条阿拉伯人走过的道路写作……"[1]。在这段文字中，赛阿里比在比较中流露出明显的阿拉伯民族主义倾向，在同书中他甚至声称："阿拉伯诗歌是一种令人欣羡的文字，是阿拉伯人而非其它民族的一门学科"，附带着强烈的优劣高低的价值判断。

与中国的情况不同，中国的东邻朝鲜和日本两国始终感受到了中国文化、中国文学的强大存在，因此很早就产生了异文化观念和国际文学的眼光。

在相当长的历史时期内，朝鲜文学一直使用汉字、写作汉文，因此基本上是中国文学的一个分支。三国时期和统一后的新罗时期，一般文人士大夫，面对中国，自称"东人"或"东方"，而称汉学为

----

① 曹顺庆主编：《东方文论选》，第519页。

"西学"，对汉文化特别是唐朝文化的繁荣强盛，普遍具有敬畏感、自卑感，同时也产生了民族国家意识和民族文学的自觉追求。例如新罗时代著名诗人学者崔致远少年时代留学中国，并在唐朝为官多年，著有大量的汉诗汉文作品。他在《真鉴禅师碑铭并序》一文中认为，在学问面前，不应有大国小国之分，流露出对新罗士大夫阶层中小国自卑论的不满和批评。他又在《遣宿卫学生首领等人朝状》一文中强调了"东人西学"的跨文化观念。公元10—14世纪的高丽时期，在统治者的大力扶持下，朝鲜的汉文学创作取得了高度繁荣，艺术水平趋于成熟。与此同时，他们不再将自己的汉诗汉文视为中国文学的一个分支，而是认为高丽的诗歌是高丽人自己的文化遗产。这时期的一些"诗话"作品，满怀自豪之情弘扬本国的汉诗文创作传统，并在与中国作品的比较中，强调高丽的汉诗文"美于中国"。例如诗人、学者崔滋（1188—1260年）在《补闲集·序》中声称本朝人文化成，贤俊间出。姜希孟（1424—1483年）在为当时朝鲜诗人徐居正的《东人诗话》刊行作序时，也称朝鲜的诗学不亚于中国。李朝的梁庆遇在《霁湖诗话》中，拿杜甫的诗作比较，极力称道朝鲜诗人卢守慎的五言律诗所取得的成就。小说家、诗人金万重（1637—1692年）在谈到诗歌时，也在朝、中两国文学的相互观照、比较中，强调朝鲜民族诗歌的独特价值，指出朝鲜的诗文作者不能舍弃自己的语言而学习"他国之言"，否则无论怎样相似，都是鹦鹉学舌。这些都表明，在学习模仿中国文学上千年后，朝鲜人的语言文学中的民族意识已经相当自觉，这与他们的国际视野和宏观比较互为表里的。

　　日本的情况与朝鲜一样，在中国语言文学的影响下，在认同汉文化的先进性的同时，相对于"唐土"，他们有了"本朝""日本""皇国"之类的民族与国家观念，并逐渐产生了民族文学的自觉。到了18世纪江户时代的"国学"家那里，在与中国的总体比较中，他们也阐发了日本文学的特殊性和优越性。"国学"思潮中最有代表性的学者本居宣长在研究《源氏物语》的专著《紫文要领》中，把日本的"古道"与所谓来自中国的"汉意"对立起来，认为以《源氏物语》为代表的日本文学的"物哀"传统与中国文学的道德意图完全不同；[①]在研究和歌的专著《石上私淑言》中，又拿中国诗歌做反衬，论述日本和歌的独特性，他认为中国的《诗经》尚有情趣，与日本和歌无异，但发展到后来，在经学的影响下，中国诗歌多豪言壮语，喜欢说教，不表现真实的内心世界，只是"自命圣贤、装腔作势"，而日本人在和歌中则表现为率心由性，古朴自然。[②]本居宣长的这种中日两国比较论，流露出强烈的大和民族主义，其结论虽有参考价值，但与古代所有的宏观比较一样，都带有文化民族主义倾向和好坏优劣的价值判断。

在欧洲的比较文学学术史上，18世纪伏尔泰的《论史诗》对欧洲各国文学的统一性和差异性所做的评论，开宏观比较文学的先例。此后，这种宏观比较评论的方法在法国的浪漫主义先驱作家、批评家斯达尔夫人（1766—1817年）的《论文学》（1800年）和《德意志论》（1813年）两部著作中，被充分运用并展开了。受孟德斯鸠地理环境、地理气候决定论的观点的影响，在《论文学》一书中，斯达

---

① ［日］本居宣长:《日本物哀》，王向远译，长春: 吉林出版集团，2010年，第96页。
② ［日］本居宣长:《日本物哀》，王向远译，第220—226页。

尔夫人将欧洲各民族文学划分为"南方文学"与"北方文学"两部分。指出"有两种完全不同的文学存在着。一种来自南方，一种源出北方。前者以荷马为鼻祖，后者以莪相为渊源。希腊人、拉丁人、意大利人、西班牙人和路易十四时代的法兰西人，属于我称之为南方文学的这一类型。英国作品、德国作品、丹麦和瑞典的某些作品应该列入由苏格兰行吟诗人、冰岛寓言作家和斯堪的纳维亚诗歌肇始的北方文学。"① 她认为南方天气晴朗，溪流清澈，丛林密布，人们生活愉快，感情奔放，但不耐思考。北方阴郁多云，土地贫瘠，人们性格趋于忧郁，但长于哲学思辩。因此，南方文学较普遍地反映民族意识和时代精神，北方文学则较多表现个人性格。斯达尔夫人对"南方文学""北方文学"的划分与研究，开创了欧洲区域文学划分与研究的先例。在《论德国》的第二部分中，斯达尔夫人指出：

> 只有对这两个国家进行集体性的、现实的比较，才能弄清楚为什么它们难于相互了解。②

可以把这句话看作是斯达尔夫人的宏观比较方法论。从《论德国》第二部分的整体内容上看，所谓"集体性的、现实的比较"，不是单个作家的一对一的比较，而是一个国家与另一个国家的"集体性的"比较，亦即总体的、描述性的比较。所谓"现实的比较"，似

---

① ［法］斯达尔夫人：《论文学》，见伍蠡甫等编《西方文论选》上卷，上海：上海译文出版社，1979年，第124—125页。

② ［法］斯达尔夫人：《德国的文学与艺术》，丁世中译，北京：人民文学出版社，1981年，第2页。

乎可以理解为与"历史的比较"相对而言，斯达尔夫人的比较全都是为了解答"为什么法国人不能公正地对待德国文学"，解释两国人民及其两国文学为什么"难于相互理解"的问题，这些都是现实问题。斯达尔夫人是在当时德法文学的现实语境中来从事两国文学比较的，因而这种比较与强调历史纵深度的"历史的比较"，即文学史的比较研究，是有一定区别的。一句话，所谓"集体性的、现实的比较"是斯达尔夫人对其宏观比较文学方法的自觉概括。

　　从"集体性的、现实的比较"这种方法论出发，斯达尔夫人一方面是在比较中描述德、法、英文学的总体风格的不同，另一方面是将文学本身的影响因素与文学的背景因素——政治、社会、民族心理、生活习俗等，作为一个互为联系的整体，解释它们之间的相互关联。关于德法两国文学总体民族风格的不同，关于不同的民族语言对文学风格的影响，关于英、德、法各国的宗教、民族性格及其与文学的关系、关于德法两国文学与社会大众、与读者的关系，关于德国人与法国人的不同的思维特点对文艺创作的影响等，斯达尔夫人都做了比较阐发。即使是比较单个的作家，斯达尔夫人也是将其置于一个国家的总体的文化、文学背景上加以比较考察。换言之，她不是孤立地看待某个国家的某个作家作品，总是将他们作为一个国家、一个民族的"集体"的有机组成部分，并在这个前提下进行比较。例如，关于法国作家狄德罗与德国的歌德，斯达尔夫人比较说："两人似有天壤之别。狄德罗受到自己思想的羁绊，而歌德却能驾御自己的才智；狄德罗着意追求效果而不免做作，而歌德对于功名成败不屑一顾，竟使别人在感奋之余对那种潇洒作风颇感不耐。狄德罗处处要显示博爱精神，便不得不添油加醋地补足自己所欠缺的宗教感情，歌德却宁可尖酸刻薄而绝不自作多情，但他最突出的一点，还是自然质朴。"①总的说来，斯达尔夫人的论述对当时欧洲的文学大国德、法、英等国的文学所进行的总体上的印象式的比较评论与概括，是宏观比较文学的较为成熟的形态。

在理论与方法上对宏观比较文学做出最大贡献的人物，首推德国浪漫主义作家、理论家弗·施勒格尔（1772—1829年）。他在古希腊罗马、德国及整个欧洲文学批评与文学研究中，进一步强化了欧洲各国文学的民族性与欧洲文学的统一性的观念，在"民族文学"与"区域文学"的相互关联中看待和评论作家作品与各种文学现象。他在《法兰西之旅》中说："如果不是作宏观把握，而是细致入微地观察，那么甚至在外在的生活方式上，两个民族的差异仅仅是在第一印象里才不甚显著，倘若作进一步观察，人们就会发现存在着一个巨大的差异。"②换言之，"宏观把握"有助于在总体上把握民族文学之间的"巨大差异"。在《古今文学史》"前言"中，施勒格尔宣称：

> 对于一个民族整个的后来发展和全部精神存在而言，文学首先正是在这个历史的、按照各民族的价值来对各民族进行比较的观点上显示出她的重要性。③

---

① ［法］斯达尔夫人：《德国的文学与艺术》，丁世中译，第29页。

② ［德］弗·施勒格尔：《浪漫派风格：施勒格尔批评文集》，李伯杰译，北京：华夏出版社，2005年，第231页。

③ ［德］弗·施勒格尔：《浪漫派风格：施勒格尔批评文集》，李伯杰译，第273页。

换言之，只有对"对各民族进行比较"，文学才能"显示出她的重要性"。这种对"比较"的重视与强调贯穿在施勒格尔的欧洲文学史评论与研究中。他承诺："我现在将努力勾勒出一幅全欧文学的图画来，而不仅限于德国文学。"明言其写作目的是强化欧洲文学之间的联系性。施勒格尔还特别强调他的文学和以往的文学史的不同，就在于——

　　　　我的这部作品决不是一部本来意义上的文学史……这部著作的主旨仅在于整体的描述。①

　　"整体的描述"的文学史实际上就是一部"宏观把握"的文学史。此前，在欧洲文学史研究中还很少见。后来，英国著名散文作家和学者卡莱尔（1795—1881年）的系统描述与评论欧洲文学史的《文学史讲演集》，在理论与方法上可以见出施勒格尔影响的痕迹。施勒格尔这种"整体的描述"的方法，也就是以上引述的所谓"宏观把握"的方法。

　　从文化哲学的高度，为宏观比较文学进一步提出学理依据的，是19世纪法国文学理论家丹纳（一译泰纳，1828—1893年）。他把达尔文科学进化论学说和黑格尔哲学，孔德、斯宾塞实证主义哲学，以及18世纪法国孟德斯鸠的地理环境决定论、斯达尔夫人的地域文学论结合起来，在文学史研究中提出了影响和决定文学发展进程的

---

　　①［德］弗·施勒格尔：《论古今文学史》，见《浪漫派风格：施勒格尔批评文集》，李伯杰译，第267页。

"种族、环境、时代"的"三要素"论，并在其代表作《艺术哲学》中，形成了自己的艺术哲学的理论体系。丹纳在其《英国文学史》的序言中宣称，全书意在阐明文学创作及其发展取决于三种力量或三个元素：种族、环境、时代。[①]在丹纳看来，"种族"是一种生物学、遗传学的范畴，是由先天所决定的某些民族特性，强调的是固定不变的生物学的特征，"环境"则主要是社会人文环境，还有自然的物质环境，包括地理、气候因素，强调的是横向的地理性、空间性的因素；"时代"则是一种时序上的区间划分，强调的是历时的、纵向的历史性因素。在法国及欧洲的比较文学学术史上，丹纳的文学"三要素决定论"，一直被法国学派的巴登斯贝格等人认为是和比较文学"背道而驰"的。[②]因为按照种族环境与时代的三要素决定论，越是具有民族性的、不受外来影响和制约的文学艺术越是完美，因而各民族文学之间的相互交流与影响就成为微不足道的甚至有害无益的东西。而后来比较文学作为一门学科和学派在法国成立的时候，恰恰就是以研究文学传播交流与相互影响为主要任务的，因而丹纳的观点消解了这种研究的意义和价值。从法国学派的立场上看，丹纳确实是"比较文学的敌人"。同时，以德国的歌德、马克思等为代表的"世界文学"论者或称文学的"世界主义者"，看上去也与丹纳的强调民族特性的"三要素决定论"不相兼容。但是今天在我们看来，只要超越法国学派的文学交流史研究的实证主义、事实主义的

---

①［法］丹纳：《英国文学史序言》，傅雷译，杨烈译，见伍蠡甫等编《西方文论选》下卷，第235—241页。

②［法］巴登斯贝格《比较文学：名称与实质》，徐鸿译，载干永昌等选编《比较文学研究译文集》，第39页，

观点，则丹纳的"三要素决定论"不但不与比较文学为敌，而且从一个独特的角度，为比较文学中的宏观性的平行比较提供了理论前提。对比较文学而言，寻求文学的民族特性，与寻求人类文学的共通性一样，如鸟之两翼，缺一不可。而由三要素所决定的民族特性，恰恰必须在宏观层面上的比较研究中才能见出。诚然，在《艺术哲学》一书中，丹纳虽然很少直接提到"比较"（在第一编第一章他只是说："我想做个比较，使风俗和时代精神对美术的作用更明显。"①）但他的"三要素决定论"，却为比较文学划出了一个坐标。对于比较文学而言，"种族"的因素，即"民族性"是一个基本的出发点，没有民族的差异，"比较"就无从谈起；而"环境"和"时代"则是"比较"的两个坐标轴，是文学的两个外部影响因素或决定因素。可见，丹纳的"三要素"本身，就是在"比较"中划分出来的，"种族"的区分是各民族相互比较的结果，"环境"的因素常常是跨越国界和种族界限的，而不同的民族都活动在不同的"时代"，即使是相同的时代，也有不同的时代特色。因此，"三要素"中的任何一个要素的成立，都含有跨文化、跨地域、跨时空的比较。而且，"三要素决定论"不但是跨越民族国家界限的，更跨越学科界限，为文学与民族学及文化人类学（"种族"）、与历史学（"时代"）、与社会学（"环境"）的跨学科的比较研究，提供了理论支持。

到了19世纪末20世纪初，为宏观比较文学在文化哲学的层面上进一步提出方法论依据的，是以德国斯宾格勒的"基本象征"论、英国汤因比的"文明形态"论。

---

① ［法］丹纳:《艺术哲学》，傅雷译，北京：人民文学出版社，1963年，第8页。

斯宾格勒（1880—1936年）在《西方的没落》中创立了"世界历史形态学"，将各种文化视为一种生物有机体，认为世界各种文化都要经过一个起源、生长、衰落与死亡的过程，每一种文化都具有不可替代的特殊性质，同时又有着生物进化意义上的"同源性"，因此在不同文化之间，就具有了"比较"研究的可能性。正是在这个意义上，斯宾格勒又把他的"世界历史形态学"称之为"文化的比较形态学"①。由此，他将世界文化分为八大形态：埃及文化、巴比伦文化、印度文化、中国文化、古典文化、阿拉伯文化、西方文化和墨西哥文化，并且以他那直觉的、"观相"的、审美的方法，通过整体的鸟瞰方法和同源的模拟方法，为每一种文化找出了一种所谓"基本象征"（一译"原始象征"），如古典文化（希腊罗马文化）的原始象征是"有限的实体"，西方文化的原始象征是"无穷的空间"（又可称为"浮士德文化"），古埃及文化的原始象征是"道路"，阿拉伯文化的基本象征是"洞穴"，中国文化的原始象征是"道"，俄罗斯文化的原始象征是"没有边界的平面"，等等。虽然这些"基本象征"物的抽象与解说大都失之于晦涩难解，但却在文化多元主义的基础上，为各民族文化的总体的对等比较提供了前提。而且，所谓"基本象征"的发现与概括本身，更以其直觉的审美性与相当浓厚的文学趣味，对比较文化学及比较文学成为独立的学科具有相当大的启示作用。例如，美国当代文化人类学家本尼迪克特在《文化模式》一书中评价说："斯宾格勒的更有价值和独创性的分析是对西

① ［德］斯宾格勒：《西方的没落》（第一卷），吴琼译，上海：上海三联书店，2006年，第6页。

方文明中文化构型的对比研究"。①本尼迪克特在《菊与刀》中，将日本的"文化模式"归纳为"菊花"与"刀剑"，这两者也就是日本文化的"基本象征"。后来有日本学者和辻哲郎在《风土》（商务印书馆，2006年）一书中，将世界风土分为"季节型文明""沙漠型文明""牧场型文明"，日本学者筑波常治在《米食·肉食的文明》一书（日本放送协会，1970年）中，将西方文明概括为"肉食的文明"，将东亚文明概括为"米食的文明"。还有的中国学者将中华文明概括为"黄土"、将以古希腊为代表的地中海文明称为"蓝海"，等等。这些"基本象征"物的发现和概括，在经验性的具象中，包孕着巨大的意义信息，为比较文化提供了奔腾的灵感和新颖的角度，特别是对各民族文学的宏观整体的比较，即笔者所提出的"宏观比较文学"，具有巨大的参考价值。例如笔者在《宏观比较文学讲演录》一书中，用"一"字来概括犹太文学的特征，用"十字路"概括波斯文学的四方交汇的"介在性"特征，用"沙漠特质""沙漠性情""沙漠结构"来概括阿拉伯传统文学的三个特色，以小巧玲珑的"人形"（偶人）来概括日本文学的"以小为美"，诸如此类，都受到了"基本象征"的启发。

将斯宾格勒的历史形态学继承并发扬光大的，是英国历史学家汤因比（1888—1960年）。他在长达12卷的《历史研究》（1934—1961年）的"绪论"部分中，首先提出了历史研究的"单位"（或译"单元"）问题，即历史研究以什么为基本单位的问题。汤因比尖

---

① ［美］本尼迪克特：《文化模式》，孙志民等译，杭州：浙江人民出版社，1987年，第52页。

锐批评了以往西方史学研究中将一个民族国家加以孤立研究的弊端。他提出，近几百年来，许多国家试图自给自足，实现自我发展，这种表面现象诱使历史学家们一直把"民族国家"作为历史研究的基本单位，即对各个民族国家进行个别的、孤立的研究。事实上，整个欧洲根本就找不到一个民族国家能够自行说明其自身的历史。无论是作为近代国家之典型的英国，还是作为古代国家之典型的古希腊城邦，二者的历史都证实，历史发展中的诸种动力并不是民族性的，"发生作用的种种力量，并不是来自一个国家，而是来自更宽广的所在。这些力量对于每一个部分都发生影响，但是除非从它们对于整个社会的作用做全面的了解，否则便无法了解它们的局部作用。"① 因此，为了理解各个部分，必须放眼于整体。因为只有这个整体才是一种"可以自行说明问题的研究范围"。汤因比的这种"整体"的研究，就是以"文明社会"为基本单位的"跨文明的比较研究"。为了更好地展开这种"跨文明的比较研究"，汤因比将斯宾格勒划分的失之于粗放的八种文明形态，再加以细化和优化，将世界历史上的各民族文明划分出了21种文明，后来又增加到26个、37个文明，并且认为西方文明不是特殊的中心，而不过是这一类文明中的一个，世界上的各个文明是"价值相等的"。② 他还把各种文明都视为一个生命有机体，为揭示各种文明的兴衰规律，而建立了一套"挑战—应战"的文明存续的"模式"，并以这套模式进行所谓"经验的比较研究"。

---

① ［英］汤因比《历史研究》中文节译本，上册，曹未风等译，上海：上海人民出版社，1959年，第5页。

② ［英］汤因比《历史研究》中文节译本，曹未风等译，第53页。

二、宏观比较文学的作用与价值

如上所说，在比较文学作为独立学科成立之前的上千年的学术史上，"宏观比较文学"是最为通行的比较形态。特别是古代阿拉伯帝国，日本、朝鲜，都有了丰富的宏观比较的实践。到了19世纪初的欧洲，斯达尔夫人、施勒格尔等人在研究实践的基础上，明确提出了"集体的比较""整体描述""宏观把握"的方法论。随后，丹纳的"三要素决定论"为没有事实关系的文学现象的整体平行比较建立了坐标轴，斯宾格勒的"基本象征"论为宏观比较提供了聚焦点和切入点，汤因比的"文明形态"论为宏观比较文学提供了基本的比较单元。

宏观比较文学无论在理论还是实践上，都具有重大的作用价值，它和梵·第根为代表的作为独立"学科论"的微观比较文学方法论的路数很不相同，差异很大。法国学派开创的作为学科的比较文学，总体上属于对具体作家作品、对具体事件的微观比较研究，其基本性质是重材料、重实证的事实判断；而宏观比较文学则是民族文学、国民文学之间的总体比较，重印象描述、重直观感受，重总体把握，所做的直觉、观相的审美判断。

宏观比较文学与美国学派也有不同。美国学派是以理论研究为旨归的比较研究，以具体的理论"问题"为基本单元，它要探讨的是规律性，寻求的是规律性、整体性，指向的是全球性、世界性、普遍性。而宏观比较文学则以整体的民族文学、国民文学为比较对象，所要描述和呈现的主要是"形态性"，追求个别性、民族性、特殊性。

可见，宏观比较文学超越了比较文学学科史上的法国学派、美国学派，是一种源远流长、绵绵相继的观念与方法。它将"比较文学批评"与"比较文学研究"结合起来，将诗学方法与科学方法结合起来，将"比较文化"的理念方法与"比较文学"的理念方法结合起来，具有独特的、不可取代的学术的和方法论的价值。但是，由于使用这种方法的多在古代东方世界，或者多在比较文学学科成立之前的近代欧洲，而且使用这种方法的也不是专门的比较文学"学科"人士，而是思想家、文学评论家、文学史家、历史学特别是文明史研究家。宏观比较的印象描述的诗学方法，与学科化之后的比较文学所强调的微观的文献实证方法相去甚远，两者方凿圆枘，难以相容，因而长期不被比较文学"学科"与"学派"的人士所重视。在欧美比较文学界，也一直未见有人将"宏观比较"作为一种方法论明确提出来并加以论证。

　　实际上，在今天，在政治、经济、文化等各种领域，以民族国家为基本单元的宏观比较几乎可以说寓目盈耳、无处不在，已经成为有国际意识的现代人思考和表达的基本习惯。换言之，在国际间、在各个领域进行整体的、直觉的、印象的、观相的、形态的描述、评论与比较，已经成为人们把握世界的一种方式。宏观比较可以不断敏锐地发现真相、提出问题，而微观的比较可以对此加以谨慎的具体实证，也就是说，将宏观层面的"大胆的假设"和微观层面的"小心的求证"结合起来，两者之间可以相反相成、相辅相成。就比较文学而言，宏观比较文学与微观比较文学的结合，可以克服一些微观比较文学研究一味胶着于个别事实的刻板与僵硬，在微观比较的"研究"中，引进宏观比较的"评论"；在微观比较的"实证性"中，借助宏观比较的"印象性"和"观察性"；在微观比较文学的"学科性""学术性"中，加入宏观比较的"诗性"与"理论想象力"，注入宏观比较的"思想性"。

事实上，诗性智慧、理论想象力、思想创造力，这些恰恰是我们现在的比较文学研究所欠缺的。比较文学学科化之后，特别是受法国学派的实证主义比较文学的深刻影响，许多人贬斥所谓"宏大叙事"，却不假思索地认可和推崇"微小叙事"，满足于只见树木而不见森林。这似乎正是比较文学研究的"思想生产力"不足的根本原因所在。检查学术思想史，就会发现恰恰是宏观比较及其方法对思想的贡献度最大。思想大厦的基础是核心范畴、关键概念，而核心范畴或关键概念，都是在对世界各民族加以宏观考察、宏观比较的基础上创制出来的。例如，德国思想家赫尔德在《人类历史哲学要义》中，用"诗的时代""散文的时代""哲学时代"三个概念，对世界历史的进程做了划分；黑格尔在《美学》中，创制了"象征型""古典型""浪漫型"三个范畴，对世界美学的发展阶段进行划分并作出宏观的比较分析；法国社会学家孔德在《实证哲学教程》中，使用"神学阶段""形而上学阶段""科学阶段"三个阶段，将人类的历史文化做了划分和叙述。这些都是凭借宏观比较的方法，发挥了大胆的理论想象力，并在此基础上，对世界各国历史、美学史或哲学史进行宏观性的比较研究，并得出了一系列经典性的思想结论。这些对我们的比较文学应该具有足够的启发性。

比较文学原本就是一门以世界文学为背景的宏阔学问，也应该是一门很开放的、很活跃的学问。在今后的比较文学学科理论探讨和建构中，我们就要重视宏观比较文学的理论与实践的研究，以突破法国学派的传播研究或影响研究、美国学派的平行研究方法论的局限，要将宏观比较文学及其方法论也纳入研究模式或研究方法的范畴，在今后的《比较文学概论》课程或教材中，也应该对学生讲述宏观比较的方法。[①]只有这样，我们才能使微观层面、宏观层面上的各种方法论共存共生，互相补充，互动互用，推动比较文学学术理念与方法不断自我更生，适应时代要求，谋求新的建树和突破。

---

① 参见王向远《宏观比较文学与本科生比较文学基础课教学内容的更新》，原载《中国大学教学》，2009年第12期。

下　篇

研究对象

第 9 章

比较文体学

现代意义上的文体学，是现代语言文学研究中的相对独立的领域，是最近几十年来世界上才出现的一个新兴的学科。它是语言学、文艺学、翻译学、图书分类学、编辑学、比较文学等多学科交叉渗透的产物。比较文体学，指的是对不同文学体系中的各种相关文体样式的比较研究。

一、文体学及比较文体学

对于文体学，一直以来学者们的理解与界定不一。根据文体学与相关学科关系的密切程度，人们对文体学的学科属性的认识有所不同。有人认为文体学是语言学的一个分支，它研究语言的不同风格及其表现手段；有人认为文体学是文艺学的一个分支，因此又可称为文艺风格学、文艺文体学，是文艺理论与文艺批评的一个组成部分，主要任务是研究文学的各种体裁样式及其特征，或分析作家作品的总体艺术风格；有人认为文体学主要研究各种文献资料的归纳与分类。总之，文体学具有较强的学科交叉性。现在人们对文体学定义与定位的不统一，主要是因为站在各自特定的学科立场上看问题所造成的。我认为，应当根据文体学的不同的学科偏向，而赋予它更贴切、更严格的具体称谓。如，作为语言学分支的文体学，主要是分析句子、句群和语篇中的修辞与表达问题，因此应该恰切地称之为"语体学"；而作为文艺学、美学的"文体学"，假如它所指的主要是作家作品的总体艺术风格，那就应该称为"风格学"；作为图书馆学的文体学，指的是图书分类学，那就应该称之为文献分类学或图书分类学。而对文学的各种体裁样式的研究，及对文学作品的外部结构、体制、样式的研究——套用时髦的说法，就是对文学作品的"硬件"部分的研究，才可以称为"文体学"。这是狭义的、严格意义上的"文体学"的概念。

"文体"这个概念，在古代汉语中更多的是以一个"体"字来表示的，后来引申出了"文体""体裁"等概念。其基本含义是指诗文的体貌、体制、体式、样式，主要是对文学作品的形式方面的、外部特征而言的。当然，和中国古代文论中的其他概念一样，不同的人、或同一个人在不同的场合使用"体"、及"文体"概念的时候，含义也有所不同。有时指文章的体制，有时指文章风格，有时指文章修辞，有时指文章作法。在西方文学理论及比较文学理论中，"文体""文体学"一词的使用也相当混乱，而且表述的同义词就有若干个。我国的译法也不同，有人译为"文体"和"文体学"，有人译为"文类"和"文类学"，有人译为"风格"和"风格学"。而在目前我国已出版的各种比较文学概论类的著作与教材中，大都采用"文类"和"文类学"的译法。并把"文类学"这一概念专列一章节加以阐述。但是，所谓"文类"及"文类学"，指的是文学类型、种类及其相关研究。而对文学类型、种类的划分，其标准和依据并不是只有"文体""体裁"上的标准且有"主题学"的标准、"题材"的标准、"风格"方面的标准，等等。例如，所谓纪实文学、乌托邦文学、乡土文学、都市文学等，都是文学的"类型"，但它们却不是"文体"或"体裁"的概念。因为划分这些类型的依据与标准不是体裁方面的，而是主题与题材方面的。又如，19世纪欧洲出现的"感伤小说"，17世纪日本出现的"滑稽小说"，也是一种文学类型，但划分的标准是其感伤的，或滑稽的风格、格调。因此，感伤小说、滑稽小说不是一种文体类型，而主要是一种风格类型。"风格"是某种文体的具体文本的内在精神的抽象显现，而抽象的文体类型——不是某个具体的文本文体——没有什么"风格"可言。例如我们可以说《金瓶梅》有什么风格，《红楼梦》有什么风格，但倘若说"章回小说"这种文体有什么风格，则没有什么意义。风格学是对作家作品的美学风貌的研究，文体则是对文学作品的体裁样式的研究，两者虽有关联，但又不是一回事。因此我们不能同意将"文体"与"风格"混为一谈，或将"风格"作为"文体"的一个层面。

　　鉴于"文类学"的研究范围不仅包括了"文体学"，而且也包括了主题学、题材学、风格学。因此，我在这里不使用"文类学"这个概念，而是使用"文体学"这一概念。本来，"文体"就是中国的固有词汇、固有概念，在对其内涵与外延加以科学地清理和界定后，"文体"这一概念完全适用于现代的学术研究。我们有什么必要抛开这个词，而另行引进"文类学"这样一个十分西化、而又大而泛之的新名词呢？况且现在流行的比较文学概论著作中，除了"文类学"

之外，还有与之并列的"主题学"专章。这样一来，在比较文学原理的理论框架中，"文类学"与"主题学"就出现了重叠交叉现象，容易造成这些不同的概念在逻辑语义上的混淆，进而影响到比较文学研究对象与研究领域划分上的应有的逻辑性、清晰性。所以，我们现在使用"文体"这个概念，应批判地吸收古代文体论的合理内核，回到"文体"一词的原初的、基本的含义上去——"文体"即是文学作品的体裁样式。"文体学"应是对文学作品的具象的形式特征的研究，即研究作品的语言、结构、格式、体制等因素。

文体学一旦进入比较文学研究领域，一旦成为比较文学研究的重要对象，即成为文体学的一个分支，人们称之为"比较文体学"。"比较文体学"就是用比较文学方法进行的文体学研究，就是站在世界文学、国际文学关系的高度，对世界各民族文学的不同文体的产生、形成、演变、存亡及其内在关联加以横向和纵向的研究，并对世界文学史上各种文体的特征、功能及其民族历史文化、民族审美心理等各方面的成因进行对比分析，并把它作为探讨世界各民族文学的整体性、联系性和民族个性的有效途径。我国在近些年来出现了若干高水平的文体学研究著作，[①] 但作为比较文学研究对象之一的比较文体学的研究在我国重视得还不够，还没有被充分展开，迄今为止还没有一部比较文体学的专著。我国的比较文体学，可以立足于中国文学，对中西文学中的文体划分进行研究，即中西比较文体学；对中国与东方其他国家的文体划分进行比较研究，即东方比较文体学。比较文体学的研究课题主要是三个方面，第一，各民族文

---

① 如诸斌杰的《中国古代文体概论》（1984年）、金振邦的《文体学》（1994年）等。

学中的文体划分及其依据与标准的比较研究；第二，文体的国际移植与传播的研究；第三，当代文体的世界性与国际化的研究。下面让我们分别来谈。

二、中外文体的形成与划分的比较研究

对世界文学史上不同的民族划分文体的依据与标准进行比较，可以帮助我们深入认识人类文学创作与文学观念的起源、生成与演变的规律。

在各国文学传统中，对文体的划分所采用的依据与标准都有不同。一般而言，文体分类的依据大体可以包括四个方面：一、体裁样式；二、功能与功用；三、风格特征；四、主题与题材。对这四方面标准与依据的不同的选择与侧重，就形成了不同的文体分类。由古希腊的亚里斯多德提出的、贯穿整个欧洲文学史的"诗"（即文学）三分法——抒情诗、史诗（也含后来出现的小说）、戏剧，则主要是根据文学作品摹仿和反映生活的不同的方式来划分的。抒情诗表现诗人自己的思想感情与人格，是一种自我描述；史诗（或小说）的故事部分由诗人、作家讲述，而其他部分则由人物直接讲述，即混合讲述；而在戏剧中，诗人则隐藏在人物角色之后。古代印度和西方一样，以"诗"来指代抽象的"文学"概念，"诗"除了作为具体体裁的"诗歌"之外，也包括戏剧。印度人进一步把"诗"分为"大诗"（长篇叙事诗）和"小诗"（抒情诗）两类；又根据风格、题材、情调等因素把戏剧分为十类（"十色"）；即传说剧、创造剧、神魔剧、掠女剧、争斗剧、纷争剧、感受剧、笑剧、独白剧和街道

剧。也有人把戏剧分为"英雄喜剧"和"极所作剧"（市井通俗戏剧）两类。在中国文学史上，尽管不同的时代、不同的人对文体的划分五花八门，但总体上看，是侧重文学作品的体裁样式的。在中国传统中，长期以来没有类似西方的"诗"那样的指称文学的抽象概念，而是习惯于使用具体的文体概念——"诗"与"文"。可以说，"诗"与"文"是贯穿整个中国文学史的基本的文体概念，它是对文学及各类文章的初次划分，即最高层次的划分。"诗"与"文"划分的依据，主要就是从作品使用的语言和作品的外在形式着眼的。在日本文学传统中，通常将文学题材划分为"诗"（汉诗）、"歌"（和歌）、"日记""物语""草子""芝剧"（戏剧）等体裁样式，基本上和中国相近，是根据文学作品的体裁样式来划分文体类型的。

各民族对文体的划分，从一个侧面表现了民族文学的独特观念及文学传统。对此比较文体学研究应当重视，并应注意探索其中的某些基本问题。例如，为什么在印度和欧洲的文学传统中，"诗"可以代称抽象的"文学"，而在中国文学传统中"诗"只是一种文体概念？在印欧文学中，"诗"作为一种被艺术化了的语言形式，被广泛地使用，一切文学样式，必是诗的形式。史诗是"诗"，宗教经典与神话是"诗"，戏剧也是"诗"剧，因而"诗"就是文学。而且，由于史诗、戏剧在古代印欧的广泛流行，"诗"成了相当普及化、民众化了的语言形式。而在中国，"诗"却是相当贵族性、文人化的。在中文里，对普通语言加以诗化，并不像在印欧语言中那么容易。换言之，中文的"诗"的语言与非诗的语言之间的差异，远比印欧语言为大。在中国传统中，掌握"诗"的语言，甚至要读懂诗，非经过特别的学习不可。而在印欧民族，在中东地区各民族中，诗是相当日常化的语言，诗的语言与非诗的语言相差不大，乃至在古代希伯来语言中，不经仔细辨认，诗与非诗便不易区分清楚。在古代阿拉伯，诗甚至被用于日常生活交流中的各个方面：叙述部族历史、传承知识、赞美、讽刺、表达爱情、哀悼、表达酒足饭饱后的愉悦，等等。看来，在这些民族文学中，诗即文学，而"文"（散文）自然就被摒于文学之外，未成一种独立的文体。于是就形成了与中国的"诗""文"二分法不同的文学观念和体裁划分。

又如，为什么欧洲文学进一步将"诗"划分为抒情诗与叙事诗（史诗）两种文体，印度也将诗划分为"大诗"（叙事诗）和"小诗"（抒情诗）两种文体，而在中国、日本、朝鲜等东亚国家的传统文学中却没有这样的划分？这个问题也涉及另一个相关的问题，即为什么诗在印欧文学中具有抒情与叙事两种功能，而在中国及受中国影响的东亚一些国家中，诗只是一种抒情文体呢？换句话说，为什么在中国等东亚国家没有史诗、甚至也没有严格意义上的叙事诗呢？中国缺少史诗及叙事诗这一文体类型，即所谓文体的"缺类"现象，其中的原因十分复杂。数百年来中外学者都有不同的解读。德国哲学家黑格尔认为中国没有史诗，是因为中国人的"观照方式基本上是散文性的。从有史以来最早的时期就已形成一种以散文形式安排的井井有条的历史实际情况。他们的宗教观点也不适宜于艺术表现。这对史诗的发展也是一个大障碍。"[1]中国史学的高度发达，中国人很早就依靠理性的伦理道德，而不是依靠感情上的英雄偶像的崇拜作

---

[1] ［德］黑格尔：《美学》第3卷下册，朱光潜译，北京：商务印书馆，1981年，第170页。

为民族精神的凝聚力；中国诗歌语言的非民众化、中国文学传承方式的书面化而非口传化，这些似乎都是中国史诗缺类的原因。

再如，为什么在欧洲及印度文学中，戏剧作为一种重要的文体与"诗"并列，而在中国文学传统中的"诗"与"文"的文体划分格局中，却没有戏剧的位置？中国戏剧起源并不太晚，但独成一体的"戏剧文学"，与古代希腊和印度比较起来，却晚得多。古希腊和古印度的文学中，戏剧作为一种体裁样式备受重视。而在中国，却长期被视为民间的、俚俗的娱乐而受到轻视，迟迟不能跻身于正统文学的行列中。直到宋元之后，戏剧才逐渐被"雅"化，"戏文"（戏剧文学）才逐渐从"戏曲"中凸显出来，成为文学中之一体。戏剧文学在中国传统文学中所处的次要地位，它作为一种文体迟迟未被正统文学所承认。这种现象似乎从一个角度反映出汉民族不同于印欧文学的某些特点：贵族文学、文人文学与民间通俗文学之间的过深的鸿沟，正统文学的态度过分正经严肃，统治者重视教化功能而轻视娱乐功能，中国"戏曲"与音乐舞蹈的关系比它与文学的关系更深（即所谓"曲本位"），等等，都是比较文体学应注意研究的问题。同样还是戏剧文学，在中东地区压根儿就没有发展起来。不管是在古代的巴比伦文学中，在犹太文学中，还是在阿拉伯文学中，在波斯文学中，几乎就没有戏剧文学的位置。因而中东各民族传统文学的文体分类中，戏剧均不在其视野范围之内。戏剧在中东传统文学中的缺席现象，也应该是比较文体学研究的重要问题之一。这个问题涉及到政治、经济、军事、宗教文化等各方面的复杂因素。骑马游牧、变动不居的生活方式，频繁的民族与宗教战争，政治的不安定，都不利于戏剧的发生和发展。看来，在诸种文化模式中，农业文明可以产生戏剧的萌芽，城市文明可以造成戏剧的繁荣，而游牧文明则最不适宜戏剧的成长。

众所周知，戏剧这种文体在古希腊又被进一步划分为"悲剧""喜剧"两种文体样式，并视悲剧为最伟大的文学类型。而在戏剧文学同样源远流长的印度，却没有"悲剧""喜剧"的二元划分，更没有"悲剧"这一概念，当然也谈不上有"悲剧"这一文体类型。在中国，对戏曲文学种类的划分主要依据的是产生戏曲的时代、地理位置及音曲的体制，如南戏、北杂剧、明传奇等，同样也没有"喜剧""悲剧"的概念。为什么欧洲的悲剧那样发达，中国则很少一悲到底的悲剧，而印度则喜欢大团圆的结局，完全没有悲剧呢？这些也是比较文体学应关注的重大课题。研究"悲剧"这一文体类型的缺类现象，必然要从一个民族的宗教及传统文化心理中寻找答案。西方人思维的特征是二元对立，强调善与恶的对立、人与自然的对立、个人与社会的对立、生与死的对立、英雄与群众的对立。而印度的思维特征是"圆型"思维，在这个轮回不息的"圆"中，任何事物本质上是同一和谐，矛盾是暂时的、虚幻的。这种观念反映在其戏剧文学中，就是矛盾冲突后的和谐与宁静，就是无所不在的"大团圆"的结局。中国人通过佛教，受到了印度世界观的影响，表现在戏剧上，同样具有爱好大团圆的、善有善报、恶有恶惩的心理预期。所以，朱光潜先生在《悲剧心理学》（1927年）一书中，曾断言中国没有真正的悲剧。后来又有了不同的看法，认为中国有悲剧。中国到底有没有悲剧，它与西方的悲剧，它与印度的非悲剧有什么联系和不同，仍然是值得比较文体学加以继续研究的重要课题。

由上述问题可以看出，文体问题的答案，要到文体背后去找。

比较文体学的研究，归根到底是以文体为切入点的各国文学的某些基本特征及其成因的研究。

三、文体的国际移植与国际化

文体具有民族性和时代性，但是，与其他文学现象一样，文体也具有传播性、移植性和国际性。文体的国际移植，或称国际传播，也是比较文体学面对的一大基本课题。所谓文体移植，是指一个民族的文本体裁，通过一定的途径与方式，传播到了民族文学之外，被其他民族的文学所接受、消化乃至改造，并成为该民族文学的一种新的文体类型。比较文体学的文体的国际移植的研究，要面对这样一些基本问题：第一，文体的国际移植的社会历史文化的条件是什么，有哪些制约因素？第二，文体移植的途径、方式与媒介是怎样的？第三，文体移植的主要方式有哪些？

文体移植不是一种孤立的纯文学现象，而是有着复杂的社会、历史与文化的原因。首先，它是由不同国家的文化与文学发展的不平衡性所决定的。一般地说，输出"文体"的那个民族和国家，在文学发展上具有先进性，并对周边国家与民族在文化上有广泛的影响力。例如，古希腊文学是欧洲文学的源头，后起的欧洲各民族普遍移植和继承了古希腊的各种文体形式，包括悲剧、喜剧、抒情诗、叙事诗等。中国传统文化是亚洲文化的典范与中心之一，汉诗与汉文文体直接被朝鲜、日本、越南等国所引进，并成为这些国家的文学发展的巨大推动力。印度作为古代亚洲的另一个文化中心，其戏剧（梵剧）、寓言故事等文体形式对中国等亚洲其他民族都有较大的影响。其次，文体的输入必须适合输入国文学发展的需要，必须与该国文学中文体形式的吐故纳新的历史契机相吻合。正如胡风在《论民族形式问题》（1940年）一书中所说："新的文艺要求和先它存在的形式截然异质的突起的'飞跃'……它要求从社会基础相类似的其他民族移入形式（以及方法）。"①如我国在五四时期前后从西方引进的现代小说、现代自由体诗、现代话剧、报告文学等新文体，都适应了中国文学自身发展的迫切的需要。而五六十年代在美国、日本等国所风行的中国唐代的"寒山体诗"，也反映了西方青年反抗主流社会的时代潮流。

文体的国际移植也受到了地理因素、文化交通因素的制约。从世界范围内来看，文体的国际移植具有明显的区域性。一种文化区域中，往往通行着相同或相近的文体。例如，中国文体在东亚地区传播较广，阿拉伯的卡色达等诗体在中东各国、包括伊朗等非阿拉伯国家传播较广，而欧洲各国的文体则保持着基本的一致。对文体的传播的方式、途径与媒介，应该运用比较文学的传播研究的方法，寻找传播的线索和路线，为各民族的文学与文化交流史的研究提供材料和内容。一般说来，宗教传播是古代文体移植的一大途径。印度文体向周边的移植，就是佛教的传播、印度教的传播的直接结果。而西方的赞美诗、启示文学、训诫文学、智慧文学等文体样式，也和基督教的传播连为一体。近现代文体的传播则与文化交通的频繁与深化密切相关。对世界文学史上有关文体移植的途径与方式的研

---

① 胡风：《论民族形式问题》，载《胡风评论集》中册，北京：人民文学出版社，1984年，第227页。

究，有许多问题值得提出，值得探讨。如杨宪益教授在《试论欧洲十四行诗及波斯诗人莪默凯延的鲁拜体与我国唐代诗歌的可能联系》一文中，认为欧洲的十四行诗可能来源于阿拉伯甚至中国，李白的《月下独酌》《古风》等从形式上看很像欧洲的十四行诗。而波斯的四行诗"鲁拜体"，从时间上和地域上看，可能是从中国唐代的绝句演变而来的。[1]这当然只是合理的推测。但它表明，文体传播与移植中的许多问题，仍是悬而未决的文化与文学之谜，需要今后的比较文体学加以关注。

比较文体学在研究文体移植现象的时候，应该注意到所谓文体的"移植"，其方式是多样的、复杂的。有完全的照搬，如朝鲜、日本和越南在相当长的历史时期内，照搬汉诗，完全遵循汉诗的文体规则来写作。完全的照搬意味着连文体所依托的语言本身也照搬过来。但是，这与其说是文体的移植，不如说是某种文学（例如汉文学）在国外的延伸。在更多的情况下，文体的移植是一种语言中的文体迁移到另一种语言中去。这样一来，文体所依托的语言变了，文体自身也势必会发生某些改变。移植来的文体只能保留原有文体的大概的框架结构和外部体式，而无法保留原有的语体风格。也就是说，移植的文体必然与输入国对这种文体的改造相联系。例如，唐代的"变文"来源于印度佛经文体，但不是梵文或巴利文佛经的简单的移植。印度的佛经文体多为韵文与散文相杂糅的体制，佛经一般先用散文讲故事，后用韵文"偈颂"来点题和概括，或韵散相

---

① 杨宪益：《试论欧洲十四行诗及波斯诗人莪默凯延的鲁拜体与我国唐代诗歌的可能联系》，原载《文艺研究》1983年第4期。

间，交替使用。我国的"变文"是佛经的故事的一种变体，它保留了韵散相间的主要文体特征和讲唱的特色。变文作为一种新文体是对我国此前的较呆板的叙事文体的一个突破，对后来的说唱文学，如诸宫调、宝卷、弹词、鼓词，乃至元杂剧、章回体长篇小说，都有着明确的影响。对此，闻一多先生早就指出："我们至少可以说，是那充满故事兴味的佛典之翻译与宣讲，唤醒了本土故事兴趣的萌芽，使它与那较进步的外来形式相结合，而产生了我们的小说与戏剧。……若非宗教势力带进来的那点新型刺激，……我们可能还继续产生写'韩非'、'说储'或'燕丹子'一类的故事，和'九歌'一类的雏形歌舞剧，但是，元剧和章回体小说决不会有。然而本土形式花开到极盛，必归于衰谢，那是一切生命的规律。而两个文化波轮由扩大而接触而交织，以致新的异国形式必然要闯进来，也是早经历史命运注定了的。"[①]看来，文体的移植，往往也是外来文体与固有文体的嫁接。当固有文体的生命力衰朽时，与外来文体的嫁接可导致文体的衰变，即衰中有变，在此基础上促使新文体的诞生。这种现象，更多地出现在文化变更与文学变更的时代。如我国在五四时期，传统旧诗的衰败，导致了西方和日本新文体的引进，如西方自由诗、十四行诗、阶梯诗、散文诗，日本的小诗等。这些外来的新诗作打破了传统旧诗格律的束缚。但这种完全的洋化文体没有很好地利用旧诗及汉字本身特有的韵律形式，随后闻一多等人提出的"新格律诗"试图将旧诗的韵律与新诗的自由形式相调和，从

---

① 闻一多：《文学的历史动向》，载《闻一多诗文选集》，北京：人民文学出版社，1955年，第136页。

而有效地促进了新诗体的民族化。

　　同时，比较文体学的研究还必须注意，文体的移植具有复杂的过程和多样的方式。有些情况下，外来文体不是整体移植，而是某种文体的部分因素的移入和利用，是移花接木式的。如，印度的寓言故事在世界上传播甚广，世界许多民族的故事结构吸收了印度故事体的结构模式，即大故事套着小故事的"连环套式"的结构，如波斯的《一千个故事》、阿拉伯的《一千零一夜》《一千零一日》，乃至意大利薄伽丘的《十日谈》、英国乔叟的《坎特伯雷故事集》。这也是文体的部分移植的一个典型例子。又如，从整体上看，日本的和歌是日本民族独特的韵文文体，其五七五七七的格律形式是十分日本化的，但是，和歌的五言、七言（音节）相间，却与汉诗的五七言格律有着千丝万缕的联系。也就是说，和歌是部分地借鉴了汉诗的五七调的格律，同时又打破了汉诗的偶数字数和对仗、对称的格局，而采用了奇数字数与非对称格局。因此，从比较文体学的角度看，和歌与汉诗在文体上有着深层的联系。再如，朝鲜的"《翰林别曲》体"与中国的词、"时调"与中国的词、歌辞与中国的辞赋、杂歌与元散曲，说唱、唱剧与元明清杂剧，都有内在的关联，都借鉴了中国有关文体或受到中国文体的启发，但又都是朝鲜民族的独特的民族文体。

　　文体移植的深刻化和广泛化，必然带来文体的世界性和国际化。文体国际化是文体移植的必然结果。文体国际化的进程在近百年来明显加快。主要表现为，西方各种文体移植到了东方各国，对东方传统文体造成了冲击，使得东方的各种具有民族性的文体面临分化、拆解、变形，向西方文体归并，甚至退出文学舞台。在诗歌方面，西方式的自由体诗成为东方各国现代新诗的主要形式，西方的小说文体取代了中国的章回小说，取代了日本的"物语""草子"等传统体式，取代了朝鲜的"国语小说"，而成为东方占统治地位的小说文体。西方的自由体诗，取代了中国的诗词曲赋，取代了日本的和歌俳句，取代了朝鲜的时调歌词，取代了越南的"六八体诗"，而成为东方诗歌的通用文体。西方的戏剧（话剧）文学体式，虽没有取代东方各国的传统戏曲样式，但却成为东方现代戏剧的主导样式。看来，百余年来，东方文体的西方化是世界各国文体的国际化的主要表现方式。以至日本的一些学者早就指出，现代日本的长篇小说、诗歌、戏剧，其实就是用日语写的西方的长篇小说、西方的诗歌和戏剧。如果仅仅是从文体的西方移植这个角度看，这种看法是基本符合事实的。在某种意义上，这个看法也适合用来概括中国现代文学的情况。但是另一方面，我们在比较文体学的研究中还应该注意到，东方文体的西方化不是绝对意义上的。比较文体学研究应该关注各种文体界限在国际化过程中的变动和重组，各种文体的相互交叉与渗透，关注文体的民族化与国际化的关系。本来，文体特征在很大程度上是由语言来决定的，语言的不同会影响到文体的整体面貌。使用同一种文体样式的不同的语言文本，其文体特征会有显见的差异。这种情况甚至在翻译文学中也同样存在，更不必说作家的独立创作了。例如，近代中国的林纾使用汉语文言文翻译西方的作品，与后来的中国的其他翻译家使用白话文翻译同一种作品，其文体风格就很有不同。必须看到，东方传统文学的内在精神，对外来文体有着坚韧的改造能力。同样是现代散文诗，在中国的现代散文诗中流贯着传统散文的意境和韵味，在日本现代散文诗中有着传统

"俳文"的散淡；同样是现代新诗，中国新诗有着汉语独特的节奏韵律，而带有传统诗词的精神风格，而日本的许多新诗则免不了带有和歌俳句式的情结与感觉。另一方面，在文体国际化的过程中，东方文体对西方文体也有影响。例如，众所周知的以英语诗人庞德为代表的所谓"意象派"诗歌，就以"意象"为中心，有意识地吸收和借鉴了日本俳句和中国古典诗词中的文体特征。看来，归根到底，现代文体的国际化的形成是世界各国、各民族文体相互渗透、交叉作用的结果。

在当代世界文学中，各国、各民族的各种文体的相互渗透与交互作用的另一个结果，就是使得不同文体的界限相对打破了。19世纪后期散文诗这一新的现代文体的形成，就是散文与诗两种文体交互作用所形成的。到了20世纪，特别是20世纪后半期，这种情况越来越突出了。在后现代主义的解构思潮的推动下，原有的各种文体的界限日趋模糊化。不同文体嫁接后，出现了许多交叉文体。例如，新闻报道与小说的嫁接，形成了"报告文学"或"纪实文学"，小说与散文的交叉，形成了小说化的散文，或散文化的小说；诗歌与小说的交叉，形成了抒情小说；小品散文与小说的结合，出现了微型小说或"小小说"；戏剧文体与小说文体的渗透，形成了不用来演出，而只供阅读的"案头戏剧"，等等。这种文体界限的暧昧化，反映了作家以文体为突破口寻求文学创新的努力。而文体界限的突破、重组、整合、更新的诸种趋势，又为比较文体学的研究提出了新的课题。

第 10 章

◆◇◆

比较创作学

创作，作为一种行为而言，它指的是文艺活动的过程；作为一种结果而言，它指的是文艺作品本身。比较创作学，是笔者提出的一个新的比较文学的范畴。它指的是对文学作品的各种内部构成因素的跨文化的比较研究。所谓"各种内部构成因素"，主要是指除文体样式这种外部形式之外的、基本的创作要素，其中主要包括题材、情节、人物形象、主题在内的四个方面。换言之，比较创作学，就是指文学作品的题材、情节、人物、主题等方面的比较研究。

一、"比较创作学"这一范畴的提出

显然，对比较创作学研究范围的这种界定，与时下流行的比较文学学科理论教材及专著中所谓的"主题学"这个范畴相接近。但是，笔者在这里不打算使用"主题学"这个范畴。为什么呢？因为"主题学"这个词是一个文不对题、词不达意、暧昧含糊的概念。使用这个词的有关著作也承认："主题学"一词在英文等西方语言中，名称一直没有确定，"从主题学英文名称的不确定中我们可以窥见这门学科是颇惹争议的"；长期以来许多学者对这种研究是否属于比较文学持保留态度，"有关主题学的定义也就存在一定的混乱。"①实际上，"主题学"在中国的比较文学中比在西方更为混乱。我们使用"主题"这两个汉字来翻译西文中的并不确定的那些名称，看起来是简单明了了，实际上问题更大。所谓"主题"，起码在中文里，其含义本来非常明确——主题是一种思想观念。它指的是文学作品中所表达的中心思想。那么，比较文学的"主题学"研究应该是指不同作品的主题思想的比较研究，但是，实际上"主题学'并不专门研究人们通常理解的"主题"。借用西方的时髦的术语来说："主题学"这个词在使用的过程中被"解构"、被"零散化"了。它除了指代"主题"外，还被用来指代题材、情节、典型人物，乃至意象、"套语"之类。于是，"主题学"的含义就溢出了"主题"之外，就文不对"题"、似是而非了。诚然，主题、题材、人物、情节、意象，在作品中是相互联系、不能分割的，但它们又是对作品进行分析研究时所使用的不同的概念。题材，是文学作品的构成材料，亦即从客观世界或精神世界所选取的描写对象；情节，是叙事性作品对题材的安排与组织；人物（又称典型、典型人物），是叙事性作品中所塑造的个性与共性相统一的人的艺术形象；意象，主要是指抒情性作品中用以表达感情的具体的象征性事物；主题，则是作品通过题材、情节、人物、意象等艺术手段所表达的抽象的观念与思想。这些都是文学创作中的相互联系、而又相互区别的有机的构成，是"主题

---

① 乐黛云：《中西比较文学教程》，北京：高等教育出版社，1988年，第175、183页。

学"一词所不能囊括的。

与此同时，从西方引进的与"主题学"相关的概念——例如"母题"——也颇成问题。什么是"母题"，现在的几乎所有中文版的比较文学学科理论著作，都费了很大力气加以解释。论述如何区别"主题研究"与"主题学研究"，如何区分所谓"母题"与"主题"，等等，但往往陷入繁琐哲学之中，晦涩难懂。出现这种情况的原因之一，也许是我们在翻译它们的时候过分拘泥于原文，用了像"母题"这样的缺乏汉语文化根基的洋化译词，其结果就像严复所说的"译犹不译也"。译出了以后，像不译一样难懂。一旦我们把英文的"motif"译成"母题"，我们无论如何也难以说清楚"母题"是什么东西。既然有了"母题"，那就意味着还有"子题"。又是"主题"，又是"母题"，还可能有"子题"，真是越说越乱。看来，"母题"实在是一个拙劣的译词，可是几乎所有的中文版比较文学学科理论著作都使用这个译词。实际上，我们不是没有更恰当的译词，早在1984年，台湾学者金荣华就指出了这个问题。他在《六朝志怪小说情节单元分类索引》一书的序中特别指出：

> "情节单元"一词，就是西方所谓的"motif"，前贤译"motif"为"母题"，似乎有音义兼顾之妙，但实际上并未译明其意义，因为"motif"所指是一则故事中不能再加分析的最简单情节，译作"母题"使人误会其中还有较小的"子题"。有人译作"子题"，意在表明其为最基本的情节，但是译作"子题"会使人想到其上还有较大的"母题"，而一则故事固然可能有几

个"motif"组成，也可以只有一个"motif"，所以仍不妥当。①

显然，金先生的"情节单元"这个译法，即使不加特别的解释，其含义也是一目了然。相比之下，采用"母题"这个译词并花费许多的篇幅做种种解释者，岂不是徒劳无功吗？

既然被中文译作"主题学"的这个概念，在西方连一个统一的、被普遍接受的名称还没有；既然现在的"主题学"概念以小称大、以偏概全，其内涵大大溢出了"主题"范围本身；既然与"主题学"相关的"母题"这一译词意义含混，那么，笔者就只好放弃"主题学"这一概念，而使用"比较创作学"这一概念范畴来取代"主题学"。"创作学"或称"创作研究"是文学研究与文学批评的核心内容。同样地，"比较创作学"也是比较文学研究的重要领域与对象。它与"比较文体学"互有分工，而又相互补充。如果说"比较文体学"所研究的是文学的形式因素，那么"比较创作学"研究的则是文学的内容构成。"比较创作学"不是单纯地研究"主题"，而是研究创作的内容构成的各个方面，包括题材、情节、人物、意象、主题等。

二、题材与主题的比较研究

题材，是文学作品的构成材料，亦即从客观世界或精神世界所选取的描写对象。题材的比较研究，就是研究在不同的民族、不同

---

① 刘守华：《比较故事学》，上海：上海文艺出版社，1995年，第84页。

的文学体系中，同一类题材的流传与变异、相互影响与相互借鉴；或者是研究在不同语言的文学文本中相同或相似的题材如何被选取、被使用。前者往往是纵向的题材传承史、流变史的研究，后者则是题材的横向的、平行的比较研究。对题材的比较研究其本质是一种文学社会学、文学人类学的研究，因此它应该主要使用"超文学研究"的方法。通过这种研究，我们可以看出文学史上不同作家关注人类社会生活中的哪些基本问题，他们又如何看待和表现这些问题；看出时代与社会如何影响着作家的创作；看出不同民族、不同时代对同一种问题的描写中所表现出来的相似、相通或相异，并因此寻找出人类文学创作中的某些规律性的东西。

在题材的比较研究中，首先碰到的问题是对题材范围、界限的划分，也就是题材的命名。对题材的划分标准因人而异，因国而异，角度各有不同。在世界文学史上，具有悠久文学发展史的国家，在创作中大都涉及到了各种题材。但是，在创作中使用的题材是一回事，而是否具有自觉的题材分类意识又是另一回事。比较创作学中的题材比较研究，应该对这两个方面有明确的区分。研究各国文学史中的题材意识及题材划分，属于比较题材史的研究。这种研究的特点是尊重历史上的题材划分——即使这种划分现在看来并不那么科学和合理。其研究的基本目的是要说明不同民族、国家和地区的文学体系中，在题材类型问题上是否自觉，何种程度的自觉，划分范围的粗细、宽窄、角度、层次的不同，题材意识及题材划分背后的社会、历史、文化的根源。在世界文学史上，各国文学的题材意识的自觉程度、题材类型划分的方法各有不同。有的国家或地区（例如欧洲各国和日本）文学的题材意识很强。例如在欧洲文学史上，教育小说、社会小说、历史小说、哥特式小说、政治小说、乌托邦小说、说教文学，等等，题材类型的划分十分细致；同样的，日本江户时代的文学中，有所谓好色物（艳情小说）、町人物（经济小说）、黄表纸、洒落小说、滑稽小说、人情小说等五花八门的题材类型。印度传统文学中对题材类型的划分则较为简洁明了，共分为四种基本类型，即政治（主要是宫廷权力斗争）、爱情（包括性爱）、战斗（人与人、人与魔、神与魔之间的战争）、风景（各个季节的自然景色和山川、城堡、宫殿）。在中国，题材意识却相对较弱，中国文学中划分作品类型时更多的是使用文体的标准、风格的标准而不是题材的类别。直到近代，才有鲁迅借鉴日本及欧洲的题材分类方式，最早给中国传统小说系统地划分题材类型。同样的，阿拉伯传统文学（诗歌）的题材类型，如赞颂诗、矜夸诗、讽刺诗、爱情诗、颂酒诗、悼亡诗等，都是现代的文学研究者加以划分的。

为了寻找到认识和解读世界文学的角度与方法，而用现代的学科意识与题材意识，以一定的标准对世界各国文学作品进行题材分类研究，也是比较创作学中题材比较研究的重要方面。这种研究的特点是，不必拘泥历史上的题材划分，而是立足于当代的题材意识和研究手段，对纷繁复杂的作品文本进行重新整理和分类，并从中找到或确立比较研究的某种范围、角度和基准。这种题材的划分是一种复杂的系统工程。不同的切入点、不同的角度，会划出不同的题材类型。大而分之，从现实——历史的坐标中，可以划分出现实题材、历史题材、超现实（幻想）题材三大类；从创作的风格角度，可以划分出悲剧题材、喜剧题材；从信仰的角度，可以划分出宗教题材、僧侣题材、世俗题材；从战争与和平的角度，可以划分出战争题材、好战题材、反战题材等；从社会阶层的角度，可以划分出宫廷生活题材、贵族生活题材、平民生活题材，或农民题材、商人题材、武士（军人）题材；从社会学的角度，可以划分为家庭题材、婚姻恋爱题材、社会题材、政治题材、教育题材、老年题材、青少年题材等；从地理、地域学的角度，可以划分城市题材、乡土题材、草原题材、丛林题材、海洋题材等，不一而足。可以说，人类生活的领域是无限广阔的，人类所面临的问题是无限的，决定了题材的划分也是无限的。往往每一种社会现象，都有与之相适应的题材，如，随着20世纪50年代至80年代世界上共产主义与资本主义意识形态的对峙，在有关国家的文学中出现了"冷战题材"；当吸毒问题成为严重的社会问题的时候，就出现了"禁毒题材"；当贪污问题成为严重问题时，就出现了"反贪题材""反腐败题材"；当恐怖问题成为问题的时候，就出现了"反恐怖题材"……简直无穷无尽。在这种划分中，有的题材类型具有约定俗成的标准，有的题材类型可以是研究者的独特划分。在题材的划分及比较研究中，研究者必须有着鲜明的问题意识，即你为什么要做这种题材的比较研究，通过这种比较研究你发现了什么，你要说明什么，又要解决什么问题。这种研究有的是要指出在某一时期某种社会现象对文学创作有什么影响，有的是要研究作家对某些社会问题的观点、态度及其对社会现实的反作用，有的是为了收集和利用某种题材类型的作品中所包含的社会资料和信息，有的是要说明为什么在有的国家某种题材的创作蔚为大观，而在另外的国家这种题材类型却寥寥无几，甚至形成空白，等等。

在世界文学、地区文学史上，相同的题材类型的互相感染与传播，也是比较创作学中题材比较研究的重要组成部分。研究这个问题，需要运用传播研究、影响研究与超文学研究的方法。例如，印度宗教文学的影响，促使了六朝时期中的志怪题材小说的发生；中国的《水浒传》等武侠小说，影响了朝鲜和日本的武侠小说；当代日本的经济小说传播到了我国的台湾、香港和大陆地区，使中国的当代经济小说成为一种新的题材类型。中国金庸的武侠小说，对东南亚有些国家的文学影响较大；文艺复兴时期英国作家托马斯·莫尔的描写理想国度的作品《乌托邦》，影响所及，在欧洲文学中形成了"乌托邦小说"这种题材类型；受德国18世纪作家H·沃尔波尔的《欧特兰托的城堡——一个哥特式故事》的影响，在欧美文学中形成了以描写阴森、恐怖、神秘的事件为题材的所谓"哥特式小说"；英国的威尔斯和法国的凡尔纳等在19世纪初所开创的科学幻想小说，成为20世纪世界各国的科幻小说的源头；英国的迪斯累理等人以政治为题材的政治小说，影响到了明治维新时期的日本文学，而日本的政治小说又影响到中国以梁启超等为代表的近代中国的政治小说。欧洲小说的其他题材类型，如科学小说、社会小说、军事小说、地理小说等，也通过日本，对中国近代题材观念的转型，产生了一定的影响。看来，题材的传播和影响，是各国文学交流和文学关系中引人注目的现象，也是题材比较研究中的重要课题。

从思想史的角度看，任何一部作品都会以文学的方式表达自己对宇宙、对世界、对社会、对人生的感受与看法。因此所有的文学作品都或多或少、或明晰或隐蔽地表达着作家的某种思想观念。除了短小的抒情诗（如日本的俳句那样的篇幅极小的短诗）之外，在一般的作品中，作家的思想观念都会通过题材的选择与处理、情节的构架、人物形象的塑造等基本环节自然而然表现出来。这就形成了所谓"创作主题"（简称"主题"）。主题的比较研究作为比较创作学的重要组成部分，就是对不同民族的作家作品的创作主题的比较研究。它本质上是从比较文学的角度对文学思想所做的研究，对文学史研究来说就是文学思想史的比较研究。主题比较研究的实质是把文学作品作为思想的文本载体，其研究的宗旨与目的就是在不同的作家作品中寻找人类共通的思维方式与思考课题，这就需要使用"超文学研究"的方法。由于这种研究并不关心所谓"文学性"问题，与文学的审美判断无关，于是一直遭到某些"审美至上主义者"的排斥和批评。但与此同时，也不断有相关的研究成果问世。

主题的比较研究同题材的比较研究一样，其第一步，也是对作品中所表现的中心思想加以简化。但主题与题材不同，题材是客观的、具体的材料，而主题是主观的、抽象的思想。因此，在对主题进行简化和归纳的时候，应注意它与题材的这种区别。我们可以使用一个概念或由若干概念组成的词组或短语作为主题最简洁的表述。如"复仇"主题、"报恩"主题、"战争反省"主题、"人生荒诞"主题、"女权主义"主题，等等。

在主题的比较研究中，选题的角度或层面可以划分为四种。

第一，社会学层面的主题。如社会改良的主题，社会批判的主题，社会讽刺的主题，个人反抗社会的主题，阶级矛盾与阶级斗争的主题，批判官僚腐败的主题，家庭悲剧的主题，爱情悲剧的主题，红颜薄命的主题，有情人终成眷属的主题，及时行乐的主题，个人奋斗的主题，反道德的主题，怀古的主题，等等。

第二，心理学层面的主题。如幸福与欢乐的主题，悲观主义的主题，荣誉的主题，爱与恨的主题，嫉妒的主题，怜悯的主题，恐惧的主题，相思的主题，廉耻的主题，等等。

第三，宗教层面的主题，如人对神（上帝）信仰的主题，罪与罚的主题，忏悔的主题，神秘主义体验的主题，宗教宽容的主题，因果报应的主题，反宗教的主题，无神论的主题，等等。

第四，哲学层面的主题。如天人合一的主题，人与自然和谐的主题，人与自然冲突的主题，人生苦短的主题，人与时间、空间的主题，人生荒诞的主题，死亡与永生的主题，等等。

当然，在世界文学中，不同的作品有不同的主题。可以说，主题几乎是无限的。但是，主题的比较研究并不是可以无条件地研究所有的主题，而是要研究在世界各民族文学史上超越时空界限，被反复不断地加以表现的那些基本的、共通的主题。这类主题的数量不少，但也不是无限的多。主题比较研究的目的就是寻找那些共通的主题，并对主题形成的文化根源做出阐释。通常，主题的比较研究有两种不同的路径。第一种，是从思想史的立场出发，归纳出某种主题，然后在不同民族、不同时代的文学作品中寻找、发现这种主题。第二种路径则相反，就是从文学史的角度，在不同民族、不同时代的文学作品中总结和抽象出某种相适的主题。这两种不同的路径却殊途同归，都从"主题"的角度，强化了世界文学的共通性和联系性。

三、情节与人物的比较研究

情节是作家对人物行为及事件进程的文学叙述。在叙事性作品中，情节的核心要素是人物形象，人物形象又依托于情节，因而情节和人物往往难舍难分。在比较创作学的研究中，有时可把两者作为一个整体，有时也把两者加以分析，做单独的研究。

情节的比较研究，有特定的适用范围。即情节的比较研究适合于集体性作品，包括神话传说、民间文学，但不太适合于个体作家的作品。除非特殊需要，单纯对作家的作品的情节进行比较研究，往往缺乏可行性、必要性。一般而论，群体作品具有趋同倾向，而作家的作品具有尚异倾向。情节的比较研究之所以具备可比性，就是因为在神话传说和民间故事的情节的趋同性这种现象中，具有许多深层次的、值得探究的文化内涵。因此，对神话传说、民间故事等集体叙事性作品进行情节的比较研究，既很必要，也很可行。

世界各民族的神话传说、民间故事，虽然数量极多，又各有其民族的、地域的特色，但其基本情节有很大的雷同性。造成情节雷同的原因，大致有三点。第一，在部族与部族、民族与民族之间的持续不断的战争及由此形成的民族融合、民族迁徙与民族间的交流，使各民族的口头文学得以互相渗透、互相影响，造成了各民族神话传说、民间故事在情节上的相似、相近与相同。第二，古代人的生活的核心在于求生存，生活内容远比现代人单纯。各民族尽管所处环境、时代各有差别，但所面对的问题大体相同。如个人力量的软弱，自然力量相对于人类力量的强大，人对大自然的敬畏与崇拜，像太阳崇拜、江河崇拜、山岳崇拜、某些动物与植物的崇拜，以及对代表社会力量的超人与英雄的崇拜等。于是，造成了神话传说在内容上的雷同。第三，由于古代人心智水平也相对贫弱，对自然、社会与人的思考也相当单纯和简单，再加上非理性、非逻辑的思维，以及后来的民间故事中的善恶对立的两极模式，使得神话传说、民间故事在思维模式上具有相当大的共性。可见，对神话传说、民间故事的比较研究，具有不可怀疑的可比性，不可取代的学术价值。从19世纪德国的格林兄弟等人开始，比较神话学、比较故事学就成了相对独立的新学科。而且，某种意义上说，比较文学本身就发端于比较神话学和比较故事学。而神话传说与民间故事比较研究的基本的切入点，首先就是情节。

情节，就是创作中的连贯的叙事。在理论上、概念上表述"情节"概念的内涵，原本并不太复杂。但是，由于西方不同学者和学派的不同表述，以及我们在翻译过程中的拘泥和机械，"情节"这一概念被搞得繁琐化、复杂化了。有的把情节含在"主题"中，把情节研究划归主题研究；有的把情节与题材、与人物搅混在一起。在笔者看来，"情节"这个概念在汉语中是词义两达的，在比较创作学的研究中，"情节"这个概念不可取代。而来自于西方的所谓"母题"，既可以像金荣华先生那样译作"情节单元"，也可以译作"情节元素"。情节元素是最小的叙事单元。在神话传说和民间故事中，叙事文本是多得不可胜数，但构成其叙事基本成分的"情节元素"则是有限的。正如一个魔方，可以玩出成千个不同的花样，但构成魔方的不同颜色的四面体不过几十种。情节的比较研究其实质就是寻找众多的不同文本中的相同之处，使不同的文本在显示共同性的同时也显出特殊性。在西方，"历史地理学派"所创立的民间故事类型的分类法（AT分类法）和俄国学者普罗普民间故事"功能"分析法，其实质都是以情节比较、情节元素分类为基本方法的比较研究。

情节的比较研究，可以分为两个基本的层次。第一个层次是

"情节梗概"的比较研究，第二个层次是"情节元素"的比较研究。前者是对神话传说、民间故事的某种文本的基本的框架故事所做的比较，后者是对故事情节进行细致的分解，一直分解到"元素"的层面，然后再进行比较研究。对情节作这两个层面的比较研究，意在发现不同的叙事文本中，有哪些情节是相同的，哪些情节是变异的，哪些情节是独特的。而这些情节的相同、变异和相异，可以清楚地显示不同的叙事文本之间的关系。一般说来，不同故事文本中的相同的情节元素越多，"情节梗概"也就越趋同；不同故事文本的形成，主要取决于情节元素的不同组合。通过情节上的这种分析比较，我们可以推测并证实一个故事文本从形成到流传、变异的过程，并从中看出不同地域、不同民族之间的文化交流和文学交流的历史轨迹。也可以在比较中发现不同时代、不同地域、不同民族和国家的人民在思维方式、审美趣味、风俗习惯、道德伦理方面的相通和相异。这就是神话传说、民间故事情节的比较研究最终要达到的目标。

人物形象的比较研究，在比较文学研究中已经涉及到的选题很多。在我国现有的比较文学研究成果中，这类文章占了相当大的比例，但是问题也非常大。通常的人物形象比较似乎形成了一种模式：一旦发现了两个作品中某两个人物形象的相似，就写文章加以比较，找出他们的相同点，再找出他们的不同点，最后说明他们相同或不同的原因。这样做就把人物形象的比较研究简单化、庸俗化了。这样的文章很好写，但写得好的，却难以见到。这里涉及到平行研究的可比性问题。人物形象的比较研究，必须从解决具体的学术问题出发，必须确立比较的合理性和可行性。一般地说，要确立可比性，首先需要按一定的角度和标准确立人物形象的类型，如按身份标准，有农民形象、商人形象、官僚形象、知识者形象等；按性格标准，有强人形象、弱者形象等；按功能标准，有受害者的形象、受难者的形象、加害者的形象，戏剧文学中的小丑形象、史诗中故事讲授者的形象，等等。按这些标准，都可以将不同作品中的人物进行比较研究。不过，为了使比较研究具有更充分的依据和更大的可行性，人物的比较研究最好将身份、性格和功能三者有机结合。从而确立比较的基准。例如：不同民族文学中的暴君形象、明君形象、奸臣形象、清官形象、奴仆形象、毒妇形象、妒妇形象、勇士形象、懦夫形象、野心家形象、投机家形象、骗子形象、智者形象、愚人形象、吝啬鬼形象、乐善好施者形象、刚正不阿者的形象、势利小人形象、叛逆者形象、虔信者形象、魔鬼形象、赌徒形象、多情女人形象、痴情男子形象、流氓痞子无赖形象、正人君子形象、恨世者的形象、玩世者的形象、改革家或开拓者的形象、保守者的形象、懒惰者的形象、勤奋者的形象、成功者的形象、失败者的形象……等等。诚然，人是复杂的，一部优秀的作品往往描写了人的复杂性。像这样对人物形象进行分类，不免将复杂的人物形象过于简化。但这种简化是在复杂性中特别寻找共性的一面，以便建立比较研究的可比性和基准，因而是可行的。在确立了某种人物形象的类型之后，要在世界文学中收集尽可能多的涉及同类人物形象的作品，并对不同作品中的这些人物形象进行平行贯通的分析比较。假如所涉及到的作品只有两三种，或有限的几种，那就难以得出有规律性、普遍性的结论，就会影响比较研究的学术价值。这类研究的应有的学术价值，主要在于它为我们认识和研究"人"提出了可供比较分析的文本。通常说"文学是人学"。人物形象的比较分析，在某种意义上是比较创作学的核心。这种比较分析，不同于通常的文学评论和文学研究中的那种"人物形象分析"，而是人物形象的跨文化的比较分析。其中涉及到人物形象的性格特征分析、社会背景分析、伦理倾向分析、时代特征分析、审美价值分析，等等，并在此基础上挖掘人物形象中的民族性、国民性的内涵。这样的分析可以使我们从人物形象塑造的层面，发现不同民族、不同社会、不同时代的作家在创作上的相通性和差异性。也可以帮助我们看出，相同或相似的人物形象的塑造，常常建立在作家对人性、人格的共同认识上面，建立在不同作家的共同的人格理想、共同的道德评价和伦理意识上面，而不同民族和不同时代的作家对某种人物形象的不同的情感态度，也相应地反映出不同的民族文化、人格理想、道德伦理之间的微妙差异。

第 11 章

◆◇

比较诗学

比较诗学，是依靠文学的理论文本与作品文本的双向阐发与互动，在抽象概括的层面上对跨文化的文学现象的规律性总结与提升，是在文学现象的比较中对共同审美现象的寻绎与建构。

一、比较文论与比较诗学

谈"比较诗学"，首先需要说明它与"比较文论"是什么关系。

众所周知，"诗学"是古希腊哲学家亚里斯多德创立的一个概念。"比较诗学"这一概念也来自西方。它是20世纪由法国学者艾金伯勒（艾田伯）在《比较不是理由》一书中最早提出来的。现在让我们看看艾金伯勒所说的"比较诗学"是什么意思。艾金伯勒认为：对具体文学作品进行细致的比较研究而归纳出一个由诸不变固定构成的系统，这样的系统与那些从形而上的原理中演绎出来的理论不同，是"真正具有实用价值的美学"。因此他认为，如果"将历史的探寻和批判的或美学的沉思"这两种对立的方法结合起来，"比较文学便会不可违拗地被导向比较诗学"①。这些话的意思原本很清楚，他指出了"比较诗学"并不就是文学理论本身的比较研究，并不意味着只是对现成的、已有的理论进行比较研究，也不是形而上的推论与演绎，而是在对具体文学现象进行细致比较之后总结出的某些系统与规律。在艾金伯勒看来，"比较诗学"研究的神髓，就是在具体作家作品的比较研究中贯穿"美学的沉思"；强调在对具体文学现象与作家作品的研究中从个别上升到一般，将研究结论提高到跨文化的、具有普遍概括性的理论高度。如果说"比较文学史"的研究意在揭示人类文学的纵向的联系，那么，"比较诗学"的研究则要揭示人类文学在精神上的横向的相通性。从这个意义上说，比较诗学是比较文学研究的最高阶段。艾金伯勒的"比较诗学"的概念，几乎被我国所有比较文学概论方面的教材所征引，但是几乎遭到了普遍的、有意无意的误解。比较文学学者们大都认为：比较诗学"专指不同民族不同文化体系的文学理论的比较研究"；"如果说比较文学指文学的比较研究的话，那么，比较诗学则指文学理论的比较研究"云云。这样一来，"比较诗学"自然而然地就被等同于"文学理论的比较研究"或简称"比较文论"了。

基于对"比较诗学"这样的理解，我国的"比较诗学"研究几乎就完全定位在"文学理论"的比较研究上面。诚然，文学理论的比较研究是比较文学研究的重要方面。但是，我们还必须清楚地意识到，研究历史上已有的关于文学的理论与学说，并不等同于研究和揭示文学规律本身；对已有的文学理论进行比较研究，未必就可

---

① ［法］艾田伯：《比较不是理由》，载于永昌编《比较文学研究译文集》，第116页。

以寻找出跨文化的共同的文学规律，建立起所谓"共同诗学"来。而实际上，鉴于文学文本具有多义性，任何一种文学理论只能在一定意义、一定程度上反映出理论家对文学本体的认识。文学理论本身是以文学为思考对象，以概念、命题与逻辑为手段的思维活动的结果。文学理论以探讨文学的规律为己任，但探讨者的不可避免的局限，决定了这种探讨只能是特定角度、特定层面、特定意义上的。徐复观先生在谈到中国美学与西方美学的问题时曾指出："西方由康德所建立的美学，及尔后许多的美学家，很少是实际地（的）艺术家。而西方艺术家所开辟的精神境界，就我目前的了解，常和美学家所开辟出的艺术精神，实有很大的距离。"[1] 徐复观先生所指出的这种现象，不只是西方才有的个别现象。文学理论以文学为思考对象，但它并不依附于文学，它具有不同于文学创作的独特的思维方法，是相对独立的人文成果。不同时代、不同民族、乃至不同的理论家的文学理论，都带有明显的时代性、民族性乃至个人性。换言之，不同的文学理论，只能反映出对文学本体的一个侧面的认识。在世界文学史及世界文学理论史上，往往有这样的情形：不同民族、不同文化体系中的文学理论在思维方式、理论表述方式和结论上的差异，远远大于文学创造活动、文学作品本身的差异。例如：古希腊文艺理论家亚里斯多德提出文学的本质是"摹仿"，而同时代的中国文艺理论著作《乐记》则认为文学的本质是"感物"。而在文学创作的实践中，中国文学不是没有"摹仿"，西方文学也不是没有"感物"。中国的《诗经》强烈的写实性，是对自然现实和人类社会现实

---

① 徐复观：《中国艺术精神》，沈阳：春风文艺出版社，1987年，第6页。

出色的"摹仿"。这种"摹仿"在某种意义上说，和荷马史诗浓厚的神话色彩、希腊戏剧中强烈的宿命论比较起来，更能体现"摹仿"和"再现"的现实生活的性质；同样的，希腊的抒情诗，也和中国的古诗一样，是"感物"的。然而，在古希腊和古代中国的文学理论中，两者对文学认识的差异却形成了"摹仿"说与"感物"说的巨大差异。这种差异并不能完全反映出创作本身的差异。这种情形表明，文学理论反映的是理论家对文学的认识，但这种认识并不就是文学规律本身；文学理论并不总是被动地反映文学创作的客观实际，而只能反映出理论家对文学的独特思考。也就是说，思考者（文学理论家及其理论）和被思考者（作家作品）并不是一回事，思考者未必能够反映出被思考者的实相与实质。总而言之，研究历史上已有的关于文学的理论与学说并不等同于研究文学规律本身；对已有的文学理论进行比较研究，也并不是寻找跨文化的共同的文学规律的唯一途径。

对"文学理论"与文学创作之间关系的这种认识，也有助于我们处理"比较诗学"与"比较文论"的关系。如上所说，"比较诗学"是以探讨人类文学的共同规律为目标的比较文学研究。虽然文学理论的比较研究是寻找跨文化的共同文学规律的重要途径之一，但仅仅进行文学理论的比较研究，还不能完全达到"比较诗学"的这个目标。我们可以把"比较诗学"分为两个方面。第一，"比较文论"，即各国文学理论的比较研究，主要是从概念、范畴和命题入手，来总结、检验、并借鉴吸收现有文学理论家们对文学规律的认识成果；第二，对各国文学总体的美学风貌和共同美学规律的研究。它需要从文学史、从作家作品出发，从微观分析上升到宏观概括。只有上述这两个方面合为一体，互为补充，才是完整意义上的"比较诗学"。

二、中西比较文论与中西比较诗学

中西比较文论与中西比较诗学的研究，是近二十年来我国比较文学研究中的一个热点领域和热点课题。王国维、朱光潜、徐复观、钱钟书等老一辈学者，都在这方面做了开拓性的贡献。近二十年来，出现了更多研究中国传统文学思想及美学思想的著作。特别是叶朗教授的《中国美学史大纲》，论题虽是美学，但所涉及的基本材料和对象，却是文艺理论，而且多有创见；曹顺庆教授的《中西比较诗学》作为我国第一本有关的专著，在中西文论的相对应的有关概念、范畴的发现、对比与阐发上，颇多启发性的见解；黄药眠、童庆炳主编的《中西比较诗学体系》作为一部多人合作的有一定系统性的论文集，涉及到了中西比较诗学的更加丰富的内容。此外，余虹的《中国文论与西方诗学》、杨乃乔的《悖论与整合——东方儒道诗学与西方诗学的本体论、语言论比较》等，也值得一读。但是，虽然我们已经拥有了相对丰富的研究实践，但中西比较诗学的有关基本理论问题，仍有反思和探讨的必要。

中国传统文论与西方传统文论的比较研究，是两种异质文化之间的平行研究。因此，如何在两者之间建立平行比较的基准，是这类研究得以成立的先决条件。也就是说，必须明确中西比较文论的可能性和可行性究竟何在。从一般的现代学术的角度看，所谓"理论"是由一系列的范畴、概念、命题构成的抽象而又系统的思想表述方式。同样的，"文学理论"也是由一系列的范畴、概念、命题构成的对文学问题的抽象而又系统的思想表述方式。但在中国的传统文学观念和表述方式中，像西方那样内涵和外延都很明确的概念与命题，毋宁说是罕见的。中国传统上对文学的思考采用的是感悟式的、鉴赏式的表述形式。它注重从总体上把握、拥抱文学对象，而不采取西方那种将对象加以条分缕析的方法。它与西方的那一套以抽象的理念、概念、命题，通过层层演绎和推理形成的"理论"形态，大相径庭。在古汉语中，没有现代意义上的"理论"一词。"理论"这个汉语词是近代日本人对英语 theory 一词的翻译，然后中国又从日本原样引进。虽然在古汉语文献中也能查出"理论"两个字，如郑谷的诗句中有"理论知清越，生徒得李频"，但这里的"理论"并不是一个概念，与现代汉语中"理论"一词的含义完全不同。东方人在传统的学术上没有西方式的"理论"追求，其文学观念及其表述本身也不同于西方式的"理论"形态。它并不试图建立一种抽象的以逻辑和概念构成的体系，而是努力描述出对文学的感觉和感受。西方的理论讲究客观性和必然性，中国则讲究个人性和主观性；西方的文学理论与文学创作有着清楚的分野，中国则将两者紧密的融合。而且很多时候，中国人对文学的思考是以一种文学创作的方式表述出来的（如司空图的《二十四诗品》）。

因此，假如将传统上中国人对文学的思考看成是现代意义上的"理论"，或者用西方的概念、思维模式来改造中国的相关材料，那就往往容易导致以西方式的"理论"标准来衡量中国，造成以"东"就"西"，将中国的文学观念纳入西方文学理论的价值体系。这样的研究的用处是使西方人更容易理解中国古代文论，但同时也常常难免走样或丢失原意。例如，我们对古人所使用的有关词语"概念"，是根据现代研究者的理解加以"阐发""阐释"？还是努力揭示出古人的原意？借用现在流行的西方哲学术语来说：是持"阐释学"的观点呢，还是持"现象学"的观点？自然，在研究中，研究者都认为自己的研究揭示了古人的原义，或者阐发了古人的原义。但是，为什么对同一个术语，不同的研究者的解读有时候会大相径庭呢？例如，对于"意境"这一概念、"风骨"这一概念，现在仍然处于多种解释并存的状态。这表明，此概念在古代本来就没有按照西方学术中所强调的那种同一律被规范地使用过。在这种情况下，我们现代研究者在研究中，是努力寻找出不同时代、不同人对同一个概念的共同理解的最大公约数呢，还是尊重历史上不同人的个人的独特见解？另一方面，在中国古代文论概念的诠释方面，我们现在的研究自然是尽可能地用科学的、学术的语言将它们说明白、说清楚。但中国古代文论词汇，很大程度上是一种"可意会不可言传"的东西，即使我们把它们说清楚了，但同时我们对它的理解可能也偏离本体了。所谓"道可道，非常道；名可名，非常名"，讲的似乎就是这个道理。这是一种迥异于西方的、只可体悟而不可阐述的东西。问题在于，我们现在所使用的中西比较文论的比较的基准并非来自于中国的文学理论传统，而是来自于深受西方学术浸透的现代学术规范和操作方式。当我们把经过现代人理解、简化和整理过的中国古代文论概念，拿来和西方的有关概念进行比较的时候，固然可以做到以西方的、现代的文学理论来"阐发"、引申中国古代文论，但却难以做到有人所理想的"双向阐发"，即同时也以中国古代文论来阐发西方文论。试想，中国古代文论在此前首先已被西方理论与现代方法"阐发"、过滤过了，在这种情况下，中西文论对等的"双向阐发"如何可能呢？然而，中西比较文论一旦需要进行，就不得不按现代学术规范，将中国传统文学思想及其表述中那些经常反复出现的词语，加以筛选、整理、廓清、厘定和阐发，从游移不定、模糊暧昧中寻找出相对确定的意义，并进一步对其内涵和外延加以界定，然后才可能将它与西方进行比较。这就是中西比较文论研究中所常常遭遇的尴尬处境——知其难为而又不得不为，甚至知其不可为而又不得不为。一直以来，中西比较文论的研究就是在这种艰难的处境中探索着，推进着。

看来，中西传统文学理论比较研究，也如所有的比较文学"平行研究"一样，要追问一个"可比性"的问题。中西传统文学理论不是绝对不可比的。但是，我们不能把这种"可比性"估计得过高。我认为，假如把中西传统文论比较的目标锁定在"共同诗学"的建立上，建立在寻求一种放之四海而皆准的诗学"通律"上，则恐怕是一种过高的奢望；假如我们通过中西传统文论的比较，来发表、表达现代学者个人对文学问题或其他文化问题的看法，或者通过比较来加深对中西文论某些侧面、某些特点的理解和认识，则是完全可能的、可行的。中西传统文论比较研究的可能性就在这里，而它的局限性也在这里。对此，我们应该有清醒的、恰当的认识。

除中西比较文论之外，"比较诗学"的另一个目标，就是对中西方文学的总体特征的比较研究，包括对中西方不同的风格特点、不同的美学风貌、不同的发展规律等方面，进行比较研究。这是在"中西比较文论"基础上的合乎逻辑的推进，因此它要比"中西比较文论"的逻辑起点更高。和比较文论有所不同的是，中西方文学的总体特征的比较研究所依靠的材料，既有理论形态的文献，更有文艺作品本身；既要注意历史的纵深性，又要注意横向的逻辑关联；既要注意研究对象的具体性与可操作性，又要注意结论的概括性与宏观性。就是说，要将以事实与史料为基础的历史研究的方法与以逻辑思辨为特征的哲学研究的方法结合起来。从这种意义上看，对中西方文学总体特征的比较研究，就与中西美学、乃至中西审美文化的比较研究相衔接、相贯通了。当我们把研究推进到了中西比较美学、中西比较审美文化学的层次，当我们要得出某些普遍性、规律性的见解或结论的时候，就必须充分意识到文学与艺术的相通性和相关性。于是，单以文学为对象的中西文学总体特征的比较研究，就必然要扩展为以一切形式的文学艺术为研究对象。可以说，中西文学总体特征与规律的比较研究，是一个具有高度概括性、抽象性、复杂性和困难性的研究。照理说，这种研究必须以大量的、丰富的、扎实的中西文学的个案研究为基础，必须等到这些个案研究有了相当的积累之后才能进行。它就像是一座大厦的顶层，必须等到基础结构完成之后才能施工。但是，人们特别需要拿出高度概括性和抽象性的结论，以便尽快地找到认识中西文学总体特征的简便可行的角度、尺度与途径。因此，在实际的研究中，往往是具体的个案的研究与概括的、抽象的研究同时进行，有时甚至超前进行。因此，这些概括的、抽象的研究常常只是一种方案。它们不乏启发性，但并不是成熟的、被普遍认可的结论，更不是科学的定论。即使是某些较为流行的结论，离科学的定论也有相当大的距离。如叶朗教授在《中国美学史大纲》中，就对有关中西美学比较研究中若干流行的观念进行了考察，他指出：所谓西方美学重再现、重摹仿，所以发展了"典型"的理论；中国美学重"表现"、重抒情，所以发展了"意境"的理论，这种观念并不符合事实。中国美学中"道法自然"(《老子》)、"观物取象"(《易经》)、"外师造化、中得心源"(唐·张璪)、"度物象而取其真"(五代·荆浩)、"身即山川而取之"(宋·郭熙)等概念与命题，都不能归结为"表现"。而在中国古典小说理论中，不但有"典型"论，而且已得到了高度的发展。叶朗还指出：说西方美学偏于"美"与"真"的统一，而中国美学偏于"美"与"善"的统一，也带有很大的片面性。孔子及儒家学说强调"美"与"善"的统一，但老子、庄子、王充，乃至明清时代的王夫之、叶燮及小说、戏剧家们，都强调"真"，强调"美"与"真"的统一。[①]看来，有关中西文艺总体特点的宏观概括，尽管是不无益处的、有启发性的，但同时难免要冒一个"大而无当"的风险。高度抽象的理论概括也许就是这样，"抽象"总是要以抹杀某些"具象"为代价。但这也同时提醒我们，科学的、正确的、可靠的、经得住推敲的"抽象"结论，也决不可超越特定的时间、空间与对象。例如，不能不顾中西诗学发展的不同历史阶段，而笼统地断言中国诗学是"表现"，西方诗学是再现，中国人讲直觉，西方人讲思辨。事实是，在17世纪后的中国明清小说及小说理论中，也特别重视"再现"；在19—20世纪的西方文艺与美学中，却推崇和张扬"直觉"和"表现"。看来，理论概括要注意时空的涵盖面，要考虑到一种结论的成立，必须受到时间、空间、个别与整体等诸多方面的限制。

随着近现代中西文化的交流日益广泛和深入，20世纪以来，西

---

① 叶朗：《中国美学史大纲》，上海：上海人民出版社，1985年，第11—14页。

方的文学观念、文学理论不断影响到中国。中西方传统文论的相互隔绝的状态已经终结。近百年来，一直到今天，西方文论源源不断地输入中国，并对中国文论产生了支配性的影响。因此，20世纪中西文论比较研究的主要课题，是清理中西文论之间的影响与接受关系。在这方面，罗钢教授的《历史汇流中的抉择——中国现代文艺思想与西方文学理论》，殷国明的《20世纪中西文学理论交流史论》，陈厚诚、王宁主编的《西方当代文学批评在中国》等，都是有代表性的成果。鉴于中西现代文论的比较研究属于常规的传播研究和影响研究的对象，在此不赘。

三、东方比较诗学

和声势颇大的中西比较诗学比较起来，我国的东方比较诗学领域显得非常落寞，甚至一直到现在似乎还没有人正式的提出"东方比较诗学"的概念，更不必说它作为一个学科领域在我国当代学术中占什么地位了。照常理来说，中国作为东方国家，对以中国为中心的东方比较诗学，是没有理由不重视的。可是事实上我们却没有重视。这其中的原因很复杂。第一，近代以来，"欧洲中心主义"在中国学术界颇有市场。五四时期激烈的反传统主义和西化思潮，20世纪30年代以后激进的马克思列宁主义，包括"右"的资产阶级思想和"左"的共产主义思想，都来自于西方。20世纪中国整整一代学人，是深受西化思潮影响的。可以说，"言必称希腊"是20世纪中国一代学人的下意识。第二，中国人所掌握的第二语言，大都是西语。而东方语言中，除了少数人懂日语外，通晓印度各种语言、阿拉伯语、波斯语、韩语的人，为数很少，在这些人当中从事学术研究的人更少。在我国的文学教学与研究界，从事西方文学教学和研究的人成千上万，而懂得东方文学的人似乎不会超过两百人。在这种情况下，涉足"东方比较诗学"这一纯学术的偏僻领域的人更是少见。由于对东方诗学传统的无知和忽视，我国现有的比较诗学研究，常常是在除中国以外的东方各国诗学缺席状态下的比较诗学研究。许多人习惯于以"中国"取代"东方"，甚至认为"东方"就是"中国"。例如有一本书，名字叫《东方意识流》；还有一本书，名字叫《东方后现代》，这里的"东方"，指的就是"中国"。显然，在比较诗学研究中，将研究对象简化为"中国"和"西方"两极，忽略印度、阿拉伯、日本、韩国等东方国家的诗学传统，是完全不可能建立人们理想的所谓"诗学通律"的。只是通过中西比较诗学所得出的某些结论，是否适合东方各国，也是很成问题的。

轻视东方的情况从诗学文献的研究和译介上也可以看得很清楚。近百年来，特别是近二十年来，我国介绍和研究欧美—西方文论的专书、教科书等，已近数百种，光丛书也有十几种。而研究东方文论的专著，只有黄宝生的《印度古典诗学》（北京大学出版社1993年）和倪培耕的《印度味论诗学》（漓江出版社1997年）两种。除了张伯伟在《中国诗学研究》等研究中国诗学的专著中有介绍韩国和日本古代诗学的专节外，研究日本、朝鲜、阿拉伯等其他东方国家和地区的文论及诗学的著作，在我国还没有。我国所翻译的西方诗学文献，估计也不下于上千种；而东方诗学，除了译出了日本世阿弥的《风姿花传》和日本近现代的几十种有关著作之外，印度的单行本译本只有金克木先生翻译的不足十万字的《古代印度文艺理论文选》，现代文论的译本也只有泰戈尔和普列姆昌德的两本文学论文集。而韩国、越南、阿拉伯、波斯文论的译本，仍处于空白状态。好在四川人民出版社在1996年出版了曹顺庆主编的《东方文论选》，选择了上述东方各国的传统文论文献，近七十万字，算是填补了我国东方文论综合性选择本的一个空白，也为读者了解东方文论提供了条件。

由于东方诗学的译介在我国远不成规模，东方诗学的成就尚没有引起比较诗学研究者的充分注意。在许多人的印象中，除中国以外东方各国无"诗学"或"文论"可言。事实上，单从文学理论的角度看，除中国外，东方各国有着丰富的诗学遗产。季羡林先生就认为，世界上有三大文艺理论体系：欧洲、中国和印度。印度的诗学是世界上最古老的诗学形态之一，而且有着自己的鲜明的特点。它的诗学建立在语言学、修辞学和文艺心理学的基础上，关注的是文学作品的语法修辞、语义、词汇、风格的分析，以及读者和观众的审美接受的心理机制。用现代的术语来说，印度的古典诗学是形式主义诗学和文艺心理学。在许多人的印象中，日本的文论是从中国传入的，日本没有形成有民族特色的独特的文论体系。事实上，日本的文艺的特殊性决定了日本文论的特殊性，远不是用"摹仿中国"就能概括的了的。例如，它的"物哀""幽玄""花""寂""粹""通""好色"等审美观念，都有着日本独特的美学蕴涵。此外，韩国、越南、阿拉伯、波斯等，也有自己的文艺理论传统。但是，和西方比较而言，东方的诗学传统不只是表现为理论形态，东方人的审美理想、理念，审美趣味，更多地不是表现在现成的理论形态中，而是表现在具体的文艺创作中。东方比较诗学的难点就在这里。如果仅仅拘泥于对古人所提出的那些内涵并不是非常明确的概念术语和命题的研究，那就不能发现和挖掘出东方诗学思想的全部宝藏。传统理论是古代人创造的，它代表的是古代人对文学艺术的认识。而我们现代人今天具备了更高的学术视野和更好的学术装备，我们应该在对东方文学创作的研究中，创造更能揭示东方诗学规律的新的理论见解。

所谓"东方比较诗学"，是一种地区性诗学的比较研究。与中西诗学的比较研究不同，东方比较诗学就在东方文化范围内进行。由于历史上东方各国在文化上有着密切的交流和联系，东方诗学之间也有着许多直接或间接的联系。如，印度古代诗学著作《文镜》早在13世纪时就被译成藏文，对我国藏族的文论产生了一定的影响；印度佛教的直觉、顿悟的思维方式，对中国禅宗哲学、禅宗诗学的形成，有着很大的影响；而韩国、日本、越南等国，又通过佛教的东传，直接受到中国、间接受到印度的影响。中国的儒家诗学观念、道家诗学观念、中国的诗话、小说评点等诗学表述方式，也传播到了日本、朝鲜、越南等国；伊斯兰教的审美观念、波斯的美学对东南亚、中亚、西亚、北非地区各国。对我国西北穆斯林地区的文学艺术也有很大影响。近代以来，中国、朝鲜等国，均以学习日本为学习西方的捷径，也从日本翻译介绍了不少文艺理论方面的著作。日本的著名文艺理论家，如坪内逍遥、夏目漱石、厨川白村、本间久雄的理论主张，对中国现代作家及现代文论都有影响。印度现代文豪泰戈尔的文艺思想，对中国现代文学、日本现代文学的影响都比较大。可见，东方诗学无论是传统诗学还是现代诗学，都有着较为密切的联系。中国诗学著作在亚洲各国的传播问题，儒家传学、佛教诗学、伊斯兰教美学对亚洲诗学的影响问题，等等，都是东方比较诗学中的重要的、切实可行的研究课题。因而，东方比较诗学不存在"可比性"的问题，也不存在比较的共同基准问题，它具备了比较研究的一切应有的前提和基础。

对我们中国学者来说，立足于中国诗学，或以中国为中心、为出发点的东方比较诗学研究，有着得天独厚的优势和条件。可以先考虑以中国与某一个东方国家比较诗学为研究对象，如中日比较诗学、中朝（韩）比较诗学、中印比较诗学等；也可以考虑在此基础上再扩大范围，以东方的不同文化区域来确定研究课题，如东亚比较诗学、南亚比较诗学、中东比较诗学等。当然，以整个东方为对象的综合性的诗学比较研究也非常必要和重要，但现阶段做起来还缺乏基础，难度很大。应注意将宏观研究与微观研究结合起来，在东方传统诗学的联系中看其差异性。既要揭示东方诗学的普遍性、一般性，又要揭示东方各国、各民族的特殊性。例如，日本的文学观念在许多方面与中国大相径庭，中日比较诗学研究应当注意揭示这种差异在文学创作及文学观念的表现，以帮助人们加深对两国文艺特征的理解认识。当东方比较诗学的成果积累到一定程度后，我们再来谈"东西比较诗学"才会有足够的底气。把东西方各主要民族和国家的诗学都纳入研究视野的真正完善的"比较诗学"体系的建立，必有赖于东方比较诗学研究的充分展开。我们应该以此作为今后"比较诗学"努力的方向。

第 12 章

———◆◇———

翻译文学研究

"翻译文学"指的是将原作转换为另外一种语言的文本，所形成的新的作品文本。它是文学作品的一种存在状态和延伸方式。"翻译文学"作为一个行为过程，是"文学翻译"；作为最终结果，是"翻译文学"。我们所说的"翻译文学"，主要是指"文学翻译"的最终结果——译本或译文。因此，也可以把"翻译文学"看作是一种文学类型。

一、"翻译文学"的概念

"翻译文学"这个汉字词组，是日本人最早提出来的。起码在本世纪日本就有人使用这个概念了。受日本文学影响很大的梁启超，在1921年就使用了"翻译文学"这个概念。战后，日本对翻译文学的研究更为重视，出版了不少研究成果。如川富国基在1954年发表了《明治文学史上的翻译文学》，柳田泉在1961年出版了一本书，题为《明治初期翻译文学的研究》。在50—60年代日本出版的各种文学工具书，如《新潮日本文学小辞典》《日本近代文学大事典》《比较文学辞典》等，都收了"翻译文学"的词条。

"翻译文学"作为一个概念，它与我们所习用的"外国文学"这一概念，具有重合之处，所以长期以来，不论是一般的文学爱好者，还是专业工作者，通常都将"翻译文学"等同于"外国文学"。例如，我国大学中文系所开设的基础课《外国文学史》，并不要求学生一定去读外国文学的原作，这门课所开设的阅读书目，统统都是我国翻译家所翻译的"翻译文学"，然而我们却一直称其为"外国文学"，而不称"翻译文学"。事实上，"翻译文学"不等于、不同于"外国文学"。首先，"外国文学"与"翻译文学"的著作人主体有所区别。文学翻译家所翻译的固然是外国作家的作品，但文学翻译不同于可依靠机器来翻译的简单的语言转换。它必须超越语言（技术）的层面而达到文学（审美）的层面，也就必然依赖于翻译家的创造性劳动。关于这种看法，中外的翻译家和研究者们都有大量论述。可以说"翻译文学"是一种"翻译性的创作"（可简称为"译作"）。第二，从文本的角度来看，翻译的结果——译本，是独立于原作而存在的。译本来源于原作，而又不是原作，因为它并不是原作的简单的复制。现行的《世界版权公约》《伯尔尼版权公约》等国际性的版权法律，都在保护原作的前提下，对翻译文学的版权予以确认，一般在原作者去世五十年后，译者及译本则享有独立的版权。第三，从接受美学的角度看，一个文本的最终完成，要由读者来实现。而译本的读者群不是原作的读者群。译本的完成要由译本的读者来实现。由于时代、社会、文化、语言等种种因素的不同，译本可能会获得与原本不同的解读和评价。总之，"外国文学"是表示文学的国别归属的概念，而"翻译文学"则是由不同语言文本的转换而形成的一种特殊的文学类型。

为了更好地理解翻译文学的性质与定位，还必须明确"翻译文学"与"翻译学""翻译文学"与"比较文学"之间的关系。近年来，无论在国内还是在国外，都有不少人提出建立"翻译学"（有时也可称为"翻译研究"）这样一个新的学科。西方人所说的"翻译研究"或"翻译学"（Translation studies 或 Translation study），也包括"翻译文学"的研究在内，但显然要比"翻译文学"宽泛得多。"翻译学"研究的是语言及文本的转换规律，它当然包含了对"翻译文学"的研究。换言之，"翻译文学"是"翻译学"学科内容的一个组成部分；同时，由于"文学翻译"是一种跨语言、跨文化的文学活动，"翻译文学"则是不同语言、不同文化体系的文学之间传播与沟通的桥梁。因此，"翻译文学"又理所当然地属于比较文学研究的对象。这样一来，"翻译文学"实际上就跨越了"翻译学"和"比较文学"两个学科。据说近年来有一位英国学者苏珊·巴斯奈特提出："现在是重新审视比较文学与翻译学之间的关系的时候了"，"从现在起，我们应该把翻译学看作是一门主导学科，而把比较文学当作它的一个有价值的，但是却处于从属地位的研究领域。"① 这种主张在逻辑上显然是含混的。比较文学的研究内容不仅仅是翻译问题，"翻译学"根本无法涵盖"比较文学"的学科内容。而且，"比较文学"所研究的是文学，"翻译学"则不只是研究文学。两个学科虽有交叉，但各有畛域。因此，我们把"翻译文学"视为比较文学研究的对象，

---

① 谢天振:《译介学》，上海：上海外语教育出版社，1999年版，第8页。

应该是十分妥当的。

　　"翻译文学"与现行有关比较文学学科理论的教材中所说的"媒介学""译介学"，有相当大的重合之处，但也有所不同。谢天振教授在其专著《译介学》及有关教材中，使用了"译介学"这一概念。据他说，在西方比较文学界，并没有"译介学"这样的名称，而只有"翻译研究"这个概念。他指出："译介学最初是从比较文学中媒介学的角度出发，目前则越来越多是从比较文化的角度出发来对翻译（尤其是对文学翻译）和翻译文学进行的研究"。①可见，"译介学"这一概念所指涉的研究内容，应不只是文学，它也包含了文学之外的一切翻译现象。卢康华、孙景尧教授在《比较文学导论》中，陈惇、刘象愚教授在《比较文学概论》中，都接受了法国学派原先使用的"媒介学"这一概念。"媒介"，正如它的名称本身所显示的，它们强调的是文学交流的途径与过程，"是指那些在文学交流过程中，起着传递作用的人和事物"②；卢康华、孙景尧教授认为，"媒介者可以分成三类：个人媒介、环境媒介和文字媒介"。③可见"媒介学"主要属于"文学传播"的研究。而我们在这里所说的"翻译文学"的研究，虽然不排斥翻译文化层面，但主要还是对译本、译文的研究。如果说，"译介学"作为"翻译文化"的研究模式，主要是对翻译文学所做的外部研究，那么对于译文的研究，则属于翻译文学的

---

① 谢天振：《译介学》，第1页。

② 陈惇、刘象愚：《比较文学概论》，北京：北京师范大学出版社，2000年，第201页。

③ 卢康华、孙景尧：《比较文学导论》，哈尔滨：黑龙江人民出版社，1984年，第156页。

内部研究，我们可以称之为"译文学"①

"译文学"，照字面，可以有两个侧面的理解。一是从文学类型的角度理解，"译文学"是"翻译文学"的缩略，并与"外国文学""本土文学"相对而言；二是从学科概念来理解，"译文学"作为一种研究范型，是"译文之学"的意思，指研究"译文"的学问，并与"译介学"相对而言，表明它由"译介学"的媒介的立场而转向"译文"。如果说传统的"翻译学"是"语言中心论""忠实中心论"，"译介学"是"媒介中心论""文化中心论"和"创造性叛逆论"；那么"译文学"就是"文学中心论""译本中心论"和"译本批评中心论"。

从比较文学学科理论建构的角度说，比较文学要确立自己的本体论，就不能仅限于"文学关系"的研究，不能只满足于"跨"的边际性、边界性或边境性，还要找到得以立足的特定文本，那就是"译文"。我们把"译文学"作为翻译文学的本体研究和内部研究，作为比较文学的重要组成部分纳入学科理论体系，其重要意义就是使比较文学拥有了自己的特定的文学文本，以此改变长期以来人们对比较文学学科的一种错误认识，矫正人们对比较文学的"跨文化"之"跨"的狭隘的理解。比较文学的学术姿态，既在于"跨"，也能够"立"。"跨"所研究的是不同文化背景的文学创作、文学现象之间的关联；"立"就是立足于作为一种独特文学类型的"译文"。对比较文学学科合法合理性存有质疑的人会说：中国文学学科所研究

---

① 关于译文学，详见王向远著《译文学——翻译研究新范型》，北京：中央编译出版社，2018年。

的是"中国"的文学，"外国文学"学科研究的是"外国"的文学，这些都是有特定的文学文本的，而"比较文学"所研究的文本对象是什么呢？世界上并没有"比较的文学"这种"文学"。对于这个问题，我们一定要在理论上给予明确的回答。本书第一章中曾强调：比较文学要成为一门独立的学科，就必须确立自己独特的研究对象；如果找不到自己的独特的研究对象，比较文学学科那就可有可无，并且为此而确立、论证了六种研究对象。而在比较文学的三个特殊对象中，能够给比较文学研究提供特定文本的，就只有"翻译文学"了。而"翻译文学"中的"译文"，就是"比较文学"所要面对、所要处理的那类独特的"文学"、特定的文本。可以说，比较文学拥有了"译文"，就拥有了属于自己的"比较的文学"。比较文学只有走向"译文"的天地，才能找到自己真正的作品本体。一句话：要克服、超越长期形成的比较文学的"比较文化"化倾向，就必须提倡"译文学"。只有把"译文学"作为一种研究范式纳入比较文学学科理论体系中，才能克服边际性、中介性的关系研究所造成的比较文学的"比较文化"化倾向，才能在有限的国际文学关系史研究资源逐渐减少的情况下，为今后的比较文学研究提供无穷无尽的研究文本资源，从而打消比较文学学科危机论和学科衰亡论。

译文，无论是古典的译文，还是现当代文学的译文，无论优秀的译文还是有缺陷的译文，都是学术研究的对象，都有各自的研究价值。自古及今、良莠并存、海量数字的译文，形成了一个浩瀚广袤的文学世界。而且旧的译文还在，新的译文又不断出现，是不断叠加和膨胀的。与跨文化的文学交流的史实史料及个案的有限性相比，译文的世界是一个无限广阔的世界。当我们把一个史料发掘、考证、论述出来后，这个问题便解决了，便进入了通常的知识甚至常识的领域，一般情况下也无需再做重复的研究了，所以一般的文学交流史的史料资源是有限的，但是译文却不同。译文的数量上的累积性和不断增殖性，使之成为取之不尽用之不竭的资源。译文的研究者、比较文学的研究者只能管中窥豹、尝鼎一脔，不可能一览无余、尽收囊中。译文的研究实践恐怕永远都难以覆盖所有新的或旧的译文，正如文学研究者永远难以覆盖所有的作家作品一样。如此，译文学的研究资源无穷无尽，纳入了"译文学"的比较文学的研究资源也永远不会枯竭。"译文学"可以与翻译文学的实践相辅相成，促进翻译文学的进步与繁荣；"译文学"可以与比较文学伴随始终，确保比较文学拥有无尽的资源宝藏。如此，也就可以打消比较文学学科危机论即比较文学衰亡论。

二、译文的评论研究与"译文学"

众所周知，一般文学评论与文学研究早已经形成了成熟的方法论，但是相对而言，对于"译文"这种特殊的再创作的文学文本，应该如何评论，如何研究，这个问题一直未能得到很好的解决。以往，面对译文，人们只能使用"信达雅"这一印象性批评的概念，以"信达雅"之概念的不变，来应译文的千变万化，效果可想而知。因此，译文评论与与译文研究长期缺乏具体可操作的、行之有效的方法。

译文的评论研究应该包含两个基本的方面，一是研究译文的生成原理与生成过程，二是要对译文做出评价；简言之，就是分动态的"译文生成"与静态的"译文评价"两个方面。两个方面的研究都有其角度或切入点。这种角度或切入点，可以用相应的概念予以概括表现。

第一个方面，是关于"译文生成"的研究。

对于译文生成的研究，最基本的概念和切入点是"译"与"翻"。考察中国古代翻译史，可以看出中国传统的"翻译"概念实际上是由"译"与"翻"两个概念合并而成的，是对"译"与"翻"两种语言转换方式及译文生成方式的概括。汉语的"翻译"概念，在中国翻译发展史上有一个漫长的、逐渐的形成过程。东汉之前，由于汉民族与周边"夷狄戎蛮"之间语言的隔阂，没有后来的梵语与汉语那样差别巨大，因此在转换过程中，不太需要幅度很大的"翻"。在这种情况下，人们对翻译的认识用一个"译"字即可概括。东汉以后，梵汉翻译的实践，使翻译家们开始意识到在"传""译"或"译传"中，还有一种空间立体的大幅度"翻转"式的解释性的交流与置换活动，并名之曰"翻"，并由此产生了"翻译"这一概念。进而模模糊糊地认识到，虽然"译"中有"翻"，但"翻"与"译"是两种不同的手段与活动，两者相反相成、互为补充。如果说"翻"是站在原作对面的一种模仿，那么"译"就是站在原作旁边的一种传达。而且"翻"与"译"的问题跟"文"与"质"的问题也密切相关，用"译"的方法产生的译文往往是"质"的，即质朴的；用"翻"的方法形成的译文往往是"文"的，即有文采的。又认识到有些东西是"不可翻"的，例如玄奘提出了"五不翻"的主张，是因为原文有的词的发音具有神秘、神圣性，或者一词多义，或者汉语里原本就没有对应的词等等，这些"不可翻"的情况只使用"译"的方法。这样，我们就可以在中国传统的"翻译"这一概念中，发现古人对跨语言、跨文化交流的途径、方法与功能的思考。"翻"若翻转，在这一点上，倒是日本人的体会与表达似乎更为细腻些，日语中"翻译"（翻訳）又写作"反訳"（反译），似乎体悟到了"译"需要"翻"，而与原文是"反"的关系。翻译正如将手掌翻（反）过来一样。这在世界翻译理论史上，恐怕也是最早的发现。总之，中国古代翻译家及翻译理论家对"翻"的发现，对"翻"与"译"两者辩证关系的认识，最终导致了"翻译"这个相当科学、又相当艺术的概念的产生，并寄寓了丰富深刻的译学思想。但是，一直以来，翻译研究界对传统译论中"翻"的理解一直远远未能到位，也没有专文对此加以讨论，制约了人们对"翻译"这一概念深入理解。而我们对译文的研究，首先要从"译"与"翻"的概念入手，说清楚该篇译文、该段译文、或该句译文采用的是什么翻译策略与方法，是"译"还是"翻"，为什么会采用这样的策略与方法，得以见出翻译家的用心与个性，也见出译文生成的最初方法。

"译"与"翻"的区别，具有重要的理论价值。其中最重要的价值之一，就是可以以此来观照并解决中外翻译理论史上长期聚讼纷纭、莫衷一是的关于"可译·不可译"的论争。翻译史上的"可译·不可译"的讨论与争论，反映了翻译家和翻译理论家对翻译活动的可能性与局限性的体察与认识。中外现代翻译史上的"不可译"论，主要体现在文学翻译领域，尤其是诗歌翻译中。说诗歌"不可译"，一是诗歌"音声"的不可译，二是文体、诗型不可译，三是特殊语言修辞不可译，四是风格不可译，五是文学之"味"不可译。但是，"不可译"论者对"译"的理解是狭义的。他们只关注了文学（诗歌）的外部形式，因为无论是音声、文体、诗形，还是风格，都主要是呈现在外部的东西。要把这些东西通过"译"的方法，平行迻译到另外一种语言中，当然是不可能的。所以主张"不可译"。但他们却没有意识到，翻译活动的途径其实不仅仅是"译"，还有"翻"。然而在"不可译"论者的意识中，几乎没有"翻"的意识的存在，或者从根本上就否定类似"翻"的行为；而"可译"论者，或多或少地意识到了"翻"的存在，在具体的描述中也朦朦胧胧地勾画出了"翻"的轮廓，但却没有诉诸于"翻"的概念。或者说，已经走到了"翻"的跟前，但是缺乏概念上的理解与确认。于是，"可译·不可译"的论争，就断断续续持续了百年。殊不知这个问题早已经在中国古代翻译理论中得到阐发和基本解决，但到了现代翻译尤其是文学翻译、诗歌的翻译中，由于受西方翻译理论的支配影响，中国古代翻译理论的有关阐释却被人忽略了、遗忘了。结果还是"可译"论者一而再、再而三地重申"可译"论，而"不可译"论者也一而再、再而三地重申着"不可译"论，没有结论，也没有共识。实际上，在"译文学"的理论建构中，"不可译"与"不可翻"相反相成，唯其"不可译"，所以才"可翻"；唯其"不可翻"，所以才"可译"。这样一来，关于"可译·不可译"的无休止的争论即可平息。而译文生成的方法也就有了左右逢源、非此即彼的选择。"可译"的就译，在通常情况下不必"翻"；"不可译"的就不要硬译，势必要"翻"。"翻"与"译"的结合和配合，使得翻译拥有了更大、更多的可能性、可行性。由此更能见出译文生成的复杂的、辩证的动态过程。

如果说，上述的"译·翻""可译·不可译"和"可翻·不可翻"是译文生成的基本方法,那么"迻译·释译·创译"则是译文生成的具体方法。

关于翻译的具体操作方法,学界一直使用的是"直译·意译"这对概念。其中"直译"一词是中国古代翻译的概念,指的是直接从梵文翻译而不经胡文(西域文字)转译,是"直接译"的意思,与"转译"相对。近代日本人把"直译"的意思改变了、改造了,再配上"意译"一词,以此来翻译西方的相关概念,形成了"直译·意译"这对汉字概念,并传入中国,一直流行至今。但是这两个二元对立的概念,看似泾渭分明,实则一直界定混乱、具体操作方法不明,在中外翻译理论史上长期以来聚讼纷纭、纠缠不清,其中有许多问题令人困惑。例如,"直译"和"意译"是对立的吗?"直译"和"硬译""死译"有什么区别?要把"意"译出来,就不能"直译"吗?"意译"与"曲译"、"歪译"乃至"胡译"有什么区别?"直译"的目的难道不是把"意"(意思)译出来吗?"直译"能否译出"意"来?"直译"若不能译出"意"来,岂不是让读者不知所云,即严复所说的"译犹不译"吗?由于这对概念造成了理论与实践上的诸多混乱和困惑,当代一些翻译理论家强烈主张摒弃之,但却一直没有找到其它词取而代之。

为此,译文生成的研究应该摒弃"直译·意译"这个二元对立的概念,并用"迻译·释译·创译"三位一体的概念取代之。所谓"迻译",亦可作"移译",是一种平行移动式的翻译。"迻译"是一个历史范畴。在中国翻译史上,"迻译"大都被表述为"译""传译""译传",是与大幅度翻转性、解释性的"翻"相对而言的,指的是将原文字句意义向译文迁移、移动的动作。"迻"是平移,它只是"译"（替换传达）而不是"翻"（翻转、转换）。"迻译"与传统方法概念"直译"也有不同。"迻译"强调的是自然的平行移动，"直译"则有时是自然平移，有时则是勉为其难地硬闯和直行；而"迻译"中不存在"直译"中的"硬译""死译"，因为一旦"迻译"不能，便会自然采取下一步的"释译"方法。

"释译"是解释性翻译，在具体操作中，有"格义""增义"和"以句释词"三种具体方法。广义的格义就是拿汉语的固有概念，来比附、格量、解释外来词汇概念。如佛经翻译用中国固有的儒家道家的词汇，来释译有关佛教词汇。"增义"是利用汉字汉词来释译原语的时候，使得汉语本来的词语的含义有了拓展和延伸。例如，用"色"和"相"来释译梵语相关词汇的时候，便使"色""相"的含义有了增殖。"以句释词"在没有对应的译词的情况下，用一句话释译一个词，例如，把日本的"物哀"译为"感物兴叹"等。

"创译"是创造性或创作性的翻译，分为词语的"创译"和作品篇章的"创译"两个方面。前者创造新词，后者通过"文学翻译"创作"翻译文学"。"创译"所创制出来的译词，会被袭用、模仿，也为后人的"迻译"提供了条件。在文学翻译中，"创译"则是在翻译家自主选择"迻译"、又能恰当"释译"的基础上，所形成的带有创作性质的译品，也就是"译作"，是"翻译"与"创作"的完美融合。

"迻译·释译·创译"三种方法的运用各有其难。相比而言，"迻译"难在是否选择之，"释译"难在如何解释之，"创译"难在能否令原词、原句、原作脱胎换骨、转世再生。可见，从"迻译""释译"到"创译"，构成了由浅入深、由"译"到"翻"、由简单的平行运动到复杂的翻转运动、由原文的接纳、传达，到创造性转换的方法操作系统。

第二个方面，是对译文做静态的"译文评价"。

在"译文学"的建构中，上述的"译文生成"的概念，概括的是译文的产生环节，而面对既成的译文，"译文学"还要做出评价，进而加以研究。这就需要相应的关于译文评价与研究的一整套概念。没有这方面的概念，就如同一杆秤没有刻度、没有秤星一样，我们就不拥有译文评价的元话语、就失去了译文评价的依据与标准，就不明确译文研究的角度、层面或切入口。为此，译文学确立了如下三组概念。

译文评价的第一组概念是"归化・洋化・融化"。这是对译文的文化风格与文化取向所做的总体的评价与研究。

在中国现代翻译理论中，"归化・洋化"这对概念是对译者翻译策略与译文的文化风格的一种概括。20世纪90年代中后期西方"文化翻译"派的主张传入中国后，"洋化"或"西化"便被一些人置换为"异化"一词，表述为"归化・异化"。但"异化"作为哲学概念指的是从自身分裂出异己力量，以此取代翻译上的"洋化"很容易混义串味，因此，我们有必要应该准确地标记为"归化・洋化"。从中国翻译理论史上看，"归化・洋化"的论争经历了从"归化・洋化"走向两者调和的过程；从中国翻译文学史上看，译文、译作也经历了从林纾时代的"归化"到鲁迅时代的"洋化"，再到朱生豪、傅雷时代将"归化・洋化"加以有机调和的过程。两者的调和可以用"融化"一词加以概括，由此可形成"归化・洋化・融化"三位一体的正反合的概念，用以矫正"归化・异化"这对概念的二元对立、非此即彼的偏颇，并以"融化"这一概念对译文的文化风格取向与走向加以描述与概括。翻译中的"融化"是一个无止境的过程，是翻译文学值得提倡的文化取向。

译文评价的第二组概念是"正译·误译·缺陷翻译"，这是对译文所做的语言美学层面的评价与研究。

"正译"一词，意即"正确之翻译"。这个词是北朝末年至隋朝初期的僧人彦琮在《辩证论》一文中提出来的。在古代佛经翻译理论及概念体系中，与"正译"相对的、相当于"误译"的概念，有"不达""乖本""失本""失实"等。在"译文学"的译文批评中，试图建立一个概念系统，以加强译文对错判断的客观性和准确性，假如像以前那样，仅仅使用"误译"或"错译"，那么这个词在没有相应概念的对应、牵制的情况下，就很难成为一个概念，而只是一个缺乏规定性的普通判断词。同时，"译文学"也没有简单的使用"正译·误译"二元对立的概念，而是采用了"正译·误译·缺陷翻译"三位一体的概念。因为，在实际上的译文批评中，并非除了"误译"就是"正译"，或者除了"正译"就是"误译"。在"正译"与"误译"之间，还有介于两者之间的有一定缺陷的翻译。这样的翻译实际上比"误译"要多得多，而且，若不是彻头彻尾的误译，那实际上就属于"缺陷翻译"，若不是完美无缺的翻译，那可能就是有缺陷的"缺陷翻译"。人无完人，金无足赤，翻译也很少有完美无缺的翻译。因此，译文批评不仅仅是要褒扬"正译"、指出"误译"，而更重要的，是要对有可取之处、对未臻完美的译文加以指陈和分析。这样一来，"缺陷翻译"作为一个批评概念，就显得特别必要、特别重要了。有了"缺陷翻译"这个概念的介入，我们在译文批评实践中，就会打破"正译"与"误译"的二元论，而在"正译""误译"的中间地带，发现译文的各种各样的、大大小小、多多少少的缺陷，分析缺陷形成的原因，而达到弥补缺陷、不断优化翻译的目的。对"缺陷翻译"的分析与评价，不是一个绝对正误的、非此即彼的绝对判断，而是一种柔软性的、或弹性的判断，而这也恰恰是审美判断的特点。在很大程度上可以说，对"缺陷翻译"的判断，就是对译文个性风格的判断，就是一次性的不可重复的个别具体的判断，也就是对译文之美的判断。

译文评价的第三组概念是"创造性叛逆·破坏性叛逆"。

"创造性叛逆·破坏性叛逆"是对表现在译文中的译者主体性、创作性发挥程度或限度的一种评价。从"译文学"的立场来看，"译介学"所推崇和提倡的"创造性叛逆"这个判断应该是有限定条件的，它只是对作为文本的"翻译文学"的一种判断用语，而不能适用于作为翻译行为或翻译过程的"文学翻译"。具体而言，"叛逆"只是对"翻译文学"实际状态的一种描述，因为"翻译文学"是不可能百分百地再现原文的，总有对原文的有意无意的背离、丢弃和改变。在翻译研究中，尤其是在比较文学的翻译研究中，应该正视"创造性叛逆"现象，并对"创造性叛逆"在跨文化传播与跨文化理解方面所起的积极作用给予应有的评价。否则，便会导致对"翻译文学"价值的贬损。而"文学翻译"作为一种语言转换行为，若只讲"叛逆"而不讲"忠实"，那么翻译将丧失其规定性，成为一项极不严肃、随意为之的行为。而且，就"叛逆"而言，也不只是"创造性叛逆"，而是有着"创造性"与"破坏性"的两个方面。换言之，既有"创造性叛逆"，也有"破坏性叛逆"。例如，一些论者却明确地将"误译"列入了"创造性叛逆"的范畴，忽视了"误译"的"破坏性"。实际上，误译在大多数情况下，是由译者的水平不足、用心不够造成的，因而大多数情况下是"破坏性叛逆"，属于翻译中的硬伤，译者是引以为耻的。因此不能以此来无条件地肯定误译。不能把出于无知、疏忽等翻译水平与翻译态度上引发的误译都称之为"创造性叛逆"。由此，"破坏性叛逆"这个词就不得不诞生出来，以此作为"创造性叛逆"的对义词，并以此来解释"叛逆"的消极面或负面。只有看到"破坏性叛逆"，才能正确认识"创造性叛逆"。在译文评价中，需要结合具体的译例，特别是误译的译例，对译者主体性发挥的程度做出"创造性叛逆"抑或"破坏性叛逆"的判断。

三、翻译文学理论（译学）的研究

在中外翻译文学史上，有了翻译文学，随后就有了对翻译文学的经验与方法、对翻译及其特性、规律的总结，有了对翻译家及翻译文学作品（译作）的判断、赏析与评价，从而形成了"翻译文学理论"。因此，翻译文学的理论本身，就是一种比较文学研究；同时，它又可以成为比较文学研究的课题与对象。

比较文学对翻译文学理论与评论的研究，与"翻译学"研究的立场与角度有所不同。比较文学的研究，可以淡化一般翻译研究中的纯语言的、字句的、技巧的、操作性的内容。它应主要着眼于"比较文学"，从有关翻译理论与评论的文献资料中，发现、清理、阐发和总结如下几方面的内容：

第一、翻译家、评论家、读者对翻译文学的性质与特点的认识；

第二、翻译文学在文学交流中的作用、局限与特性；

第三、文学翻译过程中翻译家所发现和总结的国别文学的不同的风格特征；

第四、从翻译文学的原则、标准与方法论中看其比较文学的价值。

这四个方面的问题，在中外翻译文学及翻译理论史上，都有不少的论述。众所周知，中国的翻译文学已有近两千年的悠久历史，在佛经及佛经文学翻译的漫长历史过程中，我国古代翻译家们不断地对翻译的经验、方法进行探讨、研究和总结，形成了我国翻译理论悠久的历史传统和独特的理论系统。对于比较文学研究而言，这是一笔宝贵的财富。例如，东晋时期，翻译理论家道安（314—385年）在《摩诃钵罗若钵罗蜜经钞序》中提出了著名的"三不易""五失本"的理论。其中，所谓"三不易"则是从佛经的博大精深的角度谈翻译的困难，认为佛经出自"圣人"之手，而要由平凡人来翻译它，实为"不易"。而他最有创造性的是所谓"五失本"的见解：

> 译胡为秦，有五失本也。一者，胡语尽倒，而使从秦，一失本也；二者，胡经尚质，秦人好文，传可众心，非文不合，斯二失本也；三者，胡经委悉，至于叹咏，叮咛反覆，或三或四，不嫌其烦，而今裁斥，三失本也；四者，胡有义说，正似乱辞，寻说向语，文无以异，或千五百，刈而不存，四失本也；五者，事已全成，将更傍及，反腾前辞，已乃后说，而悉除此，

五失本也。①

　　所谓"失本"，就是失去原作的本来面目之意。道安的"五失本"说，从中印文学的比较出发，论述了佛经翻译过程中那些虽不理想、但又迫不得已的、可以容许的"失本"的情况。从而总结了佛经翻译的基本特点和规律。归根到底，"五失本"理论，是道安站在中国文学的立场上对佛经文学与中国文学文体特征的一种比较。虽然他还分不清"胡"与"梵"，即西域文字与梵语文字的区别，但他所说的实际上也是对印度佛经文学——其实也是整个印度文学——的特点的一种认识。这里所谈的"一失本"，涉及到了佛经语言与汉语的句法顺序的差别。用汉语的观点看，佛经的句法顺序是颠倒的，汉译时必须改从汉语句法。"二失本"至"五失本"，谈的其实都是一个问题，就是印度佛经冗长拖沓、重复再三、不厌其烦。这里涉及到了印度"口传"文学所具有的根本特点。而汉语文学的审美理想，即道安所说的"文"，却是言简意赅、含蓄蕴藉。所谓"胡经尚质，秦人好文"显然是从这个角度说的。可以说，道安的"五失本"的理论是我们所知道的最早的中印文学比较研究的滥觞。

　　稍后，大翻译家鸠摩罗什也提出了和道安相同的问题。《出三藏记集》卷十四《鸠摩罗什传》载：

　　　　什（鸠摩罗什）每为睿（僧睿）论西方辞体，商略同异，

────────────

①〔东晋〕道安：《摩诃钵罗若钵罗蜜经钞序》，载僧祐编《出三藏记集》，苏晋仁、萧炼子点校，中华书局，1995年，第290页。

云："天竺国俗，甚重文藻，其宫商体韵，以入弦为善。凡觐国
王，必有赞德；见佛之仪，以歌咏为尊。经中偈颂，皆其式也。
但改梵为秦，失其藻蔚，虽得大意，殊隔文体，有似嚼饭与人，
非徒失味，乃令呕秽也。"[①]

　　这里谈的其实也是"失本"的问题。不过罗什认为将印度文学
作品译成汉文，就丧失了原文的词藻修辞，译文就好像嚼过的饭，
不但没味，甚至令人恶心反胃。虽然这种结论未必科学，并且有一
点意大利的但丁等人的"不可译"的意思，但却道出了那个时代的
翻译家在翻译文学探索中切身的感受与体会。

　　值得注意的是，罗什说"天竺国俗，甚重文藻"，道安却说"胡
经尚质，秦人好文"，说法截然不同。这不同的说法，表明了翻译
家对中印两国文学的审美价值的不同判断。以印度文学的观念来看，
铺张扬厉、反复咏叹的文字，才是"文藻"之美。而以中国语言文
学的审美趣味看，印度佛经文学罗嗦拖沓，是为不"文"。罗什为
什么不把原文的"文藻"照译出来，而反倒"删繁"呢？看来他已
经意识到：在印度是"文"的，在中国则可能就不"文"了。所以，
他一方面认为印度"甚重文藻"，一方面又在译文中大量"删繁"。
东晋高僧慧远在《大智论抄序》中提到：鸠摩罗什原先翻译的《大
智度论》本已做了大量删节，但"文藻之士，犹以为繁"，也就是
说，还是嫌不"文"。

---

① 〔梁〕僧祐：《鸠摩罗什传》，载僧祐编《出三藏记集》，苏晋仁、萧炼子点校，第
534页。

看来，无论是认为汉语言文学之"文"还是印度佛经文学之"文"，都有一个在翻译中以"文"就"不文"，或以"不文"就"文"的问题，从而造成了更多、更大的"失本"状况。但是，"文"与"质"是相对而言的。历来中国的文章就有"文"与"质"之分，同样，印度的佛经也有"文"与"质"之别。慧远发现了这种情况。他在上述的《大智论抄序》中提出：

> 于是静寻所由，以求其本，则知圣人依方设训，文质殊体。若以文应质，则疑者众；以质应文，则悦者寡。……远（慧远）于是简繁理秽，以详其中，令质文有体，义无所越。①

慧远在这里认识到印度的"圣人"本来是"依方设训"，即根据不同的对象来讲道理的；佛经有文体上的"文"、"质"之别，因此译文的文体也不能一概"以文应质"或"以质应文"，而应该做到"令质文有体，义无所越"。可见，到了慧远，佛经的翻译家已能够辩证地看待"文"与"质"的问题。这是佛经翻译在理论上走向成熟的一个表现。

在佛经的翻译史上，"文""质"常常是与"直译""意译"密切相关的。一般地说，尚"文"者，倾向于"意译"；尚"质"者，则倾向于"直译"。任继愈在《中国佛教史》（第一卷）中说："在中国

---

① 〔东晋〕释慧远：《大智论抄序》，僧祐《出三藏记集》，苏晋仁、萧炼子点校，第391页。

佛经翻译史上，始终存在'质朴'和'文丽'两派。"[①]我国在东汉末年佛经翻译的早期，由于译者大都为印度人和西域人，他们对汉语不能精通，因此译文大都质直、朴拙，此以安清和支娄迦谶的翻译为代表，可以说他们是不自觉的"直译"派；到了魏晋南北朝时期，翻译家们追求译词的汉化，减少直译的音译词，改梵音为汉意，并且删繁就简，还以老庄哲学术语意译佛经，开意译之风气。支谦、康僧会、鸠摩罗什的译文可为这类"意译"派的代表。而隋唐时期，精通梵汉两种语言的翻译家增多，译文严格尊重梵文原文，佛经翻译的水平空前提高，求真尚实的译风占统治地位。中国翻译文学史上的这种"文"与"质"之别，"直译"与"意译"之争，与西方翻译文学史上的两大学派——"文艺学派"和"语言学派"的分野，十分相似相通，可资比较。

西方翻译文学的理论，也蔚为大观。所涉及到的基本理论问题，与中国大体相同。如翻译的可行性问题，翻译的原则、标准问题，翻译文学的方法问题，直译与意译的问题，翻译与创作的关系问题，等等。如英国的泰特勒在《论翻译的原则》（1790年）中提出了著名的翻译三原则："第一、译作应完全表现出原作的思想；第二，译作的风格和手法应和原作属于同一性质；第三，译作应具有原作所具有的通顺。"这与我国翻译家严复在《天演论·译例言》中提出的"信、达、雅"三条标准颇有吻合。

总之，"翻译文学理论"的研究，可以围绕着上述四个方面的问

---

① 任继愈主编：《中国佛教史》（第一卷），北京：中国社会科学出版社，1985年，第171页。

题，发现并确立研究课题。从纵向来说，对我国的翻译文学理论发展史的系统梳理与研究非常必要，这是我国比较文学研究者的重要职责。在中国译学史的资料建设方面，现已出版多种资料集、论文集。如，罗新璋编的《翻译论集》（商务印书馆1984年）收集并精选了自汉代以来一直到1983年有关翻译的文论一百八十余篇，为译学理论的研究提供了系统的文献资料；中国翻译工作者协会《翻译通讯》编辑部编的《翻译研究论文集（1949—1983年）》（外语教学与研究出版社1984年）对新中国成立后的译论文章做了系统整理，共收文章六十多篇；杨自俭、刘学云主编的《翻译新论（1983—1992）》（湖北教育出版社1994年），编选的时间范围承上书，收论文四十八篇及专著节选六篇。中国译学理论的研究成果，以罗新璋的论文《我国自成体系的翻译理论》（载商务印书馆《翻译论集》）和陈福康的专著《中国译学理论史稿》（上海外语教育出版社1992年）、谢天振的《译介学》（上海外语教学出版社1999年）为代表。不过，现有的有关论文与著作研究范围大都是一般的"翻译理论"而不限于"翻译文学理论"，从比较文学的立场看，今后应该进一步使"翻译文学理论"的研究专门化和专题化，应该有《中国翻译文学理论史》之类的著作。从横向来说，应该加强中外翻译文学理论的比较研究。现在这方面的研究还相对薄弱。外国的翻译理论我们还介绍得少。最近许钧教授主编了《外国翻译理论研究丛书》（湖北教育出版社2001年），收《当代美国翻译理论》《苏联翻译理论》《当代法国翻译理论》《当代英国翻译理论》《当代德国翻译理论》等著作五种，系统地介绍了翻译事业比较发达的几个国家的翻译理论建树。这些书一方面可以帮助我们了解外国的译论，一方面也为中外翻译理论及翻译文学理论的比较研究提供了方便。

四、翻译文学史研究

翻译文学史的研究是比较文学的重要组成部分。比较文学的学科范围，应该由纵、横两部分构成。横的方面，是比较文学的基本理论研究，不同文学体系之间的平行研究、文学和其他学科之间的贯通研究等；纵的方面，则是比较文学视角的文学史研究，其中包括"影响——接受"史的研究、文学关系史的研究、翻译文学史的研究等。翻译文学史本身就是一种文学交流史、文学关系史，因而也就是一种比较文学史。比较文学的分支学科，如比较文体学、比较主题学、涉外文学等，都应该、也只能放在比较文学史、特别是翻译文学史的知识领域中。这样看来，翻译文学及翻译文学史的研究就成了比较文学学科中一项最基础的工程。

如上所说，"翻译文学"不同于"外国文学"。那么，再进一步说，"翻译文学史"也就不同于"外国文学史"。

我国出版的各种《外国文学史》类的著作及教科书，不管是国别的文学史（如《英国文学史》《日本文学史》），还是地区性文学史（如《东方文学史》《欧洲文学史》），还是总体文学史（如《世界文学史》《外国文学史》），都是以外国的文学史实及作家作品为描述对象的。它们用中文来讲述，但它所讲述的又是原作，而不是译作。当我们使用汉语来讲述"他者文化""他者文学"的时候，这本身就是一种广义上的"翻译"现象。而我们用汉语写作的外国文学史却又忽视了翻译家和译本这个环节，企图超越译作而直接面对原作。

而绝大多数文学史及外国文学作品的读者，他们不能、也不必阅读原作，他们所阅读的，是翻译文学。这就是我们的各种《外国文学史》所遇到的尴尬。另外，近百年来，我国的翻译作品，已经积累了上万种。在已出版的全部文学类书籍中，翻译作品要占到三分之一强。对于这么大一笔文化、文学的财富，现有的一般的《外国文学史》著作却没有、也不可能把它们纳入研究和论述的范围。而一般的中国文学史著作也难以充分、全面地展示翻译文学的丰富内容。这都意味着：翻译文学是文学研究的一个独立的部门，翻译文学史应该是与外国文学史、中国文学史相并列的文学史研究的三大领域之一；外国文学史、中国文学史、翻译文学史，这三者构成了完整的文学史的知识体系。

在翻译文学史的研究和写作方面，学界前辈已经做了不少的工作。我国翻译文学研究的先驱者是梁启超。他在1920年发表了长文《佛典之翻译》，1921年又出版了《翻译文学与佛典》（一名《中国古代翻译事业》）。1938年，阿英发表《翻译史话》，内容讲的都是翻译文学，可惜没有写完。除了这些专门著作外，20—30年代出版的若干中国文学史的著作，也讲到了翻译文学，如胡适的《白话文学史》，陈子展的《中国近代文学之变迁》、王哲甫的《中国新文学运动史》、郭箴一的《中国小说史》等，都有专门章节讲述翻译文学。在翻译及翻译文学的专门研究方面，一直到了1984年，才有马祖毅的《中国翻译简史·五四以前部分》出版，其中大量涉及翻译文学的内容。1989年，陈玉刚等主编的《中国翻译文学史稿》由中国翻译出版公司出版；1998年，郭延礼著《中国近代翻译文学概论》由湖北教育出版社出版；1999年，孙致礼编著的《1949—1966

我国英美文学翻译概论》由南京译林出版社出版；2000年，王向远的《二十世纪中国的日本翻译文学史》由北京师范大学出版社出版。这些著作都填补了我国翻译文学史的空白。但总的看来，与翻译文学的悠久的历史和丰富的成果相比，我国对翻译文学及翻译文学史的研究还是薄弱的。

造成这种情况的原因是多方面的。有政治、文化上的，也有文学观念上的。如上所说，人们习惯上将"翻译文学"视同"外国文学"，是制约翻译文学及翻译文学史研究的首要原因。近半个世纪以来，我国的文学研究分科越来越细，不同的"专业"之间也很封闭，同时兼有中外文学两方面的人才越来越少了。例如，大学外语系的专家教授们大都从事外语本体的研究，有关的翻译专业或"翻译学"专业，基本上是在语言层面上研究翻译的技法，对"翻译文学"的研究难以展开；而在大学中文系或中国文学的研究机构，同样也习惯于封闭地研究中国文学。樊骏先生在近来发表的《关于学术史编写原则的思考》一文中谈到了这个问题。他认为，中国现代文学史著作忽视了翻译文学，而忽视翻译文学是因为搞中国现代文学研究的人在外国语言和外国文学两方面都有欠缺，"对他们来说，产生这种'忽略'，非不为也，实不能也"。[①]这种看法大体是符合实际情况的。事实上，对于稍具文学史常识的人来说，有谁竟看不到翻译文学在中国文学中的显著地位和作用呢？但是，如果对外国语言文学没有一定的修养，谈翻译文学、研究翻译文学就很困难。

不过，最近这些年，情况有了可喜的变化。不少人大声呼吁重

---

① 樊骏：《关于学术史编造原则的思考》，载《文学评论》，1998年第4期。

视翻译文学及翻译文学史的研究。其中，上海的谢天振教授呼声最高。他写了多篇这方面的文章，并且提出了"翻译文学是中国文学的组成部分"的观点。我认为，把翻译文学视为中国文学的组成部分，是合情合理的、必要的。但同时还必须清楚，翻译文学是中国文学的一个"特殊的"组成部分。说它"特殊"，就是承认它毕竟是翻译过来的外国作品，而不是我国的作家作品；说它"特殊"，就是承认翻译家的特殊劳动和贡献，承认译作在中国文学中的特殊的、无可替代的位置，也就是承认了翻译文学的特性。所以，我期望今后新出版的中国文学史著作，都有翻译文学的内容。但是，另一方面，我们还要看到，由于一般的中国文学史著作有体系、体例上的制约，要全面、系统地展示翻译文学，恐怕难以做到，所以，那就非得有翻译文学史的专门著作不可。

文学史研究作为一种研究实践，必须以明确的、正确可行的理论与方法作指导。不过，翻译文学史，目前仍处于草创阶段。究竟怎么写？前人并没有提供足够的范例供我们作参考和借鉴。

根据其研究的范围、角度不同，翻译文学史大体可以分为四种类型。第一种类型是综合性的翻译文学史，即全面的论述我国译介世界各国文学的历史，展现翻译文学发展的概貌。如前面提到的《中国翻译文学史稿》就是。由于这种综合性翻译文学史涉及多国家、多语种，除非是多卷本的大部头的著作，否则恐怕只能是概述性的。第二种类型是断代性的翻译文学史。如郭延礼的《中国近代翻译文学概论》。第三种是专题性的，如梁启超的《翻译文学与佛典》。第四种是只涉及某一国别的、某一语种的翻译文学史，如我写的《二十世纪中国的日本翻译文学史》就是。我认为这第四种翻译文学史，在今后相当长的时间里，应该是翻译文学史研究与写作的最基本的方式。它可以由个人独立完成，并有可能很好地体现出学术个性，保证研究的深入。在这种国别性的翻译文学史有了全面的积累后，才会出现综合性的、集大成的、高水准的《中国翻译文学史》。

写翻译文学史，还必须对翻译文学史内容的构成要素有清楚的把握。翻译文学史与一般的文学史，在内容的构成要素方面，有共通的地方，也有特殊的地方。一般的文学史，其基本的构成要素有四个，即：

时代环境——作家——作品——读者

而翻译文学史的内容要素则为六个，即：

时代环境——作家——作品——翻译家——译本——读者

在这六个要素中，前三个要素是外国文学史著作的核心，而翻译文学史则应把重心放在后三个要素上，其中最重要的还是"译本"。因为翻译家的翻译活动的最终成果是译本，所以归根到底，核心的要素还是译本。如果我们机械地奉行"翻译文学史就是翻译家的翻译的历史"，那就是以翻译家为核心了。以翻译家为核心，就势必会用较多的篇幅介绍翻译家们的生平活动。但文学家、文学翻译家的生平活动，在现有的《翻译家词典》之类的工具书及其他文献材料中都可以轻易查到，在一部学术著作中，在翻译文学史中，除非特殊需要，是不必费太多篇幅去堆砌这些材料的。所以，翻译文学史还是应以译本为中心来写。

译本有那么多，如何选择取舍呢？究竟哪些译本要多写？哪些译本不写？哪些译本要多写？哪些译本要略写？

这是一个很实际的问题。例如，单就本世纪我国翻译出版的日本文学译本来说，总数达两千多种。假如每一种译本都要讲一通，面面俱到，那翻译文学史将写个没完没了。任何历史研究著作都要对研究对象去芜存菁、区分主次、甄别轻重、恰当定位。翻译文学史首先应该是名作名译的历史，而对于非名作、非名译，把它们作为翻译文学史上的一般"现象"来看待就可以了。

一般地说，译本的历史地位，是由三个条件来决定的。一，原作是名家名作，这是决定译本地位的先决条件。几乎所有的名家名作的译本都值得翻译史来关注。但也有特殊情况，如有的原作在原作者的国内并不被重视，而译本却在翻译国有重大影响。如日本文艺理论家厨川白村的著作《苦闷的象征》就是这种情况，对此我们的翻译文学史也要高度重视；第二，译者是名家，是决定译本历史地位的另一个重要条件。一个译者之所以被认为是著名的翻译家，首先在于他对翻译选题的把握准确可靠，其次在于翻译质量的可靠。而翻译家的地位，也正是靠不断地、高质量地翻译名家名作来奠定的。第三，在名家名作名译当中，首译本又特别的重要。首译，就意味着填补了空白，而填补空白本身就有其历史意义。当然，这并不是说复译本就不重要。但在填补空白的意义上说，复译本不可能超越首译本。

选材的取舍问题解决后，接下去就是怎样利用这些材料，来表达文学史作者的学术见解了。

我认为，翻译文学史作者的学术见解，或者说翻译文学史应该解决的、应该回答的，主要是如下四个问题：一，为什么要译？二，译的是什么？三，译得怎么样？四，译本有何反响？

首先，为什么要译？这也就是选题动机问题。在翻译家的整个翻译活动过程中，选题是第一步。在众多的可供选择的对象中，为什么要选这个作家而不选那个作家，为什么选这个作品而不选那个作品？这当中，有翻译家对选题对象的认识与判断，翻译家的思想倾向、审美趣味等在起作用，同时也受到翻译家所处的时代背景、社会环境、出版走向等因素的制约。一部翻译文学史，应该注意交待和分析翻译选题的成因，应该站在中外文化和文学交流史的高度，站在比较文学与世界文学的高度，在选题的分析中，见出翻译家的主体性，见出我国在接受外国文学的过程中某些规律性的特征。

第二个问题，译的是什么？这个问题就要求恰如其分地介绍和分析翻译的对象文本——原作。翻译文学史对原作的介绍分析，应不同于一般的外国文学史。外国文学史对原作的介绍和分析，本身是为着说明、阐释原作，这是外国文学史的核心内容，因而可以展开来写。而翻译文学史对原作的介绍和分析，是从原作如何被转化为译作这一独特的立场上进行的。

第三个问题，译得怎么样？就是要对译本进行分析和判断。这就首先要涉及到语言技巧的层面。一个译本的成功，最基本的是在语言技巧方面少出问题。翻译文学史应该对那些重要的译本，进行个案解剖。必要时，可有针对性地进行原文与译文的对照分析；如果有不同的译本，可将不同的译本做比较分析，指出译文的特色和优劣。不过应该注意，翻译文学史不是翻译教程，它不必、也不可能对所有重要译本都做语言层面上的分析，否则就使翻译文学史变成了翻译技巧的讲义。在进行语言层面的分析评论时，要有历史感。从现代汉语的形成和发展的角度来看，翻译文学的译语的变化，与现代汉语的逐步成熟有着相当密切的关系。翻译文学不断输入着外国的句法、词汇及修辞方法，推动了汉语的现代化。在这个过程中，许多现在看来是不通的、别扭的译文，如当年鲁迅、周作人从日文"直译"过来的译文，都包含了他们借鉴外国语言来改良汉语的良苦用心。我们不能用今天业已成熟了的现代汉语的标准，予以贬低，而必须承认其历史地位。另一方面，还要看到，从比较文学的角度看，有些不忠实的翻译，包括对原作的删除、增益、改写，等等，那不是语言学意义上的"错误"，而常常是翻译家有意为之。这种情况在一定的历史时期，特别是翻译文学的肇始期，是常见的现象。如梁启超对日本的政治小说《佳人奇遇》的翻译就是一例。除了语言层面之外，还必须进一步从文学的层面对译本做出评价。从文学层面对译本做出评价，基本标准是要看译者是否准确地传达出了原作的风格。如果说语言技巧层面上的评价是"见树木"，那么文学层面上的评价就是"见森林"。一个好的作品译本应该是"语言"与"文学"两方面艺术的高度统一。

第四个问题，译本有何影响和反响？这个问题的要素是"读者"，就是谈翻译文学的读者反应。这里所谓的"读者"主要可分为两种，第一种是文坛内部的人，包括翻译家、研究家、评论家和作家（有时候这几种角色兼于一身）。翻译家首先也是"读者"，他们对作品的介绍和评论，常常在译本序、译后记之类的文字中表现出来。有的译本序本身就是一篇研究论文，这是我们在写翻译文学史的时候应特别注意加以利用的材料。研究家、评论家对作家作品和译作的研究与评论，主要体现为论文或专著，一般都能够发表深刻、系统的意见。翻译文学史必须注意研究有关的论文和专著，把它们作为"读者反应"的基本的材料加以利用。从这种角度来看，"翻译文学史"不能只是孤立地讲"翻译"，它还必须包括对翻译对象的研究和评介，因此，完整的、全面的"翻译文学史"同时也是"译介史"，即翻译史和研究评介史。除上述文坛内部的"读者"之外，第二种是社会上的一般读者。译本对一般读者的影响，虽然常常缺乏具体的文字材料来证实，但是，译本的印数、发行量、再版甚至盗版的情况，都可以说明译本在一般读者中的影响。

第 13 章

涉外文学研究

什么是"涉外文学"？简单的解释是指"涉及外国的文学"，包括以外国为舞台背景，以外国人为描写对象，以外国问题为主题或题材的作品。这里所谓的"外国"，是一个可以双向指涉的关系概念，而不是以某国为特定立场的单向性的特指概念。例如，对于中国来说，美国是"外国"；而对于美国来说，中国又是"外国"。在各国文学当中，凡涉及到"外国"的文学作品，都可以归为"涉外文学"的范畴。由于"涉外文学"所具有的跨文化、跨国界的性质，我们把"涉外文学"作为比较文学研究的主要的对象或课题之一。

一、"涉外文学"与"形象学"

提出"涉外文学"这样一个比较文学的新的概念，当然不是为了以新名词来标新立异，而是深感这个概念的设定对于比较文学的必要性。众所周知，法国学者早就提出了所谓"形象学"的概念。何谓"形象学"？在我国较早介绍"形象学"的孟华教授写道："形象学（imagologie），顾名思义就是研究形象的学问。不过，比较文学意义上的形象学，并不对我们通常所说的'形象'普遍感兴趣，它所研究的，是在一国文学中对'异国形象'的塑造或描述。"①我提出"涉外文学"这一概念。既受到了"形象学"这个概念的启发，同时也是由于对"形象学"这个概念的不满。"形象学"与我提出的"涉外文学"，有重合的地方，但两者并不相同。首先，"形象学"这个词，也许在法文中是一个意义明朗的词，但是一经用汉语的"形象"二字译出，就不免含混模糊。如果不加以特别的解说，乍一看去很容易使人误解为它所研究的就是文学理论著作中所说的"人物形象"。何况从这个概念本身也看不出它的"涉外"文学的性质，容易使人产生误解。而要表明其涉外文学的性质，非得使用"比较文学形象学"之类的罗嗦的非概念的表述方式不可。众所周知，"形象"的本质是其具象性而非抽象性。但在涉外文学中，作家对异国的描述与评价——这些是最令人感兴趣的——却常常是通过感想、议论等非"形象"的手段来表达的。"形象"固然是文学作品对异国进行反映和描写的主要途径与手段之一，但它又不是唯一的途径和手段。一般而言，"形象"形成于对某一对象的摹仿，而法国的"形象学"理论家们则倾向于把"异国形象"看成是作家的主观想象的"幻象"或"社会整体想象物"。他们在研究中注重的是那些对异国异族的主观性强烈的想象性、虚构性的作品，而相对忽视了对客观写实性、纪实性作品的理论概括与表达。事实上，任何一种文学形

---

① 孟华:《比较文学形象学论文翻译、研究札记·代序》，载孟华主编《比较文学形象学》，北京：北京大学出版社，2001年，第2页。

象都是主观与客观的统一、特殊与一般的统一；在所有形式的文学作品中，绝对客观写实的形象是不存在的。"异国形象"是如此，"本国形象"又何尝不是！而在不少情况下，"不识庐山真面目，只缘身在此山中"，作家对异国形象的描写恰恰是因为和异国有了距离，而比有些"本国形象"更为客观和真实。有些作品，如异国游记文学，还具有弥补历史文献之不足的史料价值。在涉及到异国异族的各国文学作品中，这类富有文学价值的非虚构作品相当丰富，我们没有理由将这些作品摒于研究的范围之外。例如中世纪意大利旅行家马可·波罗的《马可·波罗游记》中有关中国的记载，经现代学者与史料印证，其绝大部分是真实可靠的，并可填补我国史料的不少空缺。而与此同时，《马可·波罗游记》又以描写的生动性、具体性和形象性而具有举世公认的文学价值。它当然也是我们所说的"涉外文学"研究的一个重要对象。

看来，"涉外文学'与"形象学"的不同，首先在于"涉外文学"的内涵和外延都大于"形象学"。"涉外文学"当然可以涵盖"形象学"的研究对象——异国形象及异国想象，但同时它又不局限于异国形象及异国想象。它包含了一个国家涉及到另一个国家的所有形式的文学作品以及该作品的所有方面。它包括了异国人物形象，也包括了异国背景、异国舞台、异国题材、异国主题等；它包括了"想象"性的、主观性的纯虚构文学，也包括了写实性、纪实性的游记、见闻报道、报告文学、传记文学等。换个角度说，"涉外文学"包括了通常我们今天所谓的纯文学，也包含了许多非纯文学，它具有文学研究的价值，也有超越于纯文学的多方面的文化价值。

我们只要粗略地回顾一下与中国相关的几个国家的"涉外文

学"——涉及外国的中国文学和涉及中国的外国文学，就可以清楚地看出"涉外文学'在中外文学与文化交流史上有多么显著的位置，作为比较文学的研究课题与研究对象它们又有多么重要。在我国，"涉外文学"的历史源远流长。例如，在中国与印度的文化交流的大背景下，东晋时期，著名高僧法显游历印度取经，回国后写成《佛国记》一书，这是中印文化交流史上第一本以印度为记述对象的书，也可以说是中国文学史上第一种"涉外文学"的著作。到了唐代有著名高僧玄奘的《大唐西域记》。明代随着15世纪初年郑和下西洋这一壮举的实现，出现了一大批涉外文学著作。如随同郑和下西洋的三个文人作家，都留下了相关的著作。其中，担任郑和的通事（即翻译）的马欢在《瀛涯胜览》一书中，记录了二十个国家的见闻，还附有纪行诗；费信的《星槎胜览》记载了随郑和下西洋的见闻，也附有诗篇；巩珍的《西洋番国志》记录了他随郑和第七次下西洋的见闻。这些著作不仅有诗有文，而且在文字上具有相当的文学性。还有《三宝太监西洋记通俗演义》，则是以郑和下西洋为题材的长篇通俗小说，也是典型的"涉外文学"作品。除了我国与印度等"西洋"各国的交流之外，我国与日本、朝鲜、越南等东亚国家的交流也很密切，并在漫长的历史时期中产生了涉及这些国家的作品。例如，从唐代开始，中国诗歌中就有大量的以中日、中朝交往为题材的诗篇。相应的，在日本与朝鲜等国，也有不少涉及中国的文学作品。以日本文学为例，早在公元8世纪的《本朝文萃》等文献中，就有许多有关中国的故事与传说。在8世纪短篇故事总集《今昔物语集》中，就有180多个中国题材的故事，而《唐物语》则全部是中国题材的作品。在日本的汉诗中，有大量吟咏中国历史、中国人物、风物、或记载与中国人交往与友谊的诗篇。在日本的古典戏曲文学"谣曲"与"净琉璃"中，也有许多中国题材的剧目，如"谣曲"《汉高祖》《吕后》《咸阳宫》《杨贵妃》《邯郸》《白乐天》《昭君》等。净琉璃则有近松门左卫门的《国姓爷合战》等。大量的日本古代市井通俗小说，有不少是根据中国作品改编的。到了近代，在日本军国主义觊觎中国的大背景下，在日本文人与作家中兴起了持续不断的"中国旅行热"，由此产生了大量的"中国纪行"和涉及中国的散文随笔。侵华战争期间，日本大部分作家都或多或少地染指"战争文学"——其中有相当部分是侵华文学。以中国沦陷区为背景和题材的散文、小说、报告文学等，一时主导文坛。如火野苇平的《兵队三部曲》、上田广的《鲍庆乡》《黄尘》等。战后，一些良心未泯的日本作家反省侵华战争给中国人民造成的灾难，写了一些以中国为舞台、以侵华战争为背景的作品。一些主张中日友好的作家，如本多秋五、中野重治、水上勉等写了一些中国题材的散文、随笔、诗歌等。当然，也有以蓄意分裂中国为目的的作品，如司马辽太郎的《台湾纪行》等。同时，中国题材的历史小说、传记小说，仍然是许多日本作家——如武田泰淳、井上靖、陈舜臣等——的重要的创作样式。在朝鲜，涉及中国的文学作品更多。我国朝鲜文学专家韦旭昇教授在其《中国文学在朝鲜》一书中这样写道："朝鲜文学作品中，有不少是写中国的。一些抒情或写景的诗歌，以中国的历史人物、事件及风景名胜为题材；一些传奇、小说，则将舞台设在中国，人物籍贯也是中国。这类作品数量之多，在朝鲜文学——特别是在小说中所占比例之大，恐怕是任何一个国家的以外国为题材的作品，都难以望其项背，无可企及的。"① 可以说，涉及中国的朝鲜文学作品几乎占了朝鲜古典文学的半壁江山。朝鲜古典文学中的第一流的作品，如《九云梦》《谢氏南征记》《玉楼梦》《热河日记》以及朝鲜文学中最长（篇幅相当于中国《红楼梦》的四倍多）的小说《玩月会盟宴》等，都是朝鲜的涉及中国的"涉外文学"。

进入近代以来，由于世界各民族、各国家之间的交往和交流空前密切，为"涉外文学"的产生造就了必要的条件和土壤。涉外文学在各国文学的比重也不断提高。仍以我国文学为例，清末民初，"涉外"的著作——包括"涉外文学"著作——数量猛增起来。湖南岳麓书社80年代中期出版了钟叔河先生主编的《走向世界丛书》，收入1911年以前的中国人访问、游历西方国家和日本的有关著作，已出10册27种，近600万字，蔚为大观，是我们研究中国近代"涉外文学"的重要文献资料集。我国现当代文学中的"涉外文学"作品，特别是纯文学作品，越来越多。凡中国现代文学史上的大多数有成就的作家，都写作过涉外文学。如鲁迅的《藤野先生》、郭沫若的《牧羊哀话》《落叶》《喀尔美萝姑娘》、郁达夫的《沉沦》、张资平的《约檀河之水》、艾芜的《南行记》《南国之夜》、巴金的《沉默》《海行杂记》，特别是抗战时期大量的涉及日本人形象的抗日文学，等等。

---

① 韦旭昇：《韦旭昇文集》第3卷，北京：中央编译出版社，2000年，第273页。

二、涉外文学研究的着眼点：文化成见与时空视差

　　"涉外文学"的丰富资源，为比较文学中的"涉外文学"研究提供了广阔的空间。"涉外文学"研究实际上就是将文学史上涉及外国的作家作品，作为一种特殊的文化和文学现象，用比较文学的视野与方法加以研究。换言之，"涉外文学"既然是"涉外"的，那么研究者就必须用跨文化的眼光而审视它。倘若幽闭在自身文化之中，就无法看清"涉外文学'的特质。"涉外文学"的跨文化、跨国界的性质，决定了"涉外文学"的研究者要有一个明确的文化立场和着眼点。一切涉外文学，不论作者对所涉及到的"外国"及"外国人"是善意的，还是恶意的，是客观的，还是主观的，都普遍存在着时空视差问题、文化成见问题。而文化成见、时空视差问题，正是涉外文学研究者所应注意的基本问题，也是研究的基本立场和着眼点之所在。

　　首先是涉外文学中的文化成见（或称"既定视野""定型视野"），特别是意识形态偏见问题。

　　任何一个作家都属于某一特定的种族、时代和阶级，即属于特定的文化群体，因而，任何一个作家都有自己的文化成见，乃至意识形态的倾向性，并在自己的创作中或多或少、或明或暗地表现出来。在涉外文学作品中，这个问题就显得更为重要和更为突出了。因为文化成见、乃至意识形态偏见，在与异质文化的对照与冲突中才能凸显。"涉外文学"研究的核心问题，首先就是确认某作家的独特的文化立场、文化成见乃至意识形态偏见，然后要分析这些因素在作品中的表现，分析其主观与客观的原因，指出这些因素如何影

响作家对异国异族的认识、判断、评价与情感态度。

每个时代的每个国家都有自己的社会理想、社会制度，有独特的信念、信仰和世界观、价值观，这一切就构成了该时代和该国家的意识形态。这种意识形态在各国的相互对比中，更能显出其自身的特殊性，显出它与其他意识形态的趋同、或差异与矛盾。一般说来，很少有作家能够完全摆脱意识形态的束缚。而在"涉外文学"中，该作家就会以自己或自己所属的意识形态来看待、衡量和评价外民族、外国的意识形态，或认同之，或反对之。作家的这种意识形态定见在许多情况下决定了某种"涉外文学"的基本的思想取向和价值观念。例如，在欧洲文学史上涉及中国的文学作品中，意识形态定见始终左右着作家对中国、对中国历史文化的判断、评价和情感态度。英国18世纪著名小说《鲁宾逊漂流记》的作者笛福在它的另一种重要著作——《鲁宾逊感想录》（1720年，该书早就有林纾和曾宗巩的合作的文言译本）中，对中国文化多有描写和议论。作者写鲁宾逊来到中国做生意，经澳门、南京等地来北京，在北京逗留了四个月，并购置了十八骆驼货物。然而做生意归做生意，鲁宾逊虽购置中国的货物，却对中国人、中国文化嗤之以鼻。他说："他们（指中国人——引者注）的器用、生活方式、政府、宗教、财富和所谓光荣，都不足挂齿"；"我看见这些人在最鄙陋愚钝的生活之中，目空一切，盛气凌人，就觉得没有什么人比他们更可笑，更令人作呕了"；"他们最高明的学者也都是冥顽不灵。他们对天体的运行一无所知，竟以为日蚀是巨龙拥抱了太阳"；"我竟觉得最野蛮的野人，比他们也略胜一筹"。在这部作品中，笛福借鲁宾逊之口广泛贬斥了中国的政府制度、宗教文化、风俗习惯、技术和艺术，其用词之尖刻，诋毁之彻底，据说令当时的译者林纾译到此处，气愤至极，差点儿连原书带译稿撕个粉碎。在这个例子中，我们可以清楚地看出意识形态定见在涉外文学中的作用。笛福是欧洲近代典型的处于上升和开拓时期激进的资产阶级的代表，也是资产阶级意识形态的代言者。它用资产阶级所鼓吹的自由贸易、科学和理性，来衡量和评价当时尚处于封建制度之下的中国，说出那样诋毁中国的话，并在字里行间，表现出英国资产阶级及大英帝国对相对落后的中国的那种优越感，现在看来是完全合乎逻辑的。

在最近一百多年来的现当代各国的"涉外文学"中，意识形态问题显得更为突出。资本主义的意识形态与共产主义的意识形态的对立，西方列强与东方贫弱国家的对立，成为现代世界各国的最突出的对立。例如，在西方的涉及中国的文学作品中，中国人遭到了肆无忌惮的丑化和妖魔化。香港学者吴振明先生在《丑陋中国人？——西方俗文化里的中国人形象》①一书中，做了一个值得我们参考的统计：在西方的英语小说中，涉及到中国及中国人的，约占百分之一点五至二之间，而在每一百本此类小说中，华人充当歹角的，约占百分之七十五；而充当正面角色的却只有百分之一。吴先生并指出：华人在西方通俗小说中的"正角与歹角之比例，为何如此悬殊，这问题要牵涉到西方俗文化界的集体意识形态，以及中国和列强在近代史上的恶劣关系"，具有复杂而又深刻的根源。而这一切又源于西方国家对中国所持有的"定型视野"。什么是"定型视

---

① 吴振明:《丑陋中国人？——西方俗文化里的中国人形象》，香港：香港创意文化企业有限公司，1990年。

野"（stereotype）呢？吴先生援引美国《韦氏大字典》上的解释：所谓"定型视野"就是"一种被界定为定型的事物，缺乏自己的特征和个性。例如，一群人的脑海中对某事物或某人种，所持的标准化的印象。这代表一种过分简化的意见，一种具有影响力的态度，和一种不经审慎的判断"。还进一步引用新闻家华尔特·李普曼在《舆论》中对"定型视野"的解释："定型视野走在理性之前，是一种洞悉事物的方式，在外界的事物到达我们的智力领域之前，它已经把一种特定的形态套在该事物身上。"西方现代文学，特别是英美文学、澳大利亚现代文学中涉及到中国的文学作品，对中国及中国人的傲慢与偏见，都来自这种"定型视野"。奸诈、狠毒、卑琐、好色、肮脏，成了许多西方人的笔下的中国人形象的典型特征。造成这种对异国异族形象歪曲和丑化的原因，除了意识形态的偏见之外，也有种族偏见的原因。在许多西方作家的作品中，有色人种常常受到歧视和侮辱，有些西方作家甚至视我们中国人为"黄祸"。可见，种族优越感和意识形态成见一样，在"涉外文学"中造成了对异国异族的傲慢与偏见。

涉外文学研究中值得注意的第二个问题，是时空视差问题。

由于涉外文学的跨国界与跨文化的性质，就必然造成作家作品与描写对象之间的时间与空间的距离。我们可以把这种距离称为"时空视差"。一方面，时空距离可以影响涉外文学家对异国异族的情感态度。通常，作家与所描述的异国异族的时空距离越大，它对异国异族的写实性也就越减弱，主观性也就越强烈。作家常常利用这种时空视差，将异国异族的形象加以主观化描写，从而有利于表达自己的某种思想观念。有时候，一个作家也需要从某个遥远的外来文化中寻找能够支持自己的思想意识的东西。例如法国启蒙主义思想家、作家伏尔泰，曾在马约瑟编译的元曲《赵氏孤儿》的启发下，写了一个以中国历史为题材的剧本《中国孤儿》。在这个作品中，伏尔泰表达了他对中国历史文化、特别是对孔子及儒家思想的共鸣与好感。在剧中主人公身上，表现了中国人忠君爱国的道德操守，也宣扬了中国文化对外来野蛮文化的巨大的感召力和同化力。作为政治思想比较保守、而又坚定地反对基督教教权主义的启蒙作家，伏尔泰欣赏中国的带有强烈人本性质、理性色彩和自然宗教色彩的孔教，而中国相对稳定的大一统的皇权统治，又为他那开明君主的政治思想提供了范本。伏尔泰就是这样，在中国题材的作品中，以认同中国文化的方式，来表达自己的思想意识。至于伏尔泰本人对中国历史和现实真正了解多少，反映了多少，则是另外一回事。

另一方面，时空视差也是造成涉外文学中将异国异族理想化、观念化，并使之成为"乌托邦文学"的必要条件之一。当作家们不满本国的社会现实的时候，就刻意渲染、美化异域情调，将某一外国或外国文化作为理想的寄托，例如英国作家毛姆在长篇小说《刀锋》中，将印度的传统文化与宗教理想化，从而表达了他那反对现代工业文明、追求自然原始的生活理想。在涉外文学中，时空视差还常常决定着作家对异国异族的价值判断和情感态度。一般而论，异国异族与作家的时间距离越长，与该作家的利害关系就越少，意识形态的因素也越少，而审美的因素相应地也就越高。例如，在西方和日本的涉及中国传统文化的文学作品中，一般都对中国古代人、中国传统文化怀有善意，甚至崇敬之情。而当他们描写现代中国的时候，情况则常常相反。例如有些日本作家怀着崇敬的心情，描写有关中国古代圣哲、英雄或帝王将相，而在大量涉及现代中国的作品中，则充满对中国的蔑视、敌意和歪曲。

三、涉外文学研究的基本课题

涉外文学在我国的比较文学研究中，是一个十分广阔的研究领域。在世界文学史上，涉外文学作品数量很大，而从比较文学的、跨文化的角度去研究这些作品，却相当不够。可以说，在世界比较文学界，涉外文学的研究还是一个薄弱环节。我所知道的与中国相关的涉外文学研究的重要著作（大部分有中文译本）有：欧文·奥尔德里奇的《龙与鹰——美国启蒙运动中的中国人》，德国学者顾彬的《关于"异"的研究》，美国学者哈罗德·伊萨克斯的《美国的中国形象》，葡萄牙人费尔南·门的斯·平托编选的《葡萄牙人在华见闻录》，英国人莫利循的《中国风情》，澳大利亚华人学者欧阳昱的《澳大利亚小说中的中国人》，吴振明的《丑陋中国人？——西方俗文化里的中国人形象》等，为数寥寥。

中国的涉外文学研究，应该以中国的涉外文学和外国涉及中国的文学这两方面为中心，发现和寻找研究课题。

第一个方面是涉及外国的中国文学。这类作品数量不少。但长期以来，这类涉外文学的文献资料还没有得到全面系统的整理，迄今为止也还没有一部研究中国的涉外文学的专门著作。在以往中国文学研究的既定视野中，涉外文学往往被置于中国文学研究的边缘位置，或把它们看成是不值得展开分析的非重点作品，或认为它们不是纯文学作品，而予以忽略。有的作品虽在有关文学史上被提到或被论述到，但研究和评论的视角却囿于国别文学研究之内，而缺乏比较文学跨文化的视野。因此，中国的涉外文学研究，应该说基本上还是一个空白。

在涉及外国的中国文学作品的研究中，大体上可以划分出两大研究方向。首先是中国文学中的外国人形象的研究。对这个问题可以进行个案研究，也可以进行总体的、整体的研究。在个案研究中，可以对中国文学中某一部涉及外国人形象描写的作品，或某一时期的某一类涉及外国人形象的作品加以研究。如笔者的一篇题为《日本的侵华文学与中国的抗日文学——以日本士兵的形象为中心》[1]的论文，就是站在涉外文学——比较文学的角度，对抗战期间中国抗日文学有关作品中的日本士兵形象进行了总体的分析。并得出了这样的看法：中国抗日文学"对日本士兵的理解和描写，显然采取了无产阶级国际主义立场，而不是民族主义或国家主义的立场；对日本士兵的定位和分析所采用的也是中国左翼文坛习用的阶级分析的方法。……这些作品的出现，一方面是出于对敌宣传的需要，另一方面也表明我们的作家对日本军人以'忠君爱国'为核心、以'义理''荣誉''廉耻''复仇'、不成功便成仁的'自杀'、绝对服从主子或上司等武士道精神为基本内容的日本民族性、民族精神缺乏研究，缺乏深刻的认识，也就不可能做全面深刻的表现和描写。这些作品在'对敌的研究工作'方面，实际上是走向了另一种片面"。看来，对中国人笔下的外国人形象进行分析，实际上就是探究中国作

---

① 王向远：《日本的侵华文学与中国的抗日文学——以日本士兵的形象为中心》，原载《北京社会科学》，1997年第3期。

家的外国观及决定这种观点的特定的时代环境、立场与出发点。由于现在的研究者与研究对象有了相当的时代距离，我们有条件站在历史文化的更高的视点上，对文学史中外国人形象的特定形态及这种形态与历史真实的差距，进行客观、科学的研究，并从中梳理出可贵的资料，获得某些有益的启发。

中国的涉外文学的第二个研究方向，就是对涉外文学进行综合性的或宏观的研究。应该在大量个案研究的基础上，写出一部或几部综合性较强的类似专题文学史的专门著作，系统地梳理中国文学中所涉及到的若干外国及外国人。诸如《中国文学中的印度人形象》《中国文学中的日本人形象》《中国文学中的欧洲人形象》《中国文学中的美国人形象》，等等。然后在此基础上，写出一部《中国文学中的外国及外国人》《中国涉外文学史》或《涉外题材中国文学史》这样的更加系统全面的中国涉外文学研究专著。这样的研究不仅可以填补中国文学研究中长期被忽略的一个重要领域的空白，而且可以从"涉外文学"这个独特的角度，看出我国与世界各国文化交流的一个重要的侧面；可以看出不同历史阶段我国文学家观察外国、评价外国的不同的立场、角度、方法和心态，并从一个侧面揭示中国人的外国观的形成与演变的轨迹。这对我们当代中国的对外开放与交流肯定会有多方面的启发。

中国涉外文学研究的另一个方面是涉及中国的外国文学。这是对外国文学的研究，但又不是一般的外国文学的研究。我国的外国文学研究经过20世纪近百年的积累，已经有了相当扎实的基础，取得了不少成果，由中国人撰写的各种外国的国别文学史著作、作家作品的专题研究著作，乃至各种综合性的外国文学史、世界文学史著作，已有数百种。但是，数量虽多，角度却过于单一。作家作品的传记式研究方法、教科书式的文学史的写法，占了绝大部分。中国的外国文学、世界文学的研究要深化和发展，就必须强化中国人独特的学术个性，必须发挥中国学者独特的优势、利用我们得天独厚的、外国人不可取代的条件进行富有独创性的研究。其中，研究涉及中国的外国文学，就是一个很好的突破口。

从许多方面看，中华民族都是世界上极为重要的族群，中国是一个世界大国。中国的古代文学在世界上影响深远，而近现代的中国的相对落后，与外国列强关涉极深。因此，世界各国文学中，都有与中国有关的作品。这些作品或以中国问题为主题，或以中国为题材，或以中国为背景，或写到了中国人，或对中国及中国人有所涉及、有所描写和有所评论。总之，中国、中国人，在外国文学中占有重要的地位。但是，无论是外国学者，还是我们中国学者，对这类涉及中国的外国文学都缺乏深入的研究。除少数单篇论文外，我们暂时还没有发现有哪一个国家的学者将该国文学中涉及到中国的文学作品，用专著的形式加以系统全面的研究。我们中国学者应该把这类外国文学重视起来。因为我们的读者关心我们的国家和民族、我们的文化在国外的际遇，我们的读者希望通过这类外国作品，了解历史和现实中的外国人对中国及中国人的态度与评价。外国的那些涉及中国政治的、哲学的、历史的著作，对中国的态度评价恐怕远不如文学作品那样具体、生动和富有情感性。涉及中国的外国文学仿佛是外国人手里拿的照出中国及中国人的一面镜子，不管是写实的平面镜还是歪曲的哈哈镜，我们借来揽镜自照，对于了解我们自己，了解照出我们的外国人，都是有用的。所以，我们今天的比较文学研究者，很有必要把涉及中国的外国文学作为一种独特的文学现象，用比较文学和比较文化的方法加以科学的清理和研究。在这方面，我们需要做而没有做的工作实在太多了。例如，中国题材的某国文学的研究，外国作家笔下的虚构的中国人形象的研究，外国作家笔下某一个非虚构的中国人形象的研究，等等，都是有价值的研究课题。其中，涉及中国题材最多的几个国家的文学，如朝鲜、日本、越南等国家的文学，特别需要进行系统全面的研究清理。但是，长期以来，这类研究不管在我国，还是在有关国家，都处于空白状态。笔者承担的"十五"期间国家社会科学研究项目《中国题材日本文学史》，就是试图填补这方面的空白，并想因此积累涉外文学研究的经验。笔者认为，像《中国题材日本文学史》这样的研究课题，有助于从一个独到的侧面，深化中日文化交流史的研究，有助于进一步揭示中国文学、中国文化对日本文学的巨大的、持续不断的影响，有助于中国读者了解日本人如何塑造、如何描述他们眼中的"中国形象"，并看出不同时代日本作家的不断变化的"中国观"。同样的，研究其他国家的中国题材文学史，当然也可以收到这样的成效。

第 14 章

◆◇

比较区域文学史和世界文学史研究

对一定地域、一定时间范围内的文学现象进行总体的、纵向的评述与研究，属于文学史的研究。文学史的研究实际上是文学现象的一种综合性的研究。文学史的研究，是在纵向的时序演进和横向的相互关联中，对文学史现象进行系统梳理、去芜存精、区分主次、甄别轻重、科学分析、客观评价、恰当定位。这种研究本身就与比较文学有着千丝万缕的密切关系。比较文学的学科发生本身，也与文学史研究有着极深的姻缘。当初的"法国学派"的有代表性的学者，都是文学史家，他们是在治文学史的过程中探索和运用比较文学方法的。法国学派的代表人物之一伽列在为基亚写的《比较文学》初版序言中，为比较文学下的定义就是："比较文学是文学史的一支"。

文学史按其研究论述的范围，可分为三种，即国别文学史、区域文学史、世界文学史。

一、国别文学史研究与比较文学

国别文学史是对某一特定国家的文学史所做的研究。国别文学史的写作与研究不一定是比较文学的研究，但是，最好是具备世界文学的视野和比较文学的观念。因为，一个国家的文学往往不是在与其他民族、其他国家隔绝的情况下发展起来的。它可能接受了外来影响，有时候这种影响对国别文学的发展至关重要；它也可能对其他民族、其他国家的文学造成影响，有时候这种影响对外国、外民族来说也至关重要。国别文学的写作必须具备这种开放的世界文学的意识。在我国传统的文学史研究中，学者们体会到文学研究必须运用比较的方法。如汉代郑玄在《诗谱序》中就曾说："欲知源流清浊之所在，则循其上下而省之；欲知风化芳臭气泽之所及，则旁行而观之。此诗之大纲也。"但是这种比较的意识还只是局限在中国文学之内的。20世纪以来，我国学者才开始站在世界文学的高度，自觉地运用比较文学的方法研究中国文学史，出版了上百种中国文学史方面的著作，其中包括文学通史、断代史和专题文学史等。优秀的、经得住时间考验的著作，大都具备世界文学的视野和比较文学的眼光。20世纪头二三十年出现的有关著作，在这方面做出了很好的榜样。黄人的《中国文学史》（1904年）是我国第一部中国文学通史，就较为自觉地运用了比较文学方法；鲁迅先生的《中国小说史略》和《汉文学史纲》，也有明显的比较文学色彩。在谈到六朝志怪小说的时候，鲁迅指出了印度思想的输入对志怪小说所起的作用。胡适的《白话文学史》中，用了两章的篇幅，较深入地论述了印度佛经翻译及其对中国的影响。但是，大部分中国古代文学史著作，在运用比较文学的观念与方法上，有不少的缺欠。特别是20世纪下半期由于政治文化环境的制约，研究者眼界的狭窄，中国古代文学史方面的书大都表现为封闭的格局。这表现为，既没有揭示中国文学对周边民族与国家的影响力，也没有以世界其他国家的相关文学现象为参照，来评价中国作家作品并给予恰当的定位。这是难以令人满意的。例如，谈唐代诗人白居易，而不提他对日本文学的巨大影响，恐怕难以充分估价白居易在世界文学史上的地位。又如，唐代诗人寒山，在现有的所有中国文学史著作中，几乎找不到他的名字。然而，正是寒山的诗，对现代日本文学、美国文学产生了出人意外的影响。这种影响远远超出了其他中国古代诗人对现代国外文学的影响。中国文学史著作如果忽略中国诗人的国际影响，就势必置寒山于文学史著作之外，也就无法正确估价中国文学在世界文学中的地位。在中国近现代文学史的研究中，世界文学与比较文学意识，就显得更为必要和更为重要。必须把中国近现代文学置于世界文学的大背景中，揭示中国文学思潮、流派、运动及作家、作品与外国文学的关系，才能正确揭示中国现代文学在中外文化冲突与融合中，在接受和消化外来影响中发展嬗变的历程。在这方面，现有的大量著作和教科书，虽然做到了，但是做得还很不充分，还不够到位。在分析作家作品时，或因为缺乏相关的外国文学知识，或由于担心谈及某作家与外国文学的关系会对作家的创造性的评价造成妨害，便淡化或者无视来自外国作家作品的影响的分析。同时，在鲁迅、周作人、茅盾、巴金、郭沫若等重要作家的研究和论述中，很少、甚至完全没有讲到他们的翻译文学。这显然不利于揭示一个作家的创作活动的全貌。看来，一部国别文学史著作的学术水准高低，在很大程度上取决于它有无世界文学视野，有没有比较文学的观念和有没有运用比较文学方法。

二、区域文学史研究与比较文学

所谓"区域文学"，是指若干民族和国家文学形成的集合体。由各民族文学的相互交流、相互关联，而使某一地域内的各民族文学出现了一定程度的共通性和相似性，这就形成了"区域文学"。对某一"区域文学"的发展演变进行综合的研究和论述，构成了"区域文学史"的内容。

"区域文学"的形成，是"民族文学"和"国别文学"之间相互交流与影响的结果。一般地说，一个区域文学的形成，要有四个基本的条件。一是地域上的毗邻。这是区域文学形成的客观的自然的前提。我们现在所说的"西欧文学""东欧文学""澳洲文学""中东文学""拉丁美洲文学"等区域文学，首先是从地理上划分出来的；二是政治上的推动。区域内各国在政治上要具有密切的联系，和平条件下的文化交流，甚至战争带来的文化交流，都可能对区域文学的形成有所推动。例如"欧洲文学"区域形成的过程中，有着罗马人、希腊人、日耳曼人、高卢人、斯拉夫人等民族之间的战争与和平及文化上的相互渗透与交流。同样的，战争与和平等不同的政治环境，都从正反不同的方面促进了中东地区各国之间的联系，为文学的区域化形成创造了条件。三是宗教的纽带。民族文学的交流常常需要借助宗教为其载体，有时候宗教传播借助文学形式，有时候文学作品的传播借助了宗教的方式和途径。由于宗教观念常常渗透于文学作品中，同一种宗教信仰对各民族文学的相互接受和理解打下了基础。四是语言上的关联。例如，在以汉文化为中心的东亚文学区域中，汉语在相当长的时期里被朝鲜、日本、越南使用，后来这些民族的语言的形成也受到汉语的启发与影响。语言上的这种渊源关系和亲和力，在东亚文学区域中起到了巨大作用。

区域文学的认定、划分的角度和范围的宽窄可以有所不同，但不可过于细碎。一般认为，在中世纪古典文学时期，在世界范围内大体形成了四大文学区域。即：以汉文化为中心的东亚文学区域；以印度文化为中心的南亚、东南亚文学区域；以犹太文化、波斯文化、阿拉伯—伊斯兰文化三种文化错综交叉的中东文学区域；以古希腊、罗马文化为源头的欧洲文学区域。到了近现代时期，随着拉丁美洲地区、黑人非洲地区和大洋洲地区各民族文学的兴起，也相应地形成了黑非洲文学、拉丁美洲文学和澳洲文学等区域文学。

但上述各文学区域不是互相隔离的，其划分也是相对的。如汉文学区域与印度文学区域之间，以佛教文化为纽带，有着深刻的交流。中国、朝鲜、日本、越南等国的文学，都受到了印度佛教文化及佛教文学的影响。中东文化区域、特别是该区域内的波斯文学，与印度文化、文学，有着多方面的联系。同样的，中东文学区域与欧洲文学区域之间的联系也较为密切，特别是在"希腊化时期"和十字军东征时期更是如此。这些情况说明，四大文学区域的划分是相对的，它们相互之间并不是经久不变的封闭格局。随着时间的推移，亚洲及北非地区的三大文学区域在发展交流的过程中，区域的界限逐渐趋于消融。佛教、印度教、伊斯兰教等宗教，成为遍布东方广大地区的国家性宗教，并对东方各国文学产生了深刻影响。东方各国文学在社会文化背景、思维方式、审美理想、价值取向等方面的一致性越来越明显，越来越显出"东方文化"与"东方文学"的共通性，并与世界文学的另一方——西方文化或称欧美文化——形成对照。在西方，文艺复兴运动后欧洲社会和欧洲文学进入近代时期，欧洲文学以近代工业革命为背景，通过文艺复兴、古典主义、启蒙主义、浪漫主义等几次全欧性的文艺思潮和运动的推动，进一步强化了欧洲各国文学内在的关联，并在18世纪后逐渐波及美洲、澳洲各国，形成了具有广泛相通性的"西方文学"大格局。于是，从大处着眼，可以看出14世纪前后"西方文学"与"东方文学"的两大分野正逐渐趋于形成。世界近现代文学实际上是"东西方文学"两大体系并立的时期。

在区域文学史的研究和写作中，以上述四大文学区域为单元，可以分别写成《东亚文学史》《印度及南亚、东南亚文学史》《中东文学史》或《阿拉伯—伊斯兰文学史》《欧洲文学史》等。也可以以"东方文学""西方文学"两大文学区域的划分为依据，分别进行"东方文学史"与"西方文学史"的研究。国内外学术界关于印度及南亚东南亚文学区域、中东文学区域等方面的研究，仍相当薄弱，几近空白。关于东亚文学史方面的著作，目前的成果也不多。其中，张哲俊的《东亚比较文学概论》，以中、日、朝三国的传统文学为研究内容，系统地梳理了中国文学对朝、日文学的影响以及东亚三国文学之间的共通性。关于《欧洲文学史》或《欧美文学史》的研究，国内外的研究较多。我国在20世纪60年代初出版的、杨周翰等人主编的《欧洲文学史》，在迄今为止国内出版的多种同类著作中，仍然是最好的一种。它将欧洲各民族文学的相关性、联系性，以及在欧洲文学史上的特色和地位，作了清晰、准确的描述和概括。其特点是欧洲文学研究与比较文学研究水乳交融，对后来的同类著作产生了很大的影响。80年代以来，关于东方文学的总体研究，取得了可喜的进展。季羡林主编的长达120万字的《东方文学史》（1995年），李文华主编的《东方现代文学史》（1994年）都是扛鼎之作。笔者的《东方文学史通论》（1994年）试图在已有研究的基础上，强化区域文学的整体观念，突破已有的著作将东方各国文学按古代、中古、近代、现代、当代这样的时序相累叠的办法，将东方文学发展史划分为"信仰的文学时代""贵族化的文学时代""世俗化的文学时代""近代化的文学时代""世界性的文学时代"共五个文学时代，试图为东方区域文学史总结出一个较严整的理论体系，使区域文学史研究中的比较文学方法的优势充分发挥出来。

三、世界文学史研究与比较文学

"东方文学""西方文学"两大体系一旦形成，就在发展自身的同时消解自身。这个消解的动因同样源于东西方文学的交流。在14—19世纪的东西方文学分途发展的五六百年中，东西方文化、文学的关系实际上划出了前后两个阶段。前期，中国文化、阿拉伯文化等对欧洲的近代化变革产生了一定影响。中国的四大发明，阿拉伯所翻译保存的古希腊罗马的典籍，都成为欧洲文艺复兴运动的重要条件；后期——大约是在18世纪以后，工业化了的西方列强开始对东方各国进行政治、经济、文化各领域的殖民主义侵略，东方各国在反抗西方殖民主义的斗争中，也由传统社会向近代社会转折。

因此，18世纪以后，特别是19世纪，东西方在对立冲突中，在分途发展中，呈现出空前密切的联系。东方各国文学在19世纪前后的近代化过程，其实质就是东西方文化在冲突中缓慢融合的过程，就是东方各国引进西方文学、改造传统文学的过程。西方文学与东方文学的先后相继的近代化进程，使东西方文学两大分野逐渐拉近，在差异性中显示出越来越多的共通性。

到19世纪末20世纪初，这种趋势越来越明显了。从世界比较文学史的角度看，此时期东西方文学的两大分野的划分对于理解世界文学史实际上已不再适用。20世纪上半期，由于西方文化与文学的支配性影响，东方文学在完成近代转型后，与西方文学进一步接近。西方现代文艺思潮，如各种现代主义思潮，现实主义思潮，左翼文学思潮等，也进入东方文学，使这些文学思潮成为东西方文学共通的国际文学思潮。东西方文学在剧烈的文化冲突中艰难地实现着文化融合，在传统与现代、东方与西方、民族与世界的矛盾对立中，东方各国文学逐渐地不同程度地"西方化"，同时也不断地探索西化中的民族化道路。20世纪下半期，世界大战结束了，西方对东方的殖民统治也大体终结了，世界基本进入了和平发展的新的历史时期。西方文学仍然对东方文学产生着支配的影响，但东方文学也在继续接受这种影响的同时，将外来的、西方的东西，包括现代西方思潮、西方文体、西方新手法等，加以改造、消化，使之与民族文学传统相融合，并由此探索发展民族文学的更为广阔的途径和道路，出现了世界一流的具有跨文化视野和东方风格的大作家。20世纪泰戈尔在印度文坛的出现，日本文学的繁荣，拉丁美洲文学"爆炸"，黑非洲文学的崛起，事实上已经相当程度地打破了"西方文学中心"的格局。人类文学进入了一个新的时代，即"世界文学"的时代。

我们可以把这个世界文学的特征概括为"相互趋近与多元共生"。所谓"相互趋近"，是指世界各国文学的互相联系的紧密性而言的。在这个时代，不同民族和国家的作品，通过当代快捷的信息传媒，依靠各国之间日益频繁的文化往来，借助越来越成熟化、艺术化的翻译文学，而成为世界各民族文学的共同的精神产品。文学思潮的世界化，审美风尚的全球化，主题、题材、文体形式的国际化，成为世界各国文学相互趋近的主要表征。不过，"趋近"不是"趋同"。"趋近"既不是文学的民族性的消解，也不是放弃文学的民族个性而追求一种抽象的共同性和一体化，它只意味着各国文学的更加开放和包容。因此，"相互趋近"实际上就是中国古代哲人所说的"和而不同"，用现代术语来说，就是"多元共生"。每一个民族每一个国家的文学都是世界文学多元中的一元，它是独特的、无可替代的。此"一元"彼"一元"处于一种互为关联、互为依存的共生关系中，这就是现已形成的"世界文学"的新的格局。德国文学家歌德早在19世纪初就预见并呼唤的"世界文学'，现在实际上已经形成。人类文学已经走进了相互趋近与多元共生的"世界文学"时代。同时，也应该看到，这个时代事实上只不过刚刚开始，由于数百年间形成的东西方文化发展的落差，由于不同的社会制度和意识形态的对立冲突仍然激烈，由于少数资本主义发达国家掌握着文化的"话语霸权"，使得世界各民族文学在深层上的沟通受到制约，而真正完全平等的世界各国文学的"多元共生"，对于许多国家和民族而言，仍是一个艰难的奋斗目标。

世界文学时代的到来，为我们从总体上研究世界文学史提供了充分的必要性与可能性，也提供了前所未有的研究基础与研究条件。所谓世界文学史，就是将世界各国文学作为一个整体，进行宏观研究的文学史。这里的所谓"世界文学"有两个基本含义。一个是指世界各国文学，这也是它的研究范围；一个是指能够作为世界文化遗产、作为全人类的、跨越时空而共享的共同文化财富而加以弘扬的经典作家作品。这也是世界文学史选材取舍的原则尺度和评价标准。同时，世界文学史又是一种比较文学史。所谓"比较"又有两层基本含义。其一是描述世界各国文学在不同历史阶段的相互交流与相互影响的关系，其二是对世界各国文学发展演进的进程、民族特色加以比较研究，并由此寻找出世界文学发展中的某些基本规律，揭示出各民族文学在世界文学总体格局中的特色和地位。可见，世界文学史，其实质是比较世界文学史，也就是自觉地运用比较文学的观念与方法写出的宏观视野的全球总体文学史。研究比较世界文学史，必须处理好世界文学史与国别文学的关系问题。世界文学的研究必须以国别文学的研究为基础，应该充分利用国别文学研究所提供的基本材料，吸收国别文学史研究的成果。同时也应该承认，在文献资料的丰富与翔实方面，在作家作品研究的充分展开方面，与国别文学研究相比较而言，世界文学史并没有优势。由于论述范围的广大和篇幅的限制，世界文学史所能吸收和容纳的文献资料是相当有限的。如果由个人独立撰写世界文学史，那他所掌握的语言语种更为有限；即使多人写作，语言语种上的制约仍然很大。因而世界文学史的写作不可能完全运用第一手资料，尤其是在作品的研读上，不得不使用译本。然而，尽管有这些局限和困难，世界文学史的综合研究仍然是必要的，仍然有着它的用处。世界文学史有着国别文学史难有的宏观视野，它可以取得一个理论制高点，它可以体现出人们对于世界各国文学由分到合、由个别到一般、由局部到整体的认知需要。没有国别文学史研究的基础，世界文学史就成了无源之水；而没有世界文学史的整体布局，国别文学则无从定位，也就失去了深入认识自身的外部参照。

看来，研究和撰写世界文学史的关键环节，是要在各民族文学发展演进的纵向比较中，找出世界文学史共通的发展规律；同时，还要在各民族文学的横向比较中，认识各民族文学的特性。而要做到这一点，就要用研究者的思想来处理材料，就必须要建立一个严整而又开放的逻辑的、理论的体系框架，否则，像通常所做的那样，按照历史线索把世界主要国家和民族的文学编在一起，那还只不过是国别文学的简单相加，是"世界文学简编"，而不是严格意义上的"世界文学史"，还不能体现世界文学史的学术性质和研究宗旨。

外国学者有不少世界文学史、比较文学史方面的著作。在我国影响较大的有两本。一本是美国人约翰·马西的《世界文学史话》（原题 *The Story of World's Literature*，胡仲持译，开明书店1931年）；另一本是法国人洛里哀的《比较文学史》（傅东华泽，商务印书馆1930年）。两书——特别是后者——都运用了比较文学的方法来写世界文学史。但在整体上仍缺乏严整的理论体系。它们或以一般世界历史所习用的古代、中世纪、近代、现代的时期划分法，或单纯以时间线索来安排章节。更为严重的是，这些著作表现出了明显的西方中心论的偏见。东方文学在他们的著作中或者作为一种古老的背景，或者一略而过。郑振铎先生30年代出版的《文学大纲》，是我国学者撰写的第一部世界文学史，虽然在体例框架上大都延用了上述西方学者的模式，但它近百万字的篇幅规模，它对东方文学的重视，它的比较文学方法的运用，直到现在都难以超越。近二十年来，我国的有关外国文学史、世界文学史方面的教材、专著出版了多种，但可惜并没有在郑振铎的《文学大纲》的基础上有多大出新。自觉地运用比较文学观念与方法撰写的有关著作，尤其少见。20世纪90年代初以后出版的《比较文学史》和《世界文学发展比较史》两种教材都具有强烈的比较文学史的写作意识，但可惜在理论体系的构建上未见突破，仍保留着以往的外国文学史教材的板块分割的格局。鉴于世界文学史研究的这种现状，笔者与陈惇、刘象愚教授合作主编的《比较世界文学史纲》（江西教育出版社2002年）在这方面做了尝试与探索，我们为《比较世界文学史纲》设计了一个新的理论框架体系，这个体系以四个基本范畴——民族文学、区域文学、东西方文学、世界文学——为中心，以这四个基本范畴所形成的平行（横向联系）递进（纵向嬗变）关系为支撑，描绘出了世界文学史的基本面貌。全书分上中下三册。三册的标题分别为"世界各民族文学的起源与区域性文学的形成""东西方文学的分途发展""世界各民族文学的相互趋近与多元共生"。

　　由于不同的研究者对世界文学史的把握方式不同，《世界文学史》的写法就不会是一种模式。但无论如何，《世界文学史》的研究都必须表达出研究者对世界文学总体发展规律的认识和理解，体现出世界文学史总体研究与比较文学研究的有机结合，世界文学史的纵向演进与各民族文学、各地区文学的横向交流、横向联系的有机结合。这是比较文学与世界文学研究者需要不断努力的目标。

附　录

21 世纪的比较文学研究：回顾与展望 ^①

　　中国的比较文学从近代发轫，20世纪30—40年代兴起，到80—90年代的繁荣，其间走过了百年历程。到80年代，成立了全国性的学会，有了专门的学术期刊，许多大学的中文系成立了比较文学的研究所或教研室，招收比较文学的硕士乃至博士研究生。连中国比较文学的学科史的著作都出了至少两种。可知学科的积累已达到了可以撰"史"的可观的程度。仅就近二十年来的情况看，在文学研究，乃至整个人文科学领域，比较文学也是最活跃、最有生机的新兴交叉学科之一。

　　但是，在世纪之交回首比较文学学科发展进程、特别是近年来的学科现状的时候，我们也不能回避其中存在的问题。

　　近二十年来，比较文学的"理论"提倡非常繁荣，这在学科重整初始是必然的和必要的。多写一些什么是比较文学、怎样进行比较文学研究的文章，是有益的。而且比较文学的理论本身也有自给

　　① 原载《文艺报》1999年5月13日；《中国人民大学报刊复印资料·文艺理论》1999年第7期。

自足的价值。但问题在于"理论"过热，而具体扎实的学术研究却相对冷清，使得整个学科的学术氛围显得有些浮躁。如，不做具体的比较文学研究，却可以大谈比较文学的"方法"是什么，"如何进行比较文学的研究"；对一国特别是某一外国的文学还没有深入的了解和研究。却可以大谈"中外文学比较"。更有许多研究者对建立所谓比较文学的"中国学派"问题，具有持续不减的热情，发表大量大同小异的文章，来标举"中国学派"，仿佛只要打出旗号，一个"学派"就诞生了。有的专业刊物，似乎对研究具体问题的比较文学论文不那么感兴趣，而是连篇累牍地刊登"学派"问题、方法问题、西方的各种"主义"与比较文学的关系等问题的文章。这些文章并非都没有用处，但是，太多则滥。这种"理论先行"的现象，造成了比较文学繁荣现象中的许多泡沫。有时候看起来很热闹，但读完之后，却使人生起一种寂寞之感。这种情况不禁使人想起胡适在五四时期说过的一句话："多研究些问题，少谈些'主义'"。当时来看胡适的这话未必正确，但现在用这句话来忠告我们的比较文学界，似乎没有什么不妥。

因此，21世纪的比较文学研究要推进，要发展，就应该由谈"主义"走向"研究问题"。当然，"主义"不妨继续有人来谈，但更多的精力应该投入到问题的研究中。因为在中国，和其它的文学研究的学科领域比较而言。比较文学似乎可以说是"问题"最多、空白点最多的学科。记得搞现代文学研究的一位朋友说：如果说中国现代文学是一座山，那么山上的任何一块石头没有不被人摸过的。如果我们借用这个比喻，也把中国比较文学研究比作一座山，那么可以说山上的石头肯定有很多是没有被人摸过的，只有几条被踩出的小路而已。更多的人喜欢站在山下讨论着如何上山。许多迫切的课题没有人来研究，重要的题目没有人来做，不少困难的领域等待开拓和解决。而且，有些问题，只有我们中国的学者——而不是外国人——才有条件、有优势、有能力研究好。如，中国文学与外国文学的关系中的大量问题，中国的翻译文学问题等。凡以中国文学为中心的比较文学研究。必待中国学者来完成。这些问题如果扎扎实实地研究好了，所谓"中国学派"不必提倡，不必呐喊，便自然形成。

例如，中国的翻译文学的研究。翻译文学在国外的比较文学研究中非常受重视。中国是翻译大国，五四以来，翻译文学的数量在全部文学出版物中占了约三分之一，对我们的作家和广大读者，都有重大的影响。但是长期以来，翻译文学的研究与翻译文学的繁荣形成了很大的反差。已经出版的上百种中国近现代文学史的专著和教科书，都没有翻译文学的位置。1988年出版了中国第一部《中国现代翻译文学史》，由于论述的范围很宽，且篇幅有限，因此只能是一个综述性的著作。郭延礼教授最近出版的《中国近代翻译文学概论》，资料详实，填补了一个空白。而要从文化、文本、译本等多角度来研究的翻译文学史，最理想的是按国别文学翻译来划分，由熟悉某国语言文学，同时又熟悉中国文学的人来写作，如《中国的英美文学翻译史》《中国的俄国文学翻译史》《中国的法国文学翻译史》《中国的日本文学翻译史》……等等。但是，直到现在，这样的研究似乎还没有全面展开。据我所知，中国的英美文学翻译史，已有谢天振教授在研究；中国的日本文学翻译史，我已写完，待出版。但愿其它方面的研究，也有人做起来。

中外文学关系史与中外文学的比较研究，是比较文学研究中的基础工程。二十年来，我们已经取得了不少成果。除了《1898—1949中外文学关系史》《20世纪中国文学与西方现代主义文学思潮》等覆盖面宽的著作之外，在中国与外国的某一国别的文学比较研究方面，也有不少成绩。如，在中日文学比较研究方面，有严绍璗的《中日古代文学关系史稿》、王晓平的《近代中日文学交流史稿》、王向远的《中日现代文学比较论》等专著；在中俄文学方面，有陈建华的《20世纪中俄文学关系史》等；在中法文学方面，有金丝燕的《文学接受与文化过滤——中国对法国象征主义诗歌的接受》、钱林森的《法国作家与中国》；在中德方面，有卫茂平的《中国对德国文学影响史述》等。花城出版社在90年代初还出版了一套十卷本的《中国文学在国外丛书》，但是，仍有许多的空白尚待填补。如中印文学关系，中美文学关系，中国现代文学与德国文学，法国文学与中国现代文学等，都还没有得到系统的清理和总结。

还有跨学科的比较文学研究，即自然科学、哲学、宗教、艺术、心理学、民俗学等学科与文学的比较研究。在这方面，二十年来我们收获最大是佛教与中国文学的关系研究。这方面的研究可以说是中国学者有得天独厚的条件，因为佛教在原产地印度，对文学的影响远不如中国这样大，把这个问题研究好了，就能够体现中国比较文学的特色。现在的问题是，在一部著作中进行文学与另一个学科的比较研究，弄不好往往会大而无当，所以应该将跨学科研究的问题具体化，用跨学科研究所提供的视角与方法，来研究某些具体的问题。我在自己的学术研究中力图具体化，如我写的在今年5月即出版的《"笔部队"和侵华战争——对日本侵华文学的研究与批判》①一书，从比较文学的角度看，就属于战争与文学的跨学科研究；我现在正在着手研究的《中国近现代国难文学史》②，则是历史学、外来侵略与中国文学的跨学科研究，姑且算作将跨学科研究具体化的一种尝试。

再就是比较诗学、即中外文艺理论的比较研究。二十年来，这方面的研究在中国很受重视，这似乎与文艺理论专业出身的人搞的比较文学研究的较多有关系。现在出版的有关著作，多是讲"中西"或"中外"。在一部著作中讲"中西"甚至"中外"，范围往往失之宽泛，结果只能是概论性的，以钱钟书那样的通才，在著作中也只是涉及了"中西"。要在下一世纪③推进比较诗学的研究，就不能满足于概论性的著作，就必须使研究专题化。目前已经出版了《中英比较诗学》《中英比较诗艺》等专题性的著作，但这样的著作还嫌太少。如中国与日本的文艺理论从古到今关系密切，法国的文艺理论、苏联的文艺理论对中国现代文论影响都不小，但直到现在，这方面的著作还未见出现。

21世纪中国的比较文学应该是怎样的，我不敢作预言家，妄加推测。不过是借《文艺报》之一角，回顾以往，提出问题，对下一世纪④的比较文学寄以憧憬与希望罢了。

---

① 本书已于2002年由北京师范大学出版社出版。——编者注
② 本书已于2002年由上海人民出版社出版。定名为《中国百年国难文学史（1840—1937）》。——编者注
③ 本文写于1999年，此处"下一世纪"即指21世纪。——编者注
④ 本文写于1999年，此处"下一世纪"即指21世纪。——编者注

"阐发研究"及"中国学派"：文字虚构与理论泡沫^①

　　关于"中国学派"问题的提出、讨论，可以说是中国比较文学学科理论构建过程中最具有"中国特色"的现象。所谓"中国学派"，是70年代最早由台湾学者提出来的。80年代后，大陆许多学者对"中国学派"发表了自己的看法。关于这些情况，现在已经出版的几乎所有的比较文学学科理论的教材和专著都有专章或专节的述评，其来龙去脉不必多说。总括起来，学界关于"中国学派"问题大致有如下的三种意见。

　　第一种意见，表示中国的比较文学应该有自己的学派，但认为中国学派是一种可供"展望"的设想和远景。老一辈学者季羡林、杨周翰、贾植芳等先生，大都持这种看法。如季羡林在1985年的一次会议上说："有的外国朋友，还有不少中国的学者都提出了形成比较文学中国学派的问题。我个人还有许多朋友都认为这种意见是非常正确的。我们中国的比较文学学者一定要努力地工作，努力地学

---

　　① 原载《中国比较文学》2002年第1期。

习，向着这个方向发展。"[1]

第二种意见，对"中国学派"的提法持审慎的态度。如严绍璗先生起初也表示赞成"中国学派"的提法，但后来他意识到："研究刚刚起步，便匆匆地来树中国学派的旗帜。这些做法都误导中国研究者不是从自身的中国文化教养的实际出发，认真读书，切实思考，脚踏实地来从事研究，而是堕入所谓'学派'的空洞概念之中。学术史告诉我们，'学派'常常是后人加以总结的，今人大可不必为自己树'学派'，而应该把最主要的精力运用到切切实实的研究之中。[2]王宇根先生认为："提不提'学派'大可商榷。原因有三：第一，比较文学向来主张多中心，多视角，提倡不同理论主张和不同视域的融合，学派这一概念隐含着将视域圈定在某个中心之内的危险，与比较文学的基本精神不合。……第二，就中国比较文学研究而言，同样可以存在多种流派、多种理论、多种方法。……第三，值得注意的是，学派在历史上是自然形成的……能不能形成一派，历史自会有公正的评说。"[3]

第三种是大力鼓吹"中国学派"，并且认为中国学派已经形成。近年来又为中国学派总结了一整套的"理论体系"。

众所周知，"中国学派"是与所谓"阐发研究"密切联系在一

---

① 季羡林：《在中国比较文学学会成立大会暨首届学术讨论会上的开幕词》，《中国比较文学年鉴》，北京大学出版社，1987年，第29页。

② 参见严绍璗：《双边文化关系研究与"原典性的实证"的方法论问题》，《中国比较文学》1996年第1期。

③ 参见乐黛云等《比较文学原理新编》，北京：北京大学出版社，1998年，第59—60页。

起。台湾学者古添洪、陈鹏翔在1976年出版的《比较文学的垦拓在台湾》一书的序言中说：

> 我国文学，丰富含蓄，但对于研究文学的方法，却缺乏系统性，缺乏既能深探本源又能丰实可辨的理论；故晚近受西方文学训练的中国学者，回头研究中国古典或晚近中国文学时，即援用西方的理论与方法，以阐发中国文学的宝藏。由于这援用西方的理论与方法，即涉及西方文学，而其援用亦往往加以调整，即对原理论与方法作一考验、作一修正，故此中文学研究亦可目之为比较文学。我们不妨大胆的宣言说，这援用西方的理论与方法并加以考验，调整以用之于中国文学的研究，是比较文学中的中国（学）派。[①]

"中国学派"的提法曾鼓舞了中国比较文学研究者们的热情，起了积极的作用。但是一开始，它的普遍可行性就受到了许多中外学者的异议和否定。对此，孙景尧先生很早就一针见血地指出：

> 将它（阐发研究）定之为"比较文学的中国学派"，则失之偏颇了。因为，首先这种说法本身就是不科学的，是以西方文学观念的模式来否定中国的源远流长的、自有特色的文论与方法论。西方文论是建立在西方文学及文化的基础上的，而西方文学与文化背景又是同中国文学与文化背景截然不同的两大

---

① 古添洪、陈鹏翔：《比较文学的垦拓在台湾》，台北：台北东大，1976年。

体系，因此，用它来套用中国文学与文化，其结果不是做削足适履式的"硬比"，就是使中国比较文学成为西方文化的"中国脚注"。这就从一开始就陷入了比高低、比优劣的为比较而比较的庸俗比附泥淖中去。①

对于这种质疑，陈鹏翔后来回应说："我们考验、修正并且扩展西方文学理论和方法的适用性，这是主动性的作为，对文学研究有绝大的贡献，怎么会'使中国文学（变）成西方文论的'中国脚注本'？"②

所谓"考验、修正并且扩展西方文学理论和方法的适用性"，这个提法、这种做法固然"是主动性的作为"，但其实质仍然是以"西方文学理论"为本体、为中心的。是以中国文学为具体材料，以西方理论为方法，其目的仍然是为了"考验、修正并且扩展西方文学理论和方法的适用性"。正如提倡"阐发法"的曹顺庆教授所说："'阐发法'首先关注的是西方文论的普遍有效性。"③既是如此，那就好比以西方的斧头砍中国的柴，"考验"西方的斧头快不快；而在运作过程中，往往是要说明"西方文论的普遍有效性""适用性"。"适用"西方理论者则用，不"适用"者则回避不用。中国的比较文学若以此为"中国特色""中国学派"，那到头来还有什么"特色"可

---

① 孙景尧：《简明比较文学》，北京：中国青年出版社，1988年，第111页。

② 陈鹏翔：《建立比较文学中国学派的理论与步骤》，载《中国比较文学学科理论的垦拓——台港学者论文选》，北京大学出版社，1998年，第152页。

③ 曹顺庆：《比较文学中国学派基本理论特征及其方法论体系初探》，《中国比较文学》1995年第1期。

言？还有什么"学派"可言呢？对此，叶舒宪教授正确地指出：这种援西释中的"阐发法"的结果"难免使所谓'中国学派'脱离中国民族本土的学术传统之根，演化为在西人理论之后亦步亦趋的模仿前行的西方学术支流。……我们仍然不能说这一模式便是通向中国学派的理想途径……（阐发法）对创建'中国学派'实际上有极不利的一面"。[①]虽然有的学者提出，"阐发"不应该是"单向阐发"，而应是"双向阐发"，也可以用中国文学来阐发西方文学。但是，既然前提是中国"缺乏系统性，缺乏既能深探本源又能丰实可辨的理论"，又拿什么去"双向阐发"呢？事实上，到目前为止，似乎还很难找到以中国文学阐发西方文学的研究论文，即使在学贯中西的钱钟书的著作中也很难找到这样的例子。

大陆学界热衷提倡"中国学派"及"阐发研究"的，首推曹顺庆先生。他在近十多年中发表了一系列大同小异的谈"中国学派"的文章，[②]反复不断地力主"中国学派"，并认为"中国学派的理论特点和方法论体系，实际上已经显露雏形，呼之欲出了。"他将"阐发法"作为中国学派的特色，有时又将"跨文化"作为"中国学派的根本特色"。他还在《比较文学中国学派基本理论特征及其方法论体系初探》一文中，总结了中国学派"跨文化研究"的五种方法：

---

① 叶舒宪：《比较文学"中国学派"的根基》，《中外文化与文论》第1辑，第109页。
② 如《比较文学中国学派基本理论特征及其方法论体系初探》，载《中国比较文学》1995年第1期；《"泛文化"：危机与歧路；"跨文化"：转机与坦途——再论比较文学中国学派》，载《中外文化与文论》1996年第2辑；《跨越第三堵墙，建立比较文学中国学派理论体系》，载《中外文化与文论》1996年第1辑；《阐发法与比较文学"中国学派"》，载《中国比较文学》1997年第1期等。

如果说法国学派以"影响研究"为基本特色，美国学派以"平行研究"为基本特色，那么，中国学派可以说是以"跨文化研究"为基本特色。如果说法国学派以文学的"输出"与"输入"为基本框架，构筑起由"流传学"（誉舆学）、"渊源学"、"媒介学"等研究方法为支柱的"影响研究"的大厦；美国学派以文学的"审美本质"及"世界文学"的构想为基本框架，构筑起了"类比"、"综合"及"跨学科"汇通等方法为支柱的"平行研究"的大厦的话，那么中国学派则以跨文化的"阐发法"，中西互补的"异同比较法"，探求民族特色与文化根源的"模子寻根法"，促进中西沟通的"对话法"，旨在追求理论重构的"整合与建构法"等五种方法为支柱，正在和即将构筑起中国学派"跨文化研究"的理论大厦。①

这主张甫一提出，就有人为之喝彩。有的说，曹文的发表"无疑宣告了比较文学中国学派走向成熟"；有的说，这表明"比较文学中国学派已经开始站稳了脚跟，取得了理论上的制高点"；有的说，曹文一经发表，"应该说关于这一热点问题的探讨基本尘埃落定"，云云。近些年，有的比较文学学科概论的教材和著作，也匆忙地将"阐发研究"单列章节，加以论述。在一些人看来，"阐发研究"俨然是"中国学派"值得自豪的专长。

---

① 曹顺庆：《比较文学中国学派基本理论特征及其方法论体系初探》，《中国比较文学》1995年第1期。

然而，事情远不是这样简单。

首先，能否把所谓"跨文化"研究作为中国学派的"基本理论特征"呢？不能！谁都知道，比较文学研究——无论是中国的还是外国的——本质上都是"跨文化"的文学研究。这是比较文学理论上的常识，也是任何形式的比较文学研究的基本的、共同的前提与特征。每一个民族和每一个国家都有自己独特的文化。"法国学派"的比较文学研究早就跨越了法国文化与英国文化、德国文化、意大利文化、俄罗斯文化……，后来的"美国学派"不但跨越了民族文化和国别文化，而且还跨越了"洲际文化"——欧洲文化与美洲文化。也许有人会反驳说：我说的"跨文化"指的不是这些，而是所谓"跨越东西异质文化"。可是，"东西异质文化"这个提法本身就是似是而非的。任何不同的民族文化都有其质的规定性，相比之下都可以说是"异质"的。东方和西方的文化当然也是"异质"的。而且，西方诸文化之间的差异、东方诸文化之间的差异，有时比东方与西方文化的差异还要大。例如，仅以文学而论，东方的中国与日本文学之间的差异，甚至大于中国文学与西方文学之间的差异。因此，不能简单化地认为东方文学之间的质的差异、西方文学之间质的差异就小于东西方之间的差异，或认为只有东西方文化才是"异质"的。另一方面，在比较文学研究中，"跨越东西异质文化"的，也不光是中国，日本、韩国、印度、阿拉伯伊斯兰各国，还有非洲、拉美各国，他们的比较文学研究都势必需要"跨越东西异质文化"。仅以日本来说，它们的比较文学研究比中国搞得早，近百年来没有中断，其研究成果蔚为大观。如果也要提出一个比较文学的"日本学派"，那么它的特征之一恐怕也是"跨越东西异质文化"。看来，把所谓"跨文化"研究作为中国学派的"基本理论特征"，这个提法本身就缺乏"跨文化"的广阔的世界视野。季羡林先生早就指出："只有把东方文学真正地纳入比较文学的研究范围，我们这个学科才能发展，才能进步，才能有所突破，才能焕发出新的异样的光彩，才能开阔视野。"① 只提"中西"及中西比较文学，不提中国与日本、韩国、蒙古、越南、印度等亚洲各国文学的比较研究，有意无意地忽略了西方之外的东方，忽视东方比较文学在中外比较文学中的重要性，就陷入了"西方—中国"的两极、两元对立的思维模式中。这恐怕也是另一种形式的、无意识的"西方中心论"吧。

用西方的理论阐发中国文学，是20世纪中国文学研究的主流。例如近代王国维用叔本华哲学阐发《红楼梦》，最近二十年又用各种各样的时髦的西方理论阐发中国文学，……可以说，一百多年来的中国文学研究，基本上使用的是外来的理论和方法，纯用中国传统理论来研究中国文学者，难以例举。总之，要是从"阐发"这个角度看问题，那么20世纪中国的这些文学研究就都属于"阐发研究"。然而，我们因此就能说20世纪中国文学研究都是"比较文学研究"吗？如果"比较文学研究"就等同于"文学研究"，那我们还提"比较文学"干什么？杨周翰先生说过，阐发研究"这种方法和比较文学的方法有一致的地方"② 。这是一个审慎的、正确的表述。"阐发法"与比较文学仅仅是"有一致的地方"罢了。它与比较文学有些重合和交叉，甚至我们可以把它视为比较文学的边缘地带，它却不是严

---

① 季羡林:《在中国比较文学学会成立大会暨首届学术讨论会上的开幕词》，载《中国比较文学年鉴》，第29页。

② 杨周翰:《镜子与七巧板》，北京:中国社会科学出版社，1990年，第8页。

格意义上的比较文学，更不能把它作为比较文学"中国学派"的特征。

后来，曹顺庆先生又对"阐发法"做了区别和限定。他在《阐发法与比较文学"中国学派"》一文中解释说："例如不少中国文学史将西方浪漫主义、现实主义概念运用于中国文学，根本不考虑这些概念与中国文学实践是否吻合，更没有对西方理论加以'调整'、'考验'和'修正'，而是硬性套用，这实际上是将西方理论强加于中国文学……如果说这也叫'阐释'的话，那只能叫'顺化阐释'，或者叫'奴化阐释'。这里只有服从、顺从式的运用或套用，而没有跨文化意识的对话和互释，因此它没有也不可能有比较文学的效果。这从反面进一步说明了'跨文化'的意识是'阐发法'之所以成为比较文学中国学派的基本特征的根本原因。"这种说法，也不免叫人另生疑问。一方面反对"奴化阐释"，另一方面又举出了用西方浪漫主义、现实主义概念来阐释中国文学的例子。可是这个例子恰恰表明，借用西方浪漫主义和现实主义的概念，却不是拘泥于这两个概念在西方原有的思潮与流派的属性，而仅仅把它们理解为一种风格、一种创作倾向，这不但不是对西方的"硬性套用"，而是对西方的东西加以"调整"和"修正"。这种做法和曹顺庆先生等提倡的"阐发法"没有什么不同。看来，"阐发法"无论是对西方理论加以"调整""考验"和"修正"，还是"硬性套用"，其实质并无不同。"阐发法"就是"阐发法"，就是用西方理论来阐发中国文学。我们没有必要，也不可能对"阐发"一分为二，"加以区别对待"。"阐发法"当然有一个运用得好不好的问题，但是我们不能以运用得好坏来决定是否把它归于比较文学。那样，就势必使比较文学的研究范围的认定更加丧失基本标准，更加混乱。正如不管"平行研究"方法运用得好坏，都是比较文学研究；而无论"阐发法"运用得好不好，它仍然不是比较文学研究。

至于曹先生提出的"中国学派"的另外四种方法——异同比较法、模子寻根法、对话法，整合与建构法——实际上是其它民族和国家的比较文学研究都可能，也应该通用的方法，而不是中国学派独有的方法。试想，无论什么学派、哪国的学派，它的比较文学研究没有"异同比较"，没有与外部文化的"对话"，没有对民族文学特色的"寻根"，没有比较研究后的"整合与建构"呢？

还必须指出，把"阐发法"作为比较文学"中国学派"的"特征"，把它提到了凌架于一切之上的地位，与中国比较文学的研究实践也不相符合。钱钟书先生早就指出："不同国家的文学之间的相互关系自然是典型的比较文学研究领域。"[①]我国比较文学研究的"典型领域"也是中外文学关系的研究。笔者粗略地统计过，近20年来，这种"典型的比较文学研究"在我国比较文学研究的全部论文中占了一多半，这方面的研究专著也占全部比较文学研究专著的一多半。而且许多学风严谨、资料扎实、观点科学、经得住推敲和考验的学术精品，大都出在这个领域。这是有目共睹的事实。而且，中外文学关系史中的许多领域、许多问题还没有被涉及到，还有待今后的研究。可以预料，在今后相当长的时期内，我国文学与外国文学——包括东方各国文学、西方各国文学——的影响研究，作为比较文学研究的极其重要的领域，仍然会得到比较文学学者的重视。

---

① 张隆溪:《钱钟书谈比较文学与"文学比较"》,《读书》1981年第10期。

而我们要"总结""中国学派的基本特征和方法论体系",又怎么可以不顾及中国比较文学研究的这一历史、现状与未来呢?单拈出一个"阐发研究",根本不能概括我国比较文学的历史,也不能概括现状,更不能指导和预测未来。而且,以"阐发研究"作为"中国学派的基本特征",那就无异于将不属于"阐发研究"的比较文学研究摒于"中国学派"之外,这种做法对我国比较文学研究来说,是不公平的。

不过应该承认,上述所有关于"中国学派"的意见和观点,其出发点都是为了发展中国的比较文学学术事业,动机是良好的。它的提出,起到了活跃比较文学的学术气氛的作用,这是值得肯定的。但是,"学派"形成的过程是一个漫长探索的过程。如果急于为"中国学派"做过度的阐释和超验的定性,匆忙地为比较文学"中国学派"制订什么"独特的理论和方法论体系",这就不免带有相当大的虚拟性,其理论价值也大打折扣。而且将中国学派的"特征"固定在一个"阐发性"之类既模糊、又狭窄的地带,则可能对青年学子产生误导作用。因此,对"中国学派"的阐释和总结必须三思而行。应当明确,科学研究的对象和方法是没有国界的,比较文学作为一种科学研究也同样不能因国别的不同而有对象与方法的区别;比较文学学派的划分,也不能简单地以研究方法、研究对象为依据。一切科学研究的不同因素是研究者,即研究主体的不同。研究者的科研条件与环境,研究者的出发点、立足点、独特的思路、视角,以及由上述条件决定的独特的创新的成果,由大量创新的成果所体现出整体的研究实力、学风和整体的学术风格,这就形成了"学派"。"中国学派"也只能在这些方面、通过这样的方式来形成。

长期以来，我国的比较文学的研究实践已经表明："立足于中国文学的中外比较文学研究"，是中国比较文学研究的特征，也可能是"中国学派"的特征——如果非要给"中国学派"总结出"特征"来的话。"立足于中国文学"，就表明了中国比较文学研究者的独特的环境和氛围、立场和出发点，而"中外比较文学研究"，又概括了多少年来我国比较文学的独特的创新的成果。这个概括在一些喜欢理论"阐发"的人看来，也许太简单、太朴素、太不够"理论"，但这一句话，比起一整套的理论体系来，也许要实在得多。

逻辑·史实·理念

——答夏景先生对《比较文学学科新论》的商榷[①]

　　《中国比较文学》杂志2003年第3期推出"比较文学教学和学科理论建设"这一新的栏目。该栏头条发表了署名"夏景"的文章《教材编写与学术创新——兼与王向远教授商榷》(以下简称"夏文"),对我的《比较文学学科新论》(以下简称《新论》)一书提出了商榷。读后感觉夏文的批评态度是学术的,是与人为善的,我感谢作者肯花时间阅读拙作,并提出意见,我感到夏文对《新论》的肯定之处,对我是一种鼓励;对《新论》的批评之处,则是对我的帮助。所以在此向夏文的作者表示真诚的谢意。但"学术乃天下公器",决非批评者和被批评者双方的私事,其中涉及到的一些问题,特别是学术批评中的逻辑思维及概念命题的界定问题,比较文学学科史上的史实运用问题,教材的撰写理念问题,对学术研究和学科教学都具有普遍性。所以我考虑再三,还是决定以"逻辑·史实·理念"为题,把我与夏文的不同看法和我所看出的夏文中的一些问题写出来,以供夏景先生和比较文学界的同行朋友们参考和

批评。

首先，夏文对我的"只有好的学术著作才配用作教材"提出质疑，说这种说法"未免把事情推向极端了，我们认为这个问题是否可以这样来提：好的教材有可能同时成为一部好的学术著作……但好的学术著作未必就是一部好的教材（这样的例子恐怕不胜枚举了）"。夏先生说得对，我完全赞同。但使我困惑的是，您是怎样从我的"只有好的学术著作才配用作教材"这句话中，推导出我是主张"好的学术著作就是一部好教材"这样的意思来的呢？

为了对比起见，下面把我的那句话（A）和夏文的推导出的那句话（B）排在一起：

　　A：只有好的学术著作才配用作教材
　　B：好的学术著作就是一部好的教材

这显然是两个不同的判断命题，稍有逻辑学常识的读者一望可知，本来毋需词费。我说"只有好的学术著作才配用作教材"，意思很清楚，就是凡有资格作教材的，都必须具有"学术著作"的品格，而且是"好的学术著作"的品格，那种拼拼凑凑、"只编不著"的东西，决不能算是"好的教材"。但这并不意味着说"好的学术著作就是一部好的教材"。我说的是"才配用作教材"，是说只有在"好的学术著作"中才能出现可以用作教材的东西。换言之，能够用作教材的东西应该到"好的学术著作"中去寻找，而并不是说好的学术著作就等于是教材。但夏文却把我的这句并不复杂、也不晦涩的话，做了逻辑上的曲解。很显然，曲解后的"好的学术著作就是一部好教材"这一命题是有失"偏颇"的，而且"未免把事情推向极端了"，只是，"把事情推向极端"的，恰恰是由夏景先生自己的曲解造成的。

同样是关于教材性质的看法。夏文说：教材和专著——

> 两者所负的使命不同，教材负有把某门学科的基本知识（或理论）全面传授给学生的责任，而专著只要把作者本人的学术创见阐述、论证清楚即可完事。好的教材当然也应该有学术上的创新，但这种创新应该建立在全面归纳、整理学科基本知识（或理论）的基础上，而不是置学科的基本知识（或理论）于不顾，一味只求阐述个人的学术见解。

这段话是似是而非的。"是"的地方是，教材确实是要把某一学科的基本知识和基本理论传达给学生；似"是"而"非"的地方在于：作者的判断显然是建立在"一门学科的基本知识（或理论）是完全确定了的、甚至是完备的"这一判断的基础之上的。众所周知，一些传统的老学科——例如文艺学、美学、中国古代文学等等——的基本知识和基本理论一般是相对确定的，属于基本的常识。依照施教的对象，教材应该把这些基本知识和基本理论传授给读者。但还有另外一些学科的情况，夏文似乎没有考虑到。那就是有些学科属于新兴学科，或由于学科研究的历史不长，其基本知识或基本理论是还处在形成过程中、探索过程中，并不是完全确定的或定型的。在这种情况下，这门学科的教材必须对已有的"学科的基本知识（或理论）"进行检讨和反省乃至批判吸收，而不能（也不应该）过早地把已有的东西定型化，模式化，把现有的东西视为不可逾越的雷池。问题是，比较文学是传统老学科呢？还是相对较新的学科？我在《新论》的序中说："比较文学是一门较年轻的学科，而比较文学学科理论则相对更加年轻。如果从法国学者梵·第根的《比较文学论》算起，也只有七十来年的时间。"至于我国的比较文学学科理论，则是上世纪80年代以后才搞起来的，只有二十来年的时间。中外比较文学学科理论的诞生如此的短，比较文学基本知识或理论正在积累和构建之中。因而，像某些传统老学科那样的约定俗成、众所公认、只能守成、不可触动的东西，在比较文学学科理论中是相对较少的。即使是传统老学科，中外新一代学者都在努力寻求突破和创新，何况比较文学这样的较新学科，哪些知识是"基本知识"，哪些理论是"基本理论"，并没有完全统一的看法，国内现有的几种有特色的教材（只"编"不"著"的另当别论）就不太统一，这就很能说明问题了。尽管如此，我在撰写《新论》的时候，一方面考虑到它的"导论"或"原理"的性质，另一方面考虑到它作为一部个人专著，虽非严格的现有意义上的"教材"，但毕竟还是打算把它"用作教材"，那就应该把学科的基本知识和基本理论讲清楚。"基本知识"是什么？依我的理解，它似乎应该包括中外比较文学学科史上重要人物的重要论点及其评析，特别是中外理论家创制的学科理论的基本范畴、概念和术语，例如"跨文化""跨学科""影响研究""平行研究""主题学""媒介学"等等之类，"基本理论"是什么呢？依我的理解，比较文学的"基本理论"就是要讲清三个问题：一，什么是比较文学（内涵和外延）？二，它的研究方法是什么？三，它的研究对象是什么？《新论》也相应地分"学科定义""研究方法""研究对象"三章。我认为，夏文所说要求的"把某门学科的基本知识（或理论）全面传授给学生的责任"，我在《新论》中是自觉而又努力地争取尽到的，如果没有尽到这个责任，是我的学术水平所限，而决不是因为我没有意识到教材应该尽到这个责任，更不是夏文所说的"置学科的基本知识（或理论）于不顾，一味只求阐述个人的学术见解"所造成。尽管夏文对这句话作了一条尾注，表示"这个观点是一般而论，并非专门针对王教授的'新论'"。然而，虽非"专门针对"毕竟也"针对"了"新论"。而在我看来，"一味只求阐述个人的学术见解"与"置学科基本知识（或理论）于不顾"并不是对立的关系。一部学术著作在"一味只求阐述个人学术见解"的时候，一般是不可能"置学科的基本理论于不顾"的，新的见解必然是在评析、批判旧的见解的基础上进行的，"新"的东西总是在"旧"的东西的衬托之下才显出"新"来。在教材撰写中将两者对立起来的后果，就是往往会误认为教材"把某门学科的基本知识（或理论）全面传授给学生""即可完事"，从而造成教材的"只编不著"，使其失去应有的学术品味。这是一个教材撰写的理念问题，《新论》就是有意识地要突破这种长期形成的流行的理念，在这个问题上，我对夏文所持的教材编写理念无法苟同。

接着，夏文对我的"跨学科研究"的看法提出批评。关于我为什么没有把"跨学科研究"视为比较文学研究，其理由我在《新论》中做了自认为很充分的阐述。在《新论》中，为了遏制将比较文学的学科边界无限扩大化的趋势，我没有把那些只"跨学科"、而没有"跨文化"的"跨学科研究"作为比较文学研究的对象或领域，但同时又吸收和改造了"跨学科研究"的某些合理成分，将原来由美国学派提出的作为比较文学的研究领域或研究对象的"跨学科研究"，转化、改造为一种研究方法，称为"超文学研究法"。对此《新论》有专节阐述，现在看来那些阐述已经足够，在这里没有必要再另加补充。现在只分析和回答夏文的"困惑"。夏文不同意我对"跨学科研究"的两种情形的划分和分析，说那"似乎有以偏概全之嫌"，但夏文在引述了我上百字的原话后，并没有指出我"偏"在何处，也没有以他之"正"纠我之"偏"，最终却只是表示"限于篇幅"而"暂且不论"，而这只能使我更坚定地认为将"跨学科研究"摒于比较文学之外是必要的和正确的。我愿意再次强调：文学与某一学科之间的跨学科研究，不管是已形成新的交叉学科的（如文艺心理学等），还是暂时还没有形成一个新的交叉学科的（如文艺法学、文学经济学等），都是"比较文学"这一学科概念无法概括的，换言之，相信没有人会把"文艺心理学""文艺法学"等看成是"比较文学"的一部分。夏文说："跨学科研究也可以因为注重了研究的文学性，突出了以文学为归宿点，而取得比较文学的研究价值"。这个看法是很成问题的。我认为，假如文学与某一学科的跨学科研究不同时又是"跨文化"的研究，那么它即使是"注重了研究的文学性，突出了以文学为归宿点"，也不能"取得比较文学的研究价值"，而只是一般的跨学科研究。例如，日本的神道教与日本文学关系的研究，固然属于宗教与文学关系的"跨学科研究"，但由于该研究是在日本文化内部进行的，没有"跨文化"，那么它就不能算是比较文学研究。

接下去，夏文将论题转到了我提出的"超文学研究"这一概念上去——

令我们感到困惑的是，在这同一本书里，作者又提出了"超文学"研究的概念，作者对他的"超文学研究"的解释是：指在文学研究中，超越文学自身的范畴，以文学与相关的知识领域的交叉处为切入点，来研究某种文学与外来文化之间的关系。它与比较文学其他方法的区别，在于其他形式的比较文学研究是在文学范围内进行，而"超文学"研究是文学与"外来文化"的关系的研究。

　　这里有两个问题似乎存在商榷的余地：一个问题是"其他形式的比较文学研究"是否因为是"在文学范围内进行"而与"外来文化"的关系无关？我们认为恐怕不能这样说……另一个问题是，用"超文学研究"的提法去取代"跨学科研究"的提法是否必要？……"超文学研究"的提法很有个人创见，也很有新意，如果是在作者的论文或论著中作为一般的学术研究和探索提出，那当然无可非议——学术上的探索与争鸣自然不受限制。现在把它明确作为教材的内容，是否合适呢？

　　夏景先生提出的第二个疑问，属于上面已讲到的教材撰写的理念问题，不必再加理论。至于第一个疑问，我认为是由夏文有意或无意的不正确理解造成的。在《新论》中，我提出"超文学研究是文学与某种外来文化的关系的研究"这一基本界定，并以一节的篇幅做了较充分的说明与论证。夏文提出"'其他形式的比较文学研究'是否因为是在'文学范围内进行'而与'外来文化'无关？"对此，我当然回答"有关"。但是，回答"有关"，却仍然不能否定

"超文学研究"的成立。夏景先生之所以提出这个不成问题的问题，似乎不是缺乏比较文学的常识，而是犯了一个逻辑学上的错误。在这里，夏景先生悄悄地、但又是显而易见地混淆了两个不同的命题。一个命题是"文学与外来文化的关系的研究"，另一个是"比较文学研究与外来文化有关"。前者是对"超文学研究"的特殊属性的界定，后者是对比较文学的一般属性的判断，是很不相同的两个命题。换言之，所有比较文学研究都"与外来文化有关"，然而，并非所有形式的比较文学研究都是"文学与外来文化的关系的研究"。如果所有形式的比较文学研究的都是"文学与外来文化之间的关系"，那么"超文学研究"就没有存在的必要。谁都知道，并非所有形式的比较文学，都是"文学与外来文化之间的关系的研究"，虽然它与外来文化"有关"。因此，一切形式的比较文学研究都与外来文化"有关"，却不能成为否定"超文学研究"的理由。

夏景先生对《新论》的最后一个商榷点是"传播研究法"。我在《新论》中，曾援引"法国学派"的代表人物梵·第根、伽列、基亚等人的观点，让他们以现身说法，来说明法国学派并不像一直以来人们所认为的那样是"影响研究"学派，而是"传播研究"学派。夏文不同意这一判断，他（们）说：

> 令人遗憾的是，作者对法国比较文学代表人物有关观点的引经据典，只是从上世纪30年代的梵·第根起到50年代的基亚就停止了，却忽视了梵·第根之前的巴登斯贝格和基亚以后的布吕奈尔等人。

同样也使我感到遗憾的是，夏景先生在这里又一次犯了上述的逻辑错误，即混淆或偷换概念，用"法国比较文学"这一概念取代了"法国学派"这一概念。比较文学史的史实告诉我们，"法国学派"是在特定的历史时期存在的、由特定的学者群体组成的、对比较文学持有相同或相近的学术理念的一群，并不是所有法国的比较文学学者都属于"法国学派"。那么，"法国学派"是在何时形成的、又由哪些人构成的呢？据我掌握的并不完备的材料看，夏文提到的巴登斯贝格并不是法国学派的直接创始者，而且到了1935至1945年之间他在美国讲学，倒是对"美国学派"的形成产生了影响。他并没有系统地提出"法国学派"的主张，所以他最多只能算是法国学派的一个先驱人物，因而我在《新论》中没有提到他。但尽管如此，巴登斯贝格在其前期的研究实践中已经体现出后来法国学派的某些特征，如《歌德在法国》（1904年）就是以法国与欧洲各国文学交流史为依托的"传播研究"为特征的，他还在理论上明确地提出要用实际材料来考证各国文学之间存在的关系。他在《比较文学评论》的发刊词中写道："仅仅对两个不同的对象同时看上一眼就做比较，仅仅靠记忆和印象的拼凑，靠一些主观臆想把可能游移不定的东西扯在一起找类似点，这样的比较决不可能产生论证的明晰性。"[①]这岂不是明显指出无法实证的"影响"的不可靠，而强调实证的传播研究吗？因此，即使我不"忽视梵·第根之前的巴登斯贝格"，那我提出的"法国学派不提倡影响研究，而是提倡实证的传播研究"的结论也仍然可以成立，而且更增加了一个例证。至于夏文说我"到50

---

① 转引自朱维之主编《中外比较文学》，天津：南开大学出版社，1993年，第42页。

年代的基亚就停止了"，则是必须如此。因为法国学派的确到了50年代后，在"美国学派"的冲击下，接受了"美国学派"的一些观点，作为有着自己鲜明特色的"法国学派"在50年代以后就逐渐消解和式微了。以至有的"法国比较文学"的重要人物倒成了"美国学派"理论主张的拥护者，"法国学派"在与"美国学派"的接近和认同中，逐渐消解了自身。我国学界较熟悉的著名的法国比较文学学者艾田伯也对此前"法国学派"的实证研究做了批评。总之，从时间上看，"法国学派"是20世纪上半期以国际文学关系（传播）史研究为特色的一个学派，超时空的"法国比较文学"并不等于"法国学派"。由于将"法国比较文学"与"法国学派"混为一谈，夏文一口气连续引用了三段布吕奈尔等人20世纪80年代在《什么是比较文学》一书中讲的话，且不说80年代的法国比较文学已不同于当年的"法国学派"，就说夏文所引用的那三段话，却也并非都是无条件地赞成"影响研究"的。而且即使那三段话都在肯定"影响研究"，也并不能说明、并不能代表"法国学派"是赞成"影响研究"的，倒反而只能说明以前的"法国学派"不赞成"影响研究"，而到了80年代布吕奈尔等人是在纠正他们的"偏颇"（如果是偏颇的话）。

而最重要的，并不是援引某某的话（理论主张）来说明问题，最重要的是从研究实践上看"法国学派"是"影响研究"还是"传播研究"。我在《新论》中，对"影响研究"和"传播研究"做了清楚的界定，在此不必重复。按照那种界定，"法国学派"不是以作家作品的审美分析为主要特征的"影响研究"，而是以实证的、文学史学的研究为特征的"传播研究"，这是学术史上有目共睹的基本史实，并不是"公说公有理，婆说婆有理"的可供争论的问题。对于我关于"影响研究"和"传播研究"所作出的重新界定，夏文可以不同意，但应该在理论上逻辑上和史实上指出我的界定如何不成立，可惜夏并没有这样做，却依然从他（们）所认定的传统的"影响研究"的定义出发，对我的"传播研究"加以否决，这真是方凿圆枘，正如用自配的钥匙开人家的锁，打不开时却怪人家的锁有毛病，指摘我的"法国学派"属于"传播研究"的论断"令人费解"，并质问道：

> 正如作者在"新论"中所言，"传播"是"影响"的一种基础，传播研究可以成为影响研究的前提、基础和出发点。那么，这个"前提、基础和出发点"怎么又取代了它们的"主体"——影响研究了呢？梵·第根明明提出影响研究有三个主要方面，而传播只是其中的一个方面，怎么作者会觉得"梵·第根所阐述的实际上是文学的'传播'关系呢"？

这一段质问虽然颇有气势，但其中却既有逻辑错误，也有史实错误。

先说逻辑错误。《新论》认为"传播研究"可以成为"影响研究"的前提、基础和出发点，并不意味着"传播研究"不能独立，而只能包含在"影响研究"中；也并不意味着"影响研究"是什么"主体"，而"传播研究"就成了"客体"。正如初等数学是高等数学的前提、基础和出发点，但并不意味着初等数学自身不能独立于高等数学，并不意味着高等数学是"主体"，而初等数学是"客体"。因此，我绝不能同意夏景先生所说的，影响研究和传播研究"两者本来就是局部与整体的关系，是'混在一起的'，即传播研究本来就是被包括在影响研究之中的"。夏景先生死守的那种"本来"，正是我在《新论》中试图重新加以反省和检讨的。

再说史实错误。夏文说："梵·第根明明提出影响研究有三个主要方面，而传播只是其中的一个方面"，这句话是不符合梵·第根原意的。我曾在《新论》的第23页简要评介了梵·第根在《比较文学论》中提出的有关观点，读者可以参照，或者直接翻阅梵·第根的《比较文学论》就更清楚。梵·第根认为比较文学的研究对象是"本质地研究多国文学作品的相互关系"，这种关系主要表现为文学交流的"经过路线"，他把"经过路线"分为三个方面，即放送者、接受者和媒介者，研究这三个方面的学问分别是"誉舆学""源流学"和"媒介学"。请问夏景先生：您是怎样从梵·第根的这三个方面的划分中，看出"传播只是其中的一个方面"呢？而我在其中所看到的却是：这三个方面构成了梵·第根心目中"传播研究"的基本内容，虽然梵·第根没有使用"传播"一词，但他所用的"经过路线"一词，与今天我们所说的"传播"显然是同义的。

在上引夏文的那一段话之后，接着分段，又有几句话，也颇有引述和剖析的必要——

其实，传播研究本来就是影响研究之中的应有之义。影响研究是一个大概念，而在传播、接受中产生的影响则是一个小概念，一个具体的概念。所以"新论"作者对"人们往往将'影响'的研究和'传播'的研究混为一谈"的批评就有点无的放矢了。因为两者的关系本来就是局部与整体的关系，是"混在一起的"，即传播研究本来就是被包括在影响研究之中的，那又何来"混为一谈"之说呢？

遗憾的是在这段话中，夏景先生又出现了逻辑上的错误。所谓"影响研究是一个大概念，而在传播、接受中产生的影响则是一个小概念，一个具体的概念"，岂不是自相矛盾吗？前一句说"影响研究是一个大概念"，后一句又说"影响则是一个小概念、一个具体的概念"，究竟您是说"影响"是"大"的还是"小"的？"影响研究"的"影响"与"在传播、接受中产生的影响"难道有什么不同吗？哪一种"影响"不是"在传播、接受中产生的"呢？夏景先生的逻辑混乱只能表明，我在《新论》中所指出的"将'影响'的研究与'传播'的研究混为一谈"的情况，在夏文中已经达到了多么严重的程度！

这种逻辑上的混乱也更清楚地表明，"传播研究"和"影响研究"本来实在不是什么谁"大"谁"小"的问题，也不是夏文所谓的"局部与整体的关系"问题，而是比较文学研究的不同方法、不同路径的分野问题。基于这种认识，我才在《新论》中将"传播研究""影响研究"作为两种不同的研究方法，并把它们与"平行贯通"、"超文学研究"合在一起，作为比较文学的四种基本的研究方法。这四种方法的概念，没有"大"与"小"的问题，没有谁一定要被谁所"包括"的问题，而是相互区别和相互分工，同时又相互联系。从研究的层次上看，"传播研究法""影响研究法""平行贯通法"和"超文学研究法"是有层次和有分工的，或者也可以说是逐层递进的。"传播研究法"以呈现史实为基本宗旨，"影响研究法"在已呈现的史实的基础上研究作家作品之间的可能的精神联系，"平行贯通法"则进一步扩大范围，以探讨跨文化的国际文学的共通规律和民族特性为目的，对没有事实关系的作家作品之间进行比较，"超文学研究法"则使比较文学研究超越于文学自身的范畴，更进一步研究某一文学与某一种外来文化之间的关系。可见，四种方法分别适用于不同的研究对象和领域，即："传播研究法"适用于国际间事实关系的研究；"影响研究法"适用于国际间作家作品的精神联系的研究；"平行贯通法"适用于无事实关系、但有规律性联系的国际文学现象的研究；"超文学研究法"适用于某一文学现象与某种外来文化关系的研究。在我设计的这四种基本的研究方法中，谁都无法被谁所"包括"、所取代，就是因为每种方法都有它自己特有的适用对象，每种方法都对应着比较文学研究的不同领域和不同环节。即以前二者而论，凡采用历史学的、实证的方法，以呈现国际间文学的交流和互相传播的史实为主要宗旨的研究，都是"传播研究"。凡是以美学、文艺学的方法、通过具体的作家作品分析，推定国际文学之间不同的作家作品在精神气质上的各种可能联系的研究，都是影响研究。这实在是两种不同路数的研究，我们不能不把它们区分开来。我们不能以它们是相互联系的为由，就把它们混在一起。任何将不同的东西混在一起、不加分析的混沌，都不包含"方法"和方法论，因为它无法操作，而比较文学的方法必须是可操作的，可运用于研究实践的。

在我看来，"传播研究"问题，本质上是个老问题，因为传播研究的成果早就大量存在了，只不过我们的比较文学学科理论一直未能以恰当的概念和术语来准确概括它罢了。因而"传播研究"这一概念的提出，并不是夏文所说的属于我的"标新立异"，更不是我"煞费苦心"杜撰出来的纯理论、纯概念的东西（那是我历来不喜欢的和不擅长的）。相对于研究实践，这个概念显然是姗姗来迟了。"传播研究"是"法国学派"在半个世纪前所致力的事业。只不过当时的他们（法国学派）和后来的我们在理论概念上没有厘定清楚，没有更清楚地把"传播"与"影响"区分开来。我在《新论》中把两者区分开来，只是基于对比较文学学科史上大量丰富的研究成果的概括和总结。

夏景先生的文章的题名是"教材编写和学术创新"，主要是从教材编写的角度来批评《新论》，文章最后一段是前后照应，说："我们仍然认为'新论'不失为一部优秀的学术著作，……只是——又回到本文一开头的话题——'新论'能不能同时也视作一部合适的、甚至优秀的比较文学教材呢？这个结论或许还是让比较文学的方家们去评说吧，我们就不在此妄言了。"实际上，我在《新论》的"后记"中及其它场合并没有说《新论》就是"教材"，只是说要把它"用作教材"。诚然，"用作教材"它就成了"教材"，但决不是夏景先生观念中的那种"教材"。我们之间的分歧就在这里。夏景先生在文章结尾处对《新论》能不能成为"合适的、甚至优秀的教材"提出了疑问，字面上看虽没作结论，但实际上夏景先生早已经在全文中得出了他的"结论"。对夏先生的这个"结论"，我予以理解而且并无权反对，因为夏景先生从他的教材理念出发，得出他的那个结论是自然的和必然的。实际上，我一开始就没有奢望《新论》能够成为大家普遍采用（所谓"统编"）的"教材"。我的教材理念仍然是我在《新论》的"后记"中写的那句话：

那时（指20世纪20—30年代）的国文系（中文系）没有现在这样的"统编教材"，教授们用自己的书作教材。我认为这种做法至今仍值得我们借鉴。

拾西人之唾余，唱"哲学"之高调谈何创新

——驳《也谈比较文学学科理论的创新问题》①

拙著《比较文学学科新论》（江西教育出版社2002年）出版后，有相识不相识者陆续发表了七八篇评论，同情与赞扬者有之，商榷与批评者有之，对此我都表示感谢。但对于后者，除了感谢之外还要回应，所谓"真理不辩不明"，学术问题往往是在讨论和争鸣中推进的。

近来读到华东师范大学中文系张弘先生发表在《中国比较文学》2004年第1期上的文章，题为《也谈比较文学学科理论的创新问题——王向远〈比较文学学科新论〉读后》，张文对拙作提出了指责与批评，并由此提出了比较文学学科理论创新中所谓"更根本的问题"。

张先生提出的"根本问题"从正文中的三个标题上可一目了然。第一个问题是"中国特色还是国际规范？"，第二个问题是"方法论问题"，第三个问题是"如何对待边际学科和文化研究的渗入？"。我

---

① 本文原载《南京师范大学文学院学报》2004年第1期；《中国人民大学报刊复印资料·文艺理论》2004年第7期。

认为这些的确都是比较文学研究中的"根本问题"，为了讨论方便，拙文现在也想套用张文的这三个标题，并提出我的看法。

一、"中国特色还是国际规范"？

我认为张先生的"中国特色还是国际规范"这个问题提出的方式本身，就很成"问题"。这是一个非此即彼的选择题，即：你是要"中国特色"还是要"国际规范"？二者必居其一。这很能代表张先生的思维方式。这样的问题实际上没有回答的价值。但在张先生的大文中，还存在着更严重的理论上的悖谬。他不同意我在《比较文学学科新论》（以下简称《新论》）的"前言"中的说法，即：

> 人文科学研究与自然科学研究的最大的不同之一，就是自然科学是世界性的、没有国界的研究，而人文科学必须体现一个国家、一个民族、一个学者的独特的学术立场、独特的研究方法、独特的思路和独特观点、见解与学术智慧。

对此，张先生写道：

> 比较文学从诞生的那天起，就把跨民族跨国家当成本身的一个根本属性，把"世界文学"当成自己的一个理想。这是比较文学不同于任何一个学科的重要特征。它的研究对象，不是通常所说的国别文学，而是那些超出了民族、地域、国界的有限关隘的文学现象和文学关系，在这个意义上，完全可以说比

较文学同样是"世界性的、没有国界的研究"。

这段话似是而非。比较文学确实"同样是世界性的、没有国界的研究",然而,比较文学学科的世界性与中国比较文学研究者"独特的学术立场、独特的研究方法、独特的思路和独特观点、见解与学术智慧"是矛盾的吗?显然,张文认为它们之间是矛盾的,因而才极力反对我提"中国特色"。而且,当张文拿这段话当成理论前提来批驳我的时候,他有意无意地转换了上述我那段话的语境。我说"人文科学与自然科学的最大的不同之一……",是拿"人文科学"与"自然科学"两者相比而言,是在相对意义上的比较,而不是绝对意义上的比较。在绝对意义上,一切科学研究都有世界性、都可以、有时也必须超越国界;但在相对意义上,人文科学研究又带有民族性,从研究者自身来说,这种民族性集中表现为他的民族文化背景、民族文化立场、民族文化教养。这种背景、立场、教养或强或弱、或明或暗地影响着研究者的研究,它与研究者的关系如影随形。对于中国比较文学研究者而言,正如严绍璗先生所说:"无论在世界的什么地方,无论是以何种语言文字从事学术研究,中国比较文学家都是从中国文化的母体中发育长大的,这一母体文化无疑应当成为比较文学家学术话语的基本背景,成为构成他的'文化语境'的基本材料。对于中国比较文学家来说,中国文化是他的学术生命的基础,也是他之所以能够立足于国际学术界的最深刻的根源……立足于这样的学术教养之上的中国比较文学家,才能真正的创造出他的学术天地来。"①我认为严先生对于中国比较文学学者的民族（中国）文化背景和立场的阐述十分正确，正合我意。这里强调的就是中国比较文学研究家要从自己的文化教养中体现出独创性，形成自己的中国特色。这不仅是必要的，而且是必须的、也是可行的。而张文却断言："中国比较文学20年的事实表明，迄今为止，所有想在比较文学学科理论中体现'中国特色'的做法，都很难获得成功"。他举出的例子是"阐发研究"方法和"跨文化"研究，把这两个例子作为"中国特色"不成立的例证，并说"以上两个事例，王著也注意到了，并坚决表示反对"。但是，事实上，我在《新论》及有关文章中所反对的，是将"阐发研究"法和"跨文化研究"作为中国学派的独有特征，而决没有反对比较文学研究要有中国特色，也没有反对"阐发研究"和"跨文化研究"本身。关于这一点，在一篇论文中，我写过这样一段话：

> 应当明确，科学研究的对象和方法是没有国界的，比较文学作为一种科学研究也同样不能因国别的不同而有对象与方法的区别；比较文学学派的划分，也不能简单以研究方法、研究对象为依据。一切科学研究的不同因素是研究者的科研条件与环境，研究者的出发点、立足点、独特的思路、视角，以及由上述条件决定的独特的创新的成果，由大量创新的成果所体现出的整体的研究实力、学风和整体的研究风格，这就形成了"学派"。"中国学派"也只能在这些方面、通过这样的方式来形

---

① 严绍璗：《多边文化研究（第一卷）·卷头语》，北京：新世界出版社，2001年。

成。①

　　很清楚，我在这里强调的中国比较文学研究者的主体性特征，
强调"独特的创新的成果"对形成"中国学派"的重要性，认为只
有这样才能最终形成"中国学派"，而"中国学派"当然是"中国
特色"的集中的、高度的体现。但张文却断言："知识科学的根本特
点是普适性和规范性，想在其中寻找专门属于中国的东西，并非靠
一厢情愿就能实现。'科学无国界'，这句话对比较文学是同样适用
的。"然而，科学固然"无国界"，但科学家和研究者是有"国界"
的，是有文化归属的。对于这个问题的看法我与张先生相去甚远，
简直是云泥之差。他的逻辑实际上就是："中国的东西"是不合"国
际规范"的东西，"国际规范"必须将"中国的东西"排斥在外。这
就是他所理解的"无国界"。说穿了，这就是无条件抹杀"中国特
色"。像这样机械地形而上学地将"中国特色"和"国际规范"对立
起来，只能得出这样错误的有害的结论。

　　这里我想请教张先生的是：就比较文学而言，所谓"国际规
范"是谁制定的？谁来认可的？比较文学作为一门发展中的相对年
轻的学科，有哪些是必须恪守的"国际规范"？张文本身似乎没有明
确解答，但他接下来举的一个例子，却能够说明他所谓的"国际规
范"究竟是什么。张先生举的例子就是我提出的一个新概念——"涉
外文学"。张文认为："经过法国学者的持续努力，也经过国内一些
专家的热情介绍，形象学近年来在比较文学领域作为一个分支学科

---

① 王向远：《"阐发研究"及"中国学派"》，《中国比较文学》2002年第1期。

发展迅速。但王著对形象学表示不满"。由于"王著"对法国人的概念有所不满，于是张文就对"王著"更为"不满"。他详细地论述了法国人提出的"形象学"概念，认定"两相比较，就会发现，形象学的有关界定明确清晰得多，而所谓'涉外文学研究'反而模棱两可，含糊其事，不得要领"，说"王著对形象学的非难实际上都建立在误解乃至不解上"。显而易见，在这里，张文是把法国人的"形象学"的概念及其界定看作是"国际规范"了，于是对我提出的"涉外文学"这一概念格外看不顺眼，他在对"涉外文学"的评述中充满"不解乃至误解"就是很自然的事情了。例如，指责"涉外文学"的范围"无所不包"，"恰恰模糊了'涉外文学研究'自己的界限"。然而，事实上，涉外文学无论怎样"无所不包"，它还必须是"涉外文学"，因为它有自己明确的内涵——就是"涉外"；而张文指斥的"无所不包"，其实是它的外延。自诩有"扎实的哲学方法论素养"的张先生，怎么会连这么一点点逻辑学常识都不顾及了呢？或许在他看来，"王著"竟然敢"非难"这一"国际规范"是不能容忍的，所以才站出来用激昂的言辞，拿他认定的"国际规范"对"王著"下了如上的判书。其实，我在《新论》中曾写道："我提出'涉外文学'这一概念，既受到了'形象学'这一概念的启发，同时也是出于对'形象学'这一概念的不满。"（第234页）换言之，对法国人的"形象学"我当然是有所吸收的，但老实说，我没有像张先生那样把它视为不可触动的"国际规范"。而"涉外文学"这一新的概念究竟可行与否，还要经过比较文学研究实践的反复检验，张先生在"误解乃至不解"的基础上匆忙下的判书，恐怕不会有多大效用。

二、"方法论问题"

张文的第二部分是"方法论问题","哲学"的派头十足,"哲学"的气味似乎也很浓。他开门见山地写道:

> 王著的整个学科新论体现着强烈而自觉的方法论意识,这点是值得嘉许的。王著也正确地领会到,方法论有哲学论和工具论两大层面。但遗憾的是,王著在哲学论意义上的方法论方面几乎没有发表任何见解,这是一个严重的缺失。

这一指责令我困惑。这就好比是指责一部哲学著作为什么不发表关于文学创作方法的见解一样,令人啼笑皆非。我在《新论》中确实没有讲"哲学意义上的方法论"。如果说这是"缺失",那不是无意的"缺失",而是有意的放弃。所谓"有意的放弃",就是我认为不能在比较文学学科理论中大谈哲学问题。我在《新论》的后记中说过:"比较文学学科理论的书很容易流于什么'全球化'、'某某主义'、'跨文化对话'之类的空泛话题,让人读了之后仍不明白比较文学研究应该怎样研究。"我在《中国比较文学二十年》一书中又说:

> 近来出版的一些比较文学理论教材越写越厚,塞进了太多的相关学科的材料,成为哲学、美学和一般文化理论的大杂烩,反而淹没了比较文学理论自身,使比较文学理论趋于繁琐化、经院化,乃至玄学化,从而背离了"把问题讲清楚"这一理论

表达的根本宗旨，也导致了比较文学理论脱离研究的实际，使理论失去了对研究实践的引导意义。①

基于这样的认识，我在写作《新论》的时候，有意识地避免大唱"哲学"高调，而想踏踏实实地讲清比较文学学科自身的问题。而张文却刻意在《新论》中找他心目中的"哲学"及"哲学方法论"，岂不是缘木求鱼吗？他找不到鱼就抱怨树上为什么无鱼。实际上，哲学之"鱼"在学术的餐桌上可能以种种形式存在，有人在这里吃不出鱼味儿，只能怪他感觉迟钝。大多数的具体学科的理论著作都很少、也不必直接谈论抽象的"哲学"和标榜"哲学方法论"，但这并不意味着它没有哲学或哲学方法论的指导。任何思想言论都有哲学基础，不管是自觉的还是不自觉的，正如任何人张口说话都会吸进和呼出空气一样。哲学方法论在具体的学科理论中，其理想的状态应该像水中之盐，融化于无形之中。可是，众所周知，五四以来，我国学术深受西方各种哲学"主义"的影响，许多人认为只要"掌握"了某种哲学及"主义"，只要"解决"了"世界观"及"哲学方法论"问题，无论文艺创作还是学术研究都会所向披靡，这就使得某些文章和书籍充满了大话、套话、空话，甚至玄言虚语，而无助于解决任何实际问题和具体的学术问题。正如钱钟书先生所说："哲人之高论玄微、大言汗漫，往往可惊四筵而不能践一步，言其行之所不能而行其言之所不许。"②这种"高论玄微、大言汗漫"的

---

① 王向远：《中国比较文学研究二十年》，南昌：江西教育出版社，2003年，第21页。
② 钱钟书：《管锥编》，北京：中华书局，1979年，第436页。

流弊直到今天在我们的学术界——当然也包括比较文学界——仍然有市场，甚至被有些人误认为是学术正规。况且，那些口口声声"哲学方法论"者，自己并没有什么"哲学方法论"，多数情况下是拿西方某某哲学家的话来装潢门面，不过是唬人罢了。这样一来，所谓的"学术研究"就成了从西方来的某某哲学、某某主义的注脚，其引以为骄傲的所谓"哲学"、所谓的"理论"实际上不过是拾西人之唾余。对此，我本人是唯恐避之不及。

另一方面，我虽然不如张先生懂"哲学"，但我知道，所谓"哲学方法论"不是凭空产生的，它只能从各门具体的学科研究实践中抽象出来。换言之，"哲学方法"是"一般"，各门具体学科的方法是"特殊"。我相信应该是先有"特殊"后有"一般"，而不相信先有"一般"后有"特殊"，正如先有实物后有概念一样。即使抽象概念也是从多个"特殊"中抽象出去的。这恐怕是哲学上的常识。哲学方法论一旦产生出来，对各门具体学科的方法是有指导作用的，但"哲学方法论"永远也不能取代具体学科的方法论。哲学方法论也不能取代比较文学方法论，不能解决比较文学学科自身的问题，如果能，比较文学就可以不要自己的学科理论了。

正由于张文在上述问题上的认识存在着根本性的错误，所以他对《新论》的指责也带有明显的"哲学偏执"倾向。例如，对《新论》中关于"传播研究"与"影响研究"的分野，他指责道："在文学关系上，王著把事实性的联系和精神性的联系相提并论，这同样是把法国学派和美国学派的两种基于不同哲学方法的观点杂凑在一起了。"然而，在隔了十几行字之后，他又指责道："王著把通常说的影响研究拆分为二，一是'传播研究'，以揭示事实联系为宗旨，属于实证考察；二是'影响分析'，以探讨精神联系为目标，属于审美批评"。似这样一会儿指责《新论》将两者"相提并论"，一会儿又批评《新论》将两者"拆分为二"，在他看来，《新论》将"传播研究"与"影响研究"两者"拆分为二"是错误，将两者"相提并论"也是错误。面对这样露骨的自相矛盾，我有足够的理由怀疑张先生对《新论》中有关章节根本就没有读懂，或读懂了故意装作没有读懂。同时这也使我更加感到：带着这种"哲学偏执"来搞比较文学学术批评，实际已经很不"哲学"了。

再如，关于平行研究，他批评说：

  ……王著对究竟何为文学的精神现象及精神性的联系，并没有从哲学的高度加以认识，导致王著对平行研究也采取了一种极为简易的、甚至可谓轻率的态度。……对平行研究来说至关重要的可比性原理，也被化解为"没有什么文学现象不可比，又没有什么文学现象完全可比"这样一句颇有俏皮味的话，并断言这就是"平行研究的方法论前提"。

诚然，在戴着"哲学"西洋镜的人看来，"没有什么文学现象不可比，又没有什么文学现象完全可比"这句话真是太不够"哲学"了，也就是"极为简易的、甚至可谓轻率"的了。但我却认为这句话很有哲学意味。记得钱钟书先生1986年3月在为《中国比较文学年鉴1986》的"寄语"写下了这样一句话："在某一意义上，一切事物都是可以引合而相与比较的；在另一意义上，每一事物都是个别而无可比拟的。"——真理就是这样简单，比较文学平行研究的方法论前提就应该这样简单明了——"没有什么文学现象不可比，又没有什么文学现象完全可比"——你可以把这鄙夷为"简易"，但我觉得这"简易"是直接击入事物本体的"简易"，与故作高深而实则浅陋者完全不同。

张文在讲了一通比较文学与哲学之关系的大道理（实际上是常识）之后，写道：

> 面对国外风起云涌的新知新说，如果搞不清它们在哲学方法论上的根基和脉络，又无法有所割舍，自然只有像大拼盘一般罗列在一起。同样的道理，不明白对方的哲学根基在哪里，又如何弄懂别人关于文学、比较、文本、历史、语言、主体、社会、自然等等的一大套见解，哪里还谈得上消化、改造及超越？在哲学的贫困中，试问怎么超越？难道就是跟着感觉走，或者换个措辞、换个说法、换个拼盘的摆法？那样的话，样子或许是变新鲜了，实际上还是新瓶装的旧酒。

这段议论没有直指我的名字，但既然它是在批评我的文章中出现的，也可以理解为是对我的指责。我在《新论》的"前言"中说："以我国的学术研究的实际情况而言，从西方引进某些理论成果是必要的。但是引进之后必须消化、必须改造，必须超越。"张先生似乎断定我没有这个能力，我本人也从来没有拥有这个能力的自信，因为我一直认为这将是无数学者长期努力才能逐渐实现的。但是有一点我是自信的：我已经和正在有意识地这么做。至于"消化"得怎样，"改造"得如何，"超越"了与否，留待众人（当然也包括张先生）和后人评说就是了。

在上引那段文字中，张先生力斥"哲学的贫困"，使人一时不由不对张先生这样的"哲学的富有"者肃然起敬，起了见贤思齐的念头。幸好张文中大谈哲学的时候有一个"注释②"，提示读者"对此问题的探讨可参考拙文《现代意识观照下的可比性问题》，《南京师范大学文学院学报》2002年第2期"。遵照他的指引，我找来大文拜读，指望他能给我们提供"哲学方法论"，但读罢却十分地失望！原来，他的中心意思是论证现代西方人提出的"主要是根据维特根斯坦的'游戏原理'和'家族相似性'"理论提出的"类似性（affinity）"范畴真正解决了比较文学的"可比性问题"。他断言：有了这个范畴，"在比较文学的视野内将以全新的观点看待同和异的问题，为跨学科、跨文化的研究提供新的理念和方法"；声称"类似性的提出，既为比较文学的学理根据奠定了新的基石，也使比较研究的机制和性质呈现了不同于往日的面貌。最重要的一点是'求同'的原则彻底地被颠覆了，重点放在了'求异'上"云云。张文张扬了半天的"比较文学哲学方法论"原来如此！真是匪夷所思。在他的大文中，连他所鄙夷的"换个措辞、换个说法、换个拼盘的摆法"都没有做到，不过是替西方某哲学叫卖罢了，而且叫卖时对国人的"标价"远远高于其货色的实际价值。"哲学的贫困"者如我，从张文中横竖上下无论如何也看不出他所推崇的所谓西方人的"类似性"究竟有什么"全新"之处，对比较文学究竟有什么实际意义和价值，它又如何能够一劳永逸似地解决比较文学的"可比性问题"。我只明白一个简单的事实："求同"还是"求异"归根到底要取决于具体研究对象的实际和研究的宗旨，而不取决于某西方人如何主张。不过，我倒是从张先生推荐的这篇大文中得到了另外的收获，那就是由此而更坚定地认为：中国比较文学研究倘若这样地将西方某派哲学奉为圭臬并强加于国人，这样地放弃自己的独立思考而寻求"国际规范"，是永远没有出路、没有前途的，而这种自诩的"哲学的富有"，实际上是真正的"哲学的贫困"。

说到底，这还是"西方中心主义"。抱有这种念头，也就无怪张文对我附在理论阐释之后的"例文"也不以为然，说"这些专题研究的论文，因作者专业素养之故，集中在日本文学及东方文学，而与西方文学毫无关系，那么因此引出的结论是否全面周到，有无足够的涵盖度，也是需要反思的"。其实，稍微翻阅一下《新论》就会发现，这些以中日比较文学与东方比较文学为基本领域的论文，非但不是"与西方文学毫无关系"，反而是关系十分的密切。原因是中国文学、日本文学、非洲文学等，本来就与西方文学关系密切，谈东方比较文学而不涉及西方文学是不可能的。可惜张先生没有好好读这些文章，所以只能望"题"生义，认为东方是东方，西方是西方，结果他弄错了。这一点弄错了倒不要紧，关键是张文确信中日比较文学、东方比较文学的研究"无足够的涵盖度"，认为由此而总结和提炼出来的理论有无普遍性还需要"反思"。我认为这要么是西方中心主义的偏见在作怪，要么是张先生真像他自己所说的"把作为知识体系的学科和具体的研究工作混为一谈"了。研究工作永远都是具体的，任何一个研究者都有自己擅长的专业领域，正如张先生认为我不懂西方文学，张先生好像也不懂东方文学。但是，是否可以因张先生不懂东方文学，就断言他在比较文学基本理论方面提出的一些看法没有"足够的涵盖度"呢？请问张先生：为什么您不怀疑研究西方文学得出的结论"有无足够的涵盖度"，那样起劲地推崇西方人的所谓"类似性"，而认定一个中国学人从东方文学中提炼出的结论就需要"反思"呢？您一方面是那样强调比较文学的"世界性"，另一方面为什么在这个问题上反倒对东西方文学研究的差异这样地看重呢？

三、"如何对待边际学科和文化研究的渗入？"

关于这个问题，张文写道："对于比较文学上述发展趋势的最大忧虑，是因边际学科和文化研究的大量渗入有可能丧失比较文学学科的特征和个性，由此有人主张比较文学高筑壁垒，把种种新论和文化理论拒之门外。这其实就是王著的立场。我们看到，书中明确反对把比较文学的方法论淹没在一般的文学批评、文艺理论和文化理论中，全书根本没有探讨与比较文学相关的文化研究的内容。"然而，这段话再次表明张先生没有认真地读过《新论》，说"全书根本没有探讨与比较文学相关的文化研究的内容"，是完全不符合事实的。只要翻阅过《新论》的人都会知道，我不同意把"跨学科研究"看成是比较文学的研究对象或研究领域，是因为从学科范畴上说，"比较文学"不能囊括和涵盖文学的"跨学科研究"。但是同时，我主张将文学的"跨学科研究"——我称之为"超文学研究"——作为比较文学的四种"基本方法"之一，并在《方法论》一章中专列一节加以论述。那一章讲的正是"与比较文学相关的文化研究的内容"。因此，张文在第三节对我的批评可谓无的放矢，况且他表示"只简单说几句"，我也不必多费口舌。

在张文的第三节的最后，也是全文的结尾处，张先生写道："理论创新也离不开扎实的方法论（包括哲学论和工具论）素养，而不能单凭感觉、聪慧与勇气。在这方面，我愿意同王向远先生和比较文学界的同仁们共勉。"谢谢张先生邀我"共勉"，但我不敢当。因为我自知在"感觉、聪慧与勇气"方面，实在不敢望先生之项背，岂敢"单凭"？！

总而言之，我不赞同张文的看法，而是认为——

一，西方的比较文学有自己的特色，中国比较文学也应该有自己的特色；比较文学的"中国特色"与"国际规范"（如果它存在的话）并不是非此即彼，水火不容，而应是对立的统一；中国比较文学学者应该、也必须参与"国际规范"的形成过程。

二，单靠贩运西人时髦的哲学理论，拾西人之唾余，不是理论"创新"。如果说那是"创新"，也是人家的"创新"，不能代替中国人自己的创新；不能将西方文化语境中形成的某些尚待实践检验的理论强加于中国比较文学研究，中国比较文学学科理论固然要借鉴西方的东西，但更重要的是要从中国自身丰富的研究实践中加以提炼和总结。

三，比较文学是一个学科，就必须建立自己的学科理论；不能拿所谓"哲学方法论"取代比较文学学科方法论，不能拿西方哲学或文化理论充塞我们的比较文学学科理论。那样的话，任凭你把文章写得多么多、书写得多么厚，仍掩饰不了"失语"的症状。大唱"哲学"高调，除了高自标置、故做深沉之外，对比较文学学科理论建构没有多大意义。

四，学术批评是一种严肃的、负责任的工作，批评者应该与人为善，尊重原意，细读文本，谨慎从事，力求公正；学术批评不可逞纵一己之好恶，不可"凭感觉、聪慧与勇气"甚至偏见而自以为是、居"高"临下、盛气凌人、断章取义、妄断是非；不能一见到与西人不同的观点、不同的表述，就拿自己心目中的所谓"国际规范"（实际上是西方"规范"）严加拷问，俨然是"国际规范"的执行法官。这不但是一个学术观点问题，更是一个学风问题、学养问题。用批评的或鼓励的方法，支持和呵护中国比较文学学科理论的创新尝试，应该成为有学术良知的比较文学工作者的职业道德。

这些，我自知做得还很不够，不敢邀人"共勉"，但愿以此"自勉"。

打通与封顶：比较文学课程的独特性质与功能 [①]

比较文学课程作为中文系高年级的基础课，有两个独特的宗旨和功能：第一是"打通"，就是将中外文学史课程联通起来，将文学史与文学理论贯通起来；第二是"封顶"，就是将此前的课程知识加以全面笼罩、覆盖、综括、整合和提升，使之形成一个立体的知识论建构。"打通"和"封顶"既是一种体系化知识的展示，也是一种思维方法的训练与演示，是"知识论"与"方法论"的有机结合。正因为这样，比较文学课程的开设才有充分的理由。因此，不宜把比较文学课程讲成纯理论的"概论"课，也不宜讲成"中外比较文学史"课，更不宜讲成以教师个人的研究兴趣为中心的个案研究课。

像"中国语言文学"这样的一级学科的教学与课程，是一个完整的体系。"比较文学"作为中文系基础课程之一，也是整个课程体系中的一个有机组成部分。对于比较文学在这个体系中占有怎样的位置，需要在比较文学与其它二级学科的相关课程的关系中加以论

---

① 本文原载《燕赵学术》2013年春之卷。

证与确认。例如，比较文学课程与外国文学史课程之关系，比较文学课程教学与中国文学史课程之关系，比较文学课程教学与文艺学、文学理论课程之关系，比较文学课程教学与民间文学概论、儿童文学概论课程之关系，比较文学与语言学概论、古汉语与现代汉语等语言类课程之间的关系，都是需要一一加以讨论的问题。将这些问题从理论上说清楚，才能更好地使比较文学课程的老师、其它相关课程的老师充分认识比较文学课程教学在中文系课程体系中的地位，切实认识比较文学课程的开设为什么是必不可少的。

将除比较文学之外的中文系的课程按其性质，似乎可划分为三种类型：

第一，是"概论"课，目前各大学的主要基础课程有《文学概论》（或叫做《文学原理》《文学理论》）、《语言学概论》等，是一种以概念、范畴、命题的展开为特点的横向性的课程。

第二，是中外文学史类的课程，目前的各大学的主要基础课程包括《中国古代文学史》《中国近现代文学史》《外国文学史》（包括《东方文学史》和《西方文学史》）等。这是在中外文学史的发展脉络中、以重点作家作品的讲解与分析为主要特征的纵向性课程。

第三，是个案研究课，包括文学史、文学理论中的某些领域中的某些具体问题。这类个案课一般作为选修课来开设，开课的理由与依据，要么研究应该具有前沿性，要么是具有方法论上的启示。从空间结构上，如果说概论性课程是"面"，文学史课程是"线"，那么个案研究则是"点"。

那么，"比较文学"在以上三种课程类型中属于哪一种呢？我认为，从性质与功能上说，比较文学课程并不属于上述课程中的任何一类。

　　首先，它不是概论性质的课程。许多人把"比较文学"理解为"比较文学概论"，现在的课程目录上的名称就是"比较文学概论"，所以把比较文学理解为概论性质的课程。这种理解固然没有大错，但却是不全面的。"比较文学"课程中应该含有"概论"的成分，要讲述学科定义、学科原理、学科构成、研究对象、研究方法等问题。但是，"概论"不是比较文学的全部内容；换言之，"比较文学概论"并不等于"比较文学"。我们这门课程应该成为"比较文学"，而不是"比较文学概论"。倘若我们把"概论"作为比较文学课程设置的依据，那么，任何一个二级学科都有理由设立一个概论课，因为这些学科专业既需要知识概述，更需要传授研究方法。例如，"中国古代文学概论""中国现当代文学概论""外国文学概论""文艺学概论"等，还有一些三级学科也应该设置概论课，如北师大中文系长期设置的"儿童文学概论""民间文学概论"等。在这种情况下，为什么偏偏要把"比较文学概论"设为基础必修课呢？事实上我的学生已经好几次向我提出过这个问题了。相信其他老师也会遇到类似质询。这个问题本来应该很好回答，但要真正回答得让质疑者感到满意，并不是那么容易的事情。

　　要而言之，把"比较文学"理解为"比较文学概论"，并不能充分说明设立比较文学课程的依据和理由，也会造成对比较文学学科与课程的偏狭的理解。由于把"比较文学"理解为"比较文学概论"，表现在三十多年来所出版的一些教科书和准教科书中，按照《某某主义哲学概论》《文学概论》等概论书的常识化、模式化、意识形态化和多人集体编写的惯例和套路，按照长期以来养成的直接从国外输入理论模式与指导思想的习惯与惰性，不顾中国的学术国情、不注意从百年来中国比较文学丰厚的研究实践中加以提炼和总结，不去认真研读近三十年来中国学者撰写的许多有价值的比较文学论著并从中加以吸收提炼，而是心安理得地顺手照搬、抄袭或者拼凑、调和法国学派、美国学派的定义、名词、概念和术语，三十多年了，周而复始，唯洋人是从，不敢越雷池一步。许多人习惯于在抽象的层面上高唱"理论创新"，但在具体的层面上却不追求创新、冷眼面对理论创新。因而这些年来，我们理论文章很多很多，我们自己创制的理论概念、理论命题很少；即便有，一些人也常常以"属于个人的观点"为由而轻视之。殊不知除原始社会之外，真正的思想观点都是个人的，而极少是集体性的。在这样的情况下，外国比较文学学派的根本的学术精神我们能够学到吗？当年法国学派披荆斩棘的开拓精神，当年美国学派敢于打破比较文学的保守化的沉闷局面，而在理论和实践上大胆质疑、挑战从而别开生面的勇气和精神，我们能够学到吗？对此，我们应该自问。必须在充分肯定中国比较文学成就的同时，注意加以反省和反思。从反省的角度看，可以说，现在的一些"比较文学概论"类的教材，越来越显示出保守化、模式化、滞定化、乃至政治化的倾向，缺乏思想的启发性价值。拿这样的教科书运用于课堂教学，效果如何，可想而知。

如果我们把"比较文学"课程理解为"比较文学概论"，或者再开放一些，把"概论"进一步理解为"理论"，把比较文学概论课理解为"比较文学的理论"课，那又会怎么样呢？实际上，按照美国学派的流行定义，比较文学本身主要就应该是一门理论课，我们不妨把这个层面的比较文学，称为"理论比较文学"。而作为"理论比较文学"的比较文学，应该属于"文学理论"的一个组成部分。"文学理论"课程也应该讲授比较文学中的一些理论问题，事实上，许多欧美学者就是把这样的"理论比较文学"连同"文学理论"放在一起讲述的，于是就有我们所熟悉的美国学者韦斯坦因的《比较文学与文学理论》那样的著作出现。实际上，早在20世纪30年代我国的许多文学理论教科书中，文学的相互交流与相互影响问题，文学与国民性问题，文学研究中的比较方法问题等属于比较文学范畴的问题，大都是分专门章节加以讲述的，然而现在的《文学理论》课程和教材反而见不到了。不管怎样，如果把比较文学单单理解为"理论比较文学"，那么把它放在一般的"文学理论"课程中讲授也未尝不可。看来，单单是"理论比较文学"尚不能成为"比较文学"基础课开设的充分理由。

其次，比较文学课程也不属于文学史课程，尽管所面对的大都是中外文学史上的问题。从"史"的立场上看，比较文学课程具有国际文学交流史、关系史的成分和性质，这是人所共知的法国学派的观点。相对于"理论比较文学"，我们可以把国际文学交流史、关系史简称为"比较文学史"。毫无疑问，比较文学课程应该讲授"比较文学史"。事实上，这些年来，当我们的老师发现光讲"概论"不太受欢迎的时候，就提出比较文学课应该少讲理论，多讲国际文学关系史，并在实践上做了有益的尝试。当很多人将"比较文学"课程偏狭地理解为"比较文学概论"的时候，这种思路具有纠偏的作用。然而，国际文学关系史或比较文学史，包括了古今中外，是一个浩瀚无边的知识领域。在有限的课时里，很难选择取舍。在讲授的时候，要么根据授课老师的研究领域和研究专长来讲，要么选取某些问题来讲，这样一来，"比较文学"就失去了课程内容的规定性，变成了内容较为随意的一门选修课了。而且，如果把比较文学课程的性质理解为"中外比较文学史"，鉴于它的内容丰富复杂，不可能放在中国文学史或外国文学史课程中的相关部分去讲，也应该是一门独立的文学史课程。例如，文学交流的其他方式途径且不说，就说翻译文学史，以中国翻译文学为例，从汉译佛经到今天，近两千年历史上所出现的翻译文本，可谓汗牛充栋。理想的中国文学翻译史及翻译史课程，应该将重要的译作都加以分析，将译作与原作加以对比评论，将语言学上的判断与文学的审美判断两个方面结合起来。这样的话，因为名家名译的数量过于庞大，没有专门的独立课程是不能胜任的。看来，把比较文学课程理解为"比较文学史"，也有一些问题。

由以上分析可见，比较文学课程并不属于上述的面、线、点三类课程中的任何一类。不能把比较文学课程理解为"比较文学概论"课程，也不能理解为"比较文学史"课程，无论是把比较文学看作是"理论比较文学"还是看作"比较文学史"，无论是侧重讲"论"还是侧重讲"史"，都不能很好解释比较文学作为基础课加以开设的充分必要性。换言之，比较文学课程设置的充分必要性，必须从这门课程的独特宗旨与功能当中去寻找。

我认为，比较文学课程有两个独特的宗旨和功能，第一就是"打通"，第二是"封顶"。

先说"打通"的功能。比较文学课程能够将中国文学史、外国文学史课程联通起来，将文学史与文学理论贯通起来，寻求它们之间的外在与内在的联系。借用钱钟书在谈论比较文学研究时用过的那个词，就叫"打通"。我们也可以用建造楼房作比。一栋楼房，左右有不同房间，上下有不同层次，都有楼板、墙壁加以间隔。没有楼板、墙壁就没有楼层、没有房间，这好比是中文系不同类型的课程之间的分工和分野一样。但各个楼层和房间都需要有效的沟通，那就要设走廊、楼道、出口、入口等。而且，光走廊、楼道这样有形的通道还不够，还要设立那些复杂的、看不见的网络系统。这样一来，各个房间都保持了自己的相对独立的存在，但又被有形无形的通路联系起来。"打通"的着眼点不在房间本身，而在房间与房间之间。换言之，它寻求的不是本体性，而是联系性，是两者或多者之间的接合点。如果说，《中国文学史》和《外国文学史》课程讲授的是中外文学的本体，那么比较文学则是讲述中外文学之间的关系和联系，讲授中外文学的交流史，讲授作为文学交流和沟通最重要的手段与途径的文学翻译，还要注意各国文学之间的相互描写和相互评论。比较文学就是要带着"传播"（流传）、"影响""接受""互看"等方面的问题意识，来看待文学现象。从本质上说，比较文学就是在国际夹缝中求生存，在学科边缘处通衢筑路，在现有的各种课程中，具有这样的"打通"功能和作用的课程，除"比较文学"课程之外，别无其他。

比较文学课程的第二个独特的宗旨和功能，就是"封顶"。

"封顶"是一个建筑学上的词汇，这个词也有助于我们继续用楼房建筑来比拟。上述的中文系课程体系中的点、线、面三种课程类型，从理论到史实，已经形成了一个上下、左右相互依存的相对完整的知识系统和课程结构体系。但是，如果没有比较文学课程，它就存在一个最后的缺憾，好比一座大楼没有封顶，而功亏一篑。比较文学课程可以对学生此前学过的课程和知识加以全面覆盖、综括、整合和提升，这就好比给大楼封顶。就是把中外文学、把文学史与文学理论各方面的知识整合起来、笼罩起来，使这些课程和知识领域左右勾连、上下呼应。就是要在众多微观研究、个案研究基础上，往高处提升，把文学史的二维空间转化为三维空间，并且加以突出，从而形成一个立体的知识建构，"封顶"也就是强化和突显知识结构的立体性。查考中文系所有的课程，除比较文学能够有这种功能外，其它课程似乎都不能承担这种功能。大一开设的《文学理论》课程也是一门综合性理论课程。但这门课程与其说是封顶的，不如说是打底的。它的目的是要在学生进入文学史课程学习之前，首先明确一些基本的理论问题。《古代汉语》《现代汉语》等纯语言类课程，也都是大厦的基础部分，《中国文学史》《外国文学史》等课程是整个文学课程大厦的主体结构部分，但不是封顶的部分。对于文学专业而言，具有封顶功能的，就只有比较文学课程了。

"打通"与"封顶"这两种功能，是有区别的："打通"主要属于一种文学史、比较文学史的实证研究，具有微观研究的性质，"打通"所涉及到的关键词是"传播"（流传）、"影响""接受"和"变异"等；而"封顶"则是对知识的一种提炼、概括与总结，它是一种宏观性的研究，我称之为"宏观比较文学"。它是"比较文学史"与"理论比较文学"相结合的产物。"封顶"所涉及的主要关键词是"民族文学""国民文学""区域文学""东方文学"与"西方文学""世界文学"等，并阐明这些基本概念之间的关系。它必须对传统的民族文学与现代国民文学的特质、特性做出提炼和概括，必须对区域文学形成的机制加以解释，必须对东西方文学分野做出说明，必须对世界文学的形成做出分析和展望。"封顶"并不是将知识结构一劳永逸地定于一统，而是要在授课过程中，要充分展现理论概括力和宏观把握力，把理论概括、宏观把握的方法传授给学生，而这一点恰恰是学生们最缺乏的，也是别的课程所很难做到的。

"封顶"是一种理论统括行为，是一种宏观思想运作。在"宏观研究"和"微观研究"两种形态中，任何一个研究者，在有了基本的学术训练后动手去做，他都能够做一些就事论事的个案性的"微观研究"，但不少研究者也许一辈子只做微观研究，而从来不做、或不能做具有高度理论概括性的宏观研究。当然这也无可厚非，因为微观研究自有它的不可替代的价值。而"宏观研究"必须是在微观研究基础上的提升，一定要将知识形态转化为思想形态，而这也是我们学问探索的最终追求和最高境界。比较文学在这方面所承担的责任比其它任何课程都应该更大些，因为比较文学的"封顶"功能，本身就是宏观概括的功能，将研究过程与思想过程统一起来。对于听这门课的学生来说，到了高年级，他们应该掌握这方面的方法和能力了，而且非常迫切。因为到了大四，他们该写论文、答辩、获取学位了。而对于论文而言，关键要有"论"，要体现论者的理论水平。对这一代大学生而言，由于处在数字化时代，收集信息数据不再像前人那么费劲了，对个案问题的把握和研究也不会有多大困难，对大多数同学而言，最困难的就是理论概括，是在已有的研究成果的基础上提出自己的新见并且言之成理。在这种情况，比较文学课程在高年级（一般是在大三下学期，作为最后一门基础必修课）开设，就显得特别及时了。要让学生明白，我们的这门课是怎样把握、怎样处理民族文学、区域文学、东西方文学、世界文学这些宏观问题的；要让他们学会如何把个案问题放在这些宏观的视阈之下，加以定位和定性；要让他们能从大学时代的最后一门基础必修课中，对此前三年间的建立的知识结构加以统括，并用清晰的思想加以贯穿。

　　总之，"打通"与"封顶"是比较文学课程的独特功能，是任何其它课程所不能具备的。"打通"与"封顶"的功能来自"知识论"与"方法论"的有机结合，它既是一种体系性的知识展示，也是一种思想方法的演示。在这一意义上说，比较文学课程既是本科阶段各种课程知识的联系性和体系化的总括，也是一种系统性、宏观性的理论方法的演示和传授。

世界比较文学的重心已经移到了中国 [①]

出于教师的职业习惯，我读任何文章，一要看其是否有新见或有新意，二要看文章本身的结构布局乃至文字表述是否美，然后做优劣判断。老实说，近年来译介过来的许多西方学者的学术论文，从以上两个角度看，实在令人不敢恭维。译介过来的东西一般都是经译者精心挑选的，但即使如此，也仍不免给人一种"无非如此而已"的感觉。倘若是在中国，那种水平的论文连发表恐怕都成问题，但西方人发表的东西，在中国则被高看一眼。个中缘由，耐人寻味。

巴斯奈特的这篇《21世纪比较文学反思》[②]有何新见？怪我有眼不识泰山，横竖看不出来，只觉得是老生常谈，而且连文章本身的逻辑结构也显杂乱，即便是译者流畅的译文，仍无法掩饰原作本身的缺陷。在对世界比较文学的发展与前景所做的理论思考中，中国学者已有的论述显然比这篇文章高明许多。可惜，不懂中文的巴斯

---

① 本文原载《中国比较文学》2009年第1期。

② Susan Bassnett, "Reflection on Comparative Literature in the Twenty-First Century", *Comparative Critical Studies*, Volume 3, Issue 1-2, June 2006.

奈特们无法阅读。

不能阅读中文的西方学者们似乎根本不觉得有什么缺失和不安，而在中国，99%的学生不得不学英文，久而久之就养成了一种习惯，对英语世界的风吹草动都凝神屏息，而西方人对中国学术或闭目塞听或视而不见，两者形成了戏剧性的鲜明对照。

的确，中国总体上还比西方落后，但并非何事都比西方落后，西方也未必何事都比中国先进。历史上中国不重自然科学，中国的自然科学要追上科技先进国家，尚需时日，但几千年来中国却一直高度重视人文学术，即使在积贫积弱的晚清时代，中国的人文学术在许多方面都没有落后于世界。近百年来，更是吸收西方精华将人文学术发扬光大，有些学科已经走在世界前列。马克思所指出的物质发展与艺术发展的不平衡性的现象，同样也可以用来解释物质发展与人文学术发展的不平衡。中国的科学技术水准固然还较落后，但并不意味着中国的人文学术不发达。几千年来，中国一直是世界少有的人文学术大国，这一事实许多西方人暂时还不愿正视和承认，但中国人自己不必妄自菲薄。

仅就当代的比较文学而言，关于中外文化交流史、东西方文化关系史的研究，为中国学者得天独厚，近三十年来出版了三百多种专门著作；在译介学与翻译文学研究领域，中国人无论在研究实践还是理论构建上，都已经走在了世界前列；关于比较文学学科理论，中国人矫正了西方人的理论偏颇，走向更高层次的整合与提升，在理论探索的深度和理论普及的广度上，明显已经超越了此前的法国学派、美国学派；关于比较文学学术史的研究，中国学者已经写出了多种成规模的断代史与通史著作，而外国的同类书却很少见；关于比较文学学科教学，中国已经在数百所大学的文学系科普遍开设了比较文学课程，而外国的大学很少能够做到这一点。

在一些瞧不起中国的西方人眼里，或许这一切都不值一提。当我们在"文革"十年中写不出东西来的时候，他们说我们"一片空白"；当我们在近三十年中，在比较文学领域写出了近两万篇文章、四五百部论著、七十多种教材的时候，却有西方人站出来谆谆提醒告诫我们"欲速则不达"。我们从中不难看出一种奇妙的微酸心态。何况，人文科学与自然科学不同，它有世界性，更有民族性和国性。用西方的标准来衡量，我们可能不行；以我们的标准来衡量，西方未必就行。西方人认可的学术未必就好，西方人不认可的学术未必就差。明白了这一简单的道理，既不可如一些西方学者对中国那样闭目塞听、视而不见，更不可像中国近代洋奴那样唯西人马首是瞻，仰人鼻息。

但无论如何，倾听一下巴斯奈特女士对"21世纪比较文学的反思"，是没有坏处的，但须清楚她的"反思"只是对英美世界有效，而不适合于中国。她早宣布了比较文学学科的"死亡"，但比较文学在中国却"活"得很好。巴斯奈特的"反思"显示了欧美一些比较文学学者的焦虑。那里比较文学研究资源的日益减少，主流学者们对中国及东方学术文化的无视、无知、偏见、隔膜与冷漠，使比较学者丧失了跨文化研究的意欲与能力，如此，他们的比较文学必然衰微。

三十年来中国改革开放，国人大量翻译西书与西文，许多人逢洋必读，不管什么书，只要是外国人写的，从不怀疑其学术质量与价值。但是看多了，慢慢就明白，西洋的书，特别是当代人的学术著作，除少量外，好书实在并不多。有的译者在译本序中动辄以"名著"相称，其实难副。往往一大厚本，说了许多绕脖子的话，实际废话连篇，并无多少干货。譬如巴斯奈特所宣称的将要取代比较文学的"翻译研究"，有关的代表性成果近年来中国学者译介的不少，但大多为玄言虚语、空洞无物，令人失望。看来，翻译研究若没有中国翻译的在场与参与，是没有前途的。

总体而言，平心而论，中国人撰写的严肃的学术著作，与西方相比绝无逊色。就比较文学学术著作而言，同样如此。尽管中国比较文学也有自己的问题，主要表现为在当今熙熙攘攘的大环境里，愿意长期不懈地从事累人而清苦的学术研究的人还不够多，一些有研究能力的人不愿潜心埋头久坐冷板凳，而是急功近利，热衷于做"学术活动家"，耗费了大量时间精力与创造力。但即便如此，中国比较文学仍然取得了不凡的成就。为了写作《中国比较文学百年史》，我翻阅过上万篇论文，过眼四五百种著作，精读上百种代表作。我的感觉是，中国比较文学在学术质量与数量上均已领先于世界，可以说，当今世界比较文学重心已经移到了中国。中国比较文学超越了法国学派与美国学派的那样的"学派"局限，将东方与西方文化相融合、文化视阈与文本诗学相整合，形成了"跨文化诗学"这一新的学术形态与新的学术时代。对于中国比较文学的崛起，作为西方学者的巴斯奈特，还有已故法国学者艾田伯等，也都给予了积极肯定。对他（她）们在这个问题上的良识，我们应该表示赞佩。

初版后记

―――――

　　本书是近几年来我在北京师范大学中文系使用的讲稿的基础上修订而成的，但又是严格按照学术著作的规格和要求写成的。本书出版后，我仍想把它用作教材。我一直认为，只有好的学术著作才配用作教材。我不敢说这本书是"好的学术著作"，但我敢说它起码还应该算是"有着个人见解的著作"。多年来，在我国，"教材"与"学术著作"似乎成了两种很不同的东西，教材只是归纳已有的成果，不必有自己的学术创见，这是不正常的。想当初，鲁迅的《中国小说史略》、梁启超的《中国近三百年学术史》、胡适的《白话文学史》等都曾是讲义，但也都是公认的学术名著。那时的国文系（中文系）没有现在这样的"统编教材"，教授们用自己的书作教材。我认为这种做法至今仍值得我们借鉴。

　　我写这本书，从章节结构到具体行文，都有意追求简洁洗炼，勿使芜杂繁琐。比较文学学科理论的书很容易流于什么"全球化""某某主义""跨文化对话"之类的空泛话题，让人读了之后仍不明白比较文学研究应该怎样研究。我在写作本书时，时刻提醒自己少发空论，尽量用平实的语言，讲清最基本的具体问题。全书分为"学科定义""研究方法"和"研究对象"三大部分，力图使学科理论的构成明晰化。至于同类著作中都有的中外比较文学"学科史"部分，这里从略。主要是因为我觉得"学科史"应属于独立的研究领域，与学科理论本身并非一回事，应以专门的著作加以系统清理和研究。

本书中的每一章，大都按照论文的写法来写，除了少量引述必要的现成的知识之外，大都直奔论题，将自己对某个问题的思考过程和观点结论表达出来。这样做，一是为了挤掉学术专著中所不应有的过多的"水分"，二是在用作教材时，为便于学生消化吸收，在课堂上还可以再适当兑些"水"。理论原本不免枯燥，比较文学研究本身就属于理论研究，而比较文学学科理论，又是"理论的理论研究"，恐怕更难免枯燥。为了使"理论的理论研究"不至于太抽象，也为了用我的研究具体问题的论文来印证我所讲的"理论"，我在第二章和第三章的每一节后头，都附了一篇"例文"。读者和学生们可以将正文的理论部分与例文的研究实践互相参读，庶几有助于加深对正文理论部分的理解，或许还可以从中看出我所讲的"理论"并非全是"形而上"的玄言，多少也还有些自己的实践经验包含在其中。这些例文都是从我已发表过的论文中选出来的，它们并不都是我最满意的论文，而选取的标准主要是论文的内容要与每一节的论题大致符合。这些文章收入本书时仍保持原样，只对发现的错字做了改正，对个别文章中原有的过于繁琐的注释作了删并。

本书完稿之际，我要特别感谢在比较文学学科理论领域长期开拓并做出贡献的专家教授们。其中，卢康华、孙景尧教授的《比较文学导论》、陈惇、刘象愚教授的《比较文学概论》、乐黛云教授等的《中西比较文学教程》《比较文学原理新编》、谢天振教授的《比较文学与翻译研究》和《译介学》等，对我的比较文学学习、研究和本书的写作都有助益。即使本书中的某些观点与上述著作不同乃至相左，那也很可能是受了这些著作的启发。在此，我谨向他们表示敬意和谢意。

同时，我应特别感谢为本书的出版付出了大量心血和劳动的责任编辑姚敏建女士。靠了她高效率的工作，本书在我已出版的六种专著中是出得最快的一本——前后不到四个月。没有比看到自己的书痛痛快快、而不是磨磨蹭蹭的出世更令作者高兴的了。

王向远

2002年2月10日，农历春节将至

于北京回龙观新居枣馨斋

新版后记

我在《王向远文学史书系》的"卷末说明与志谢"中有这样一段话：

2020年1月初，有出版界朋友建议我，将以往三十多年间出版的单行本著作予以修订，出版一套学术著作集……于是在二十多位弟子的帮助下，将已有的作品做了编选、增补、修订或校勘，编为二十卷。6月份，当全部书稿完成排版后，被告知《"笔部队"和侵华战争》等侵华史研究的三部著作按规定须送审，且要等待许久。考虑到二十卷若缺少这三卷，就失去了"学术著作集"的完整性，于是决定放弃二十卷本的编纂出版方式，另按"文学史书系"（七种）、"比较文学三论"（三种）、"译学四书"（四种）、"东方学论集"（四种）几类不同题材，分别陆续编辑出版。

　　原定二十卷就这样拆成了四套小丛书。其中,《王向远文学史书系》(七种)已由九州出版社2021年9月出版,《王向远译学四书》(四种)仍由九州出版社编辑出版,《王向远比较文学三论》(三种)由广西师范大学出版社出版。

　　《比较文学构造论》作为《比较文学学科新论》的修订版,可以体现多年来我在比较文学学科理论方面探索过程。这个过程大体上经历了三个阶段。第一个阶段,对外来的比较文学理论,尤其是外来的学科范畴做了批判考察,对其不严谨、不自洽、乃至粗疏混乱之处,做了辨析、修正和补充;第二步,对中国比较文学丰富的学术实践(包括我自己的研究体验)进行总结提炼,提出了新的学科范畴、新的研究方法和新的研究对象。在研究方法上,努力向"宏观比较文学"与"微观比较文学"两端拓展和深化。在宏观的一端,提出了以民族文学为最小单位的"宏观比较文学"的范畴与方法;在微观的一端,提出了以具体词语(特别是"美辞")为最小研究单位的"比较语义学"的范畴与方法。第三个阶段,在比较文学的研究对象上,将翻译学与比较文学两相打通,提出了"译文学"的学科范畴,将"译文"确认为比较文学独有的研究文本,在理论上解决了比较文学没有自己的文本可以立足、而只能四处"跨"步的尴尬处境。

　　修订后的《比较文学构造论》基本写作宗旨没有改变,讲义的风格没有改变。初学者可以作为入门书来读,而研究者乃至专门家,也不妨作为理论建构的一个案例予以分析批评。早就听说过这样的话：一门好的基础课，普通学生可以听，专家教授也可以听，对此我深有体会。早年因教学管理工作需要，我曾坐在本科生课堂上听过这样的课，有些课至今仍不能忘；同样地，一本书，尤其是学科原理、概论性质的书，理想的情况是初学者可以读，专家教授们也可以读。而且，比较文学学科原理的著作具有广泛的关涉性，相关学科专业，如外国文学研究、翻译学研究、国别与区域区域研究乃至中国文学研究等，要想拥有广阔的文化视野与学问格局，就不能忽略比较文学的理论与方法。

我希望增删修订后的《比较文学构造论》，能更好地保持这样的阅读普适性。若蒙赐读，应能使读者读出一些别样的东西，无论是接受还是质疑、正面感受还是负面感受，能够产生一些触感，就好。

本书作为《王向远比较文学三论》之一，在即将再版时，要特别感谢曾经购读本书初版的读者们，感谢广西师范大学出版社赵艳老师及各位编辑为编校出版本书所付出的心血。

王向远

于广州白云山下广东外语外贸大学东方学研究院

2021年10月6日